Un fiancé sur-mesure

Séduction interdite

ZURI DAY

Un fiancé sur-mesure

Traduction française de
JULIA LOPEZ-ORTEGA

PASSIONS

HARLEQUIN

Collection : PASSIONS

Ce roman a déjà été publié en 2020

Titre original :
SIN CITY VOWS

HARPERCOLLINS FRANCE
83-85, boulevard Vincent-Auriol, 75646 PARIS CEDEX 13
Service Clients — https://www.harlequin.fr/contenu/contactez-nous
ISBN 978-2-2805-2038-6 — ISSN 1950-2761

Édité par HarperCollins France.
Composition et mise en pages Nord Compo.
Imprimé en août 2025 par ScandBook UAB en Lituanie
en utilisant 100% d'électricité renouvelable.
Dépôt légal : septembre 2025.

MIXTE
Papier | Pour une gestion forestière responsable
FSC® C021394

Pour limiter l'empreinte environnementale de ses livres, HarperCollins France s'engage à n'utiliser que du papier fabriqué à partir de bois provenant de forêts gérées durablement et de manière responsable.

1

Chez les Breedlove, les fêtes d'anniversaire étaient toujours spectaculaires. Premier-né d'un clan uni, Christian savait ce qu'il devait à sa famille et tout particulièrement à son père, alors même qu'il s'étirait sur la banquette en cuir souple de la luxueuse limousine d'entreprise. Ils avaient réussi à le surprendre avec un cadeau d'anniversaire des plus symboliques, alors même qu'il se disait revenu de tout. Celui que l'on décrivait parfois comme un homme d'affaires arrogant, au cœur de pierre, avait pourtant ressenti une grande émotion et une vraie fierté.

Lorsque le chauffeur ne s'arrêta pas au portail de la demeure familiale et poursuivit en direction de l'aérodrome, Christian comprit qu'une autre surprise l'attendait. Un sourire se dessina lentement sur son visage, traçant deux charmantes fossettes au creux de ses lèvres alors qu'il découvrait sur le tarmac une silhouette longiligne. Il avait devant les yeux la beauté parfaite. Une ligne élancée, des teintes sobres, des courbes magnifiques. Waouh !

Il jeta un regard en direction de son frère, Adam, occupé à écrire un message sur son téléphone.

— Tu étais au courant ?

Adam leva les yeux de son smartphone.

— Au courant de quoi ?

Christian sourit largement.

— Tu savais ! Ty est là, c'est ça ?

Son plus vieil ami avait dû revenir spécialement de son voyage d'affaires pour célébrer le passage symbolique de Christian dans une nouvelle décennie. Et on pouvait dire qu'il avait fait une arrivée terriblement stylée.

Un bruit de moteur attira le regard de Christian. Il découvrit le dernier joujou de son père, une Cadillac Escalade noire, avec toutes les options, évidemment, qui s'arrêta près de sa limousine. Il descendit tandis que son chauffeur s'empressait d'aller ouvrir la portière. Sa mère, Victoria, sortit la première, suivie par son père, Nicholas, un large sourire aux lèvres.

Eux aussi étaient au courant ?

Savaient-ils que Tyson avait fait le voyage spécialement pour l'occasion, à bord de ce qui semblait être son nouveau joujou, un jet privé grand luxe, le Gulfstream G600 ?

— Alors fiston, qu'est-ce que tu en penses ?

Christian reporta son regard vers le superbe appareil, dont la ligne parfaite était soulignée par la lumière rasante du soleil couchant.

— Je crois que j'ai perdu un pari...

— Pourquoi ? demanda Adam.

— L'année dernière, Tyson et moi avons eu l'occasion de voler à bord d'un de ces petits bijoux et nous avions parié 1 000 dollars sur celui de nous deux qui serait le premier à en acquérir un ! expliqua Christian en pointant le jet du doigt. On dirait bien que Ty a gagné !

La porte de l'avion s'ouvrit et Christian avança d'un pas vers les marches qui se dépliaient sur le tarmac avant de distinguer une silhouette féminine qui s'apprêtait à en descendre.

— Joyeux anniversaire, Christian !

Il plissa les yeux dans la lumière vive du soleil couchant afin de distinguer la personne qui venait de parler. Il eut du mal à croire qu'il n'était pas en train d'imaginer la beauté surréelle qui se tenait devant lui. La femme, sublime, la ligne élancée, la peau mate et de longs cheveux noirs cascadant sur les épaules, lui adressa un sourire.

Surpris, Christian se tourna vers ses parents.

— Tu te souviens de Lauren Hart, mon chéri ? La fille de Faye et Paul ? J'ai songé que tu ne verrais pas d'objection à ce qu'elle profite du voyage à bord de *ton* jet.

— Attends, je ne... Tu as bien dit *mon*..., balbutia Christian en tournant un regard perplexe vers Adam et ses parents.

Tout le mode souriait jusqu'aux oreilles.

Nicholas lui colla une solide bourrade sur l'épaule.

— Bon anniversaire, mon fils !

Christian se tourna vers Lauren qui descendait du jet, revêtue d'une combinaison longue et très décolletée qui soulignait sa poitrine et sa taille fine. Il remarqua son regard fier et son port de tête, presque majestueux. Le vert émeraude de sa tenue exaltait les teintes dorées de sa peau et semblait rehausser l'éclat noisette de ses yeux qui le fixaient sans ciller tandis qu'elle avançait vers lui.

— C'est vraiment mon cadeau d'anniversaire ? murmura-t-il à sa mère.

Victoria, le sourire aux lèvres répondit à mi-voix :

— Seulement l'avion, mon chéri !

Elle avança ensuite à la rencontre de Lauren, qu'elle serra chaleureusement dans ses bras.

— Bonjour, Victoria, dit Lauren avant de se tourner vers Christian. Salut, Chris, contente de te retrouver !

— Bonjour, dit-il en pointant le jet du pouce. Tyson n'est pas là ?

— Qui est Tyson ? demanda Lauren.

— Le meilleur ami de Chris, répondit Adam.

Lauren fit « non » très lentement de la tête. Christian ressentit une soudaine et folle envie de l'embrasser à la vue du sourire espiègle qu'elle lui adressa de ses lèvres charnues. Ainsi, elle aussi était dans le coup !

Il se tourna vers ses parents, le regard plein d'une sincère gratitude.

— Maman, papa, je ne sais que vous dire, c'est tellement... Quelle surprise !

— Bien méritée, mon fils ! lança Nicholas.

Christian se retourna vers son avion.

— Bon sang, c'est fou ! s'exclama-t-il alors que la réalité de ce qu'il avait devant les yeux s'imposait.

Il tendit le bras à Lauren, qu'elle accepta de bonne grâce, et fit signe à sa famille de les suivre.

— Allons-y, très chère, visitons donc cette petite merveille !

Malgré l'excitation de la surprise, il ne put s'empêcher de noter le contact soyeux de la peau de Lauren contre la sienne, les touches florales et épicées de son parfum délicat. En gentleman, il s'écarta pour la laisser gravir les quelques marches devant lui. Il fallait bien reconnaître que la vue n'en était que plus chavirante.

Il entra dans la cabine dont le design sur mesure et la décoration orchestrée par sa mère à n'en pas douter étaient à couper le souffle. La générosité de ses parents lui gonfla le cœur de reconnaissance. Cela ressemblait très exactement à ce qu'il avait imaginé avec Tyson. Les parois de la cabine étaient tapissées de cuir ivoire qui contrastait avec les sols au revêtement couleur d'ébène. Les sièges inclinables en velours jacquard étaient aux couleurs de l'entreprise : noir, blanc et havane. Les fauteuils pouvaient être modulés afin de dessiner divers espaces pour profiter du grand écran plat placé derrière le cockpit, ou se réunir autour du bureau en bois précieux. Une autre table, ovale, permettait de manger à plusieurs.

Le regard de Christian passait de sa mère à Lauren, la gorge nouée par l'émotion.

— Comment avez-vous su que c'était l'avion de mes rêves ?

— C'est ton frère, mon chéri, qui a parlé avec Tyson peu de temps après votre petit pari, justement.

— Tyson était donc au courant ?

Adam hocha la tête.

— Et il a réussi à tenir sa langue pendant presque une année entière !

Le pilote sortit du cockpit pour les saluer. Christian le reconnut aussitôt.

— Non, toi aussi ? dit-il en serrant la main de l'ami d'enfance de son père qui travaillait comme pilote pour la compagnie familiale depuis des années. J'étais donc le seul à ne pas être au courant dans tout Las Vegas ?

Nicholas acquiesça en riant.

— Laissez-moi vous faire visiter, proposa le pilote. Ce jet est absolument sublime et j'ai été honoré d'en être le premier pilote.

— Tenté par la visite guidée, frangin ? lança Christian à Adam.

— Avec plaisir.

Christian s'écarta pour laisser une place près de lui à son frère et plaça une main sur le dos de Lauren.

— Est-ce que tu as des frères, chère Lauren ?

— Non.

— Tu en veux un ? J'en ai plusieurs, tu sais, je peux partager !

Le rire grave de Lauren résonna délicieusement à ses oreilles. Nicholas et Victoria prirent place sur la banquette en cuir blanc qui occupait un angle de la cabine, tandis que Christian, Lauren et Adam faisaient le tour des installations. Ils découvrirent une salle de bains en granit, un coin cuisine encastrable suréquipé, une cabine individuelle en plus d'une chambre principale, ainsi qu'un espace bureau.

— Je ne sais pas comment ta mère s'y est prise, mais on peut lui tirer notre chapeau pour ce qui est du design intérieur, souligna Nicholas lorsque Christian les rejoignit.

— Oui, c'est incroyable, dit Christian, visiblement ému. C'est au-delà de tout ce que j'espérais, même dans mes rêves les plus fous. Après cette promotion à la tête de CANN International, je n'aurais jamais imaginé une telle surprise en plus... J'étais déjà comblé, vous savez !

— À ce sujet..., dit Nicholas en lui présentant une plaque dorée à l'or fin sur laquelle était gravé : Christian Breedlove, Président. CANN International Inc.

Christian reçut cet hommage avec une grande fierté. L'acronyme, CANN, faisait référence aux prénoms des quatre frères Breedlove – Christian, Adam, Noah et Nick – qui avaient grandi avec cette certitude et valeur familiale, que rien ne leur serait impossible dans la vie tant qu'ils uniraient leurs forces. C'était grâce à cette foi qu'avait été fondé l'empire Breedlove, la première chaîne internationale d'hôtels de très grand luxe.

— Merci beaucoup, dit-il en souriant, la gorge nouée. Où sont les jumeaux, d'ailleurs ? Vu que tout le monde était au courant, je suppose qu'ils étaient aussi dans le coup ?

— Notre duo infernal s'occupe de la deuxième partie de la soirée, dit Victoria en jetant un coup d'œil à sa montre. Nous dînons à l'hôtel, et nous devrions d'ailleurs déjà être en chemin.

Christian embrassa ses parents à tour de rôle et serra la main d'Adam qui l'attira contre lui pour une vigoureuse étreinte fraternelle.

— Jesse, tu es le bienvenu pour te joindre à nous pour la suite des festivités ! lança Nicholas au pilote.

Ils descendirent tous sur le tarmac et regagnèrent les voitures. La limousine noire étincelait. Christian posa la main sur le bras de Lauren et ralentit en laissant le reste du groupe prendre quelques mètres d'avance. Il tenait à la remercier d'avoir participé à la surprise.

Adam se retourna.

— Je vais monter avec les parents, je vous laisse la limousine !

— Merci, frangin ! dit Christian.

— Ce n'est pas tous les jours ton anniversaire ! lança Adam avec un clin d'œil.

Christian et Lauren prirent place, et le chauffeur suivit le reste de la famille Breedlove jusqu'à gagner Las Vegas Boulevard, puis le Strip, le boulevard principal où se trouvait le plus prestigieux des hôtels CANN.

— J'ai du mal à croire que nous nous connaissons, je n'aurais jamais pu t'oublier, déclara Christian. Tu es la fille de Faye et Paul Hart c'est bien ça ?

Lauren hocha la tête.

— C'est ça.

Il aimait sa voix, plus grave qu'on ne s'y attendait. Il ne pouvait s'empêcher de l'imaginer murmurant des mots doux au creux de son oreille.

— Cela fait plus de deux ans que je ne les ai pas vus, quand nous serions-nous rencontrés ?

— J'avais douze ans, tu as donc des excuses, pourtant, il faut que je te dise que je ne garde pas un très bon souvenir de notre rencontre.

Elle eut une moue un peu exagérée. Christian savait qu'elle plaisantait, mais voir sa bouche ainsi lui donnait à nouveau follement envie de l'embrasser jusqu'à faire disparaître toute mimique contrariée. Et puis l'embrasser encore.

Il retint le mouvement de sa main vers son visage et se contenta de lui effleurer la main.

— Douze ans ? répéta-t-il en riant. Tu as dû beaucoup changer depuis !

— En effet, dit Lauren en riant. Ma sœur Renee avait quatre ans de plus et tout le monde n'avait d'yeux que pour elle ! J'étais assez invisible à l'époque, dit-elle avec une moue déçue.

— Renee Hart ! Bien sûr, maintenant, ça me revient ! Vous viviez en Californie, et vous avez déménagé au...

— Maryland... Mon père a eu un emploi à Washington DC et nous avions une maison à proximité, à Brandywine.

— Je dois avouer que j'ai courtisé ta sœur à l'époque. J'avais seize ans, et elle n'a pas voulu de moi. J'ai très mal vécu son rejet, d'ailleurs. Il ne devait pas être évident de grandir dans l'ombre d'une telle grande sœur, en effet.

Christian sentait une attirance assez irrépressible croître au gré de leurs échanges. Il ouvrit le minibar.

— Je peux t'offrir quelque chose à boire ?

— Non, je te remercie.

— Pour mon anniversaire ? insista-t-il.

— Un peu de champagne, alors ?

Christian sortit une bouteille d'un grand cru et en remplit deux flûtes. Lorsque leurs doigts se frôlèrent, il sentit comme une étincelle. *L'avait-elle sentie aussi* ? Il leva les yeux vers elle, mais elle détourna le regard.

Oui, elle l'avait ressentie.

— À quoi pourrions-nous boire ? demanda-t-il.

— À ta santé, non ? C'est ton anniversaire et d'après le cadeau, je devine que c'est une grande étape !

— Pendant un court instant, en voyant le jet sur la piste, j'ai cru qu'il appartenait à mon meilleur ami Tyson et que le cadeau… c'était toi !

Elle plissa les yeux, son expression était indéchiffrable. Il soupira.

— Encore un revers pour moi de la part d'une fille Hart…, dit-il, l'air exagérément contrit.

— Tu vas survivre, tu es un homme d'âge mûr, maintenant !

— Tu as raison, le cap de la trentaine…

— Te voilà au sommet de la montagne !

— Tout à fait.

— À ton anniversaire, alors, dit-elle.

Ils trinquèrent et portèrent les flûtes à leurs lèvres.

— Au fait, que sont devenus ta sœur et son petit ami d'alors qu'elle a préféré à ton serviteur ?

— Je suppose qu'elle l'a quitté, comme tous ses petits amis jusqu'à ce qu'elle rencontre celui qui est devenu son mari et le père de ses deux enfants.

— Je suis content pour elle, dit-il. Et toi ?

— Comment ça, moi ?

— Tu ne portes pas d'alliance…

Lauren leva les mains.

— Non, et ça ne risque pas ! dit-elle sur la défensive.

— Eh bien, je ne pensais pas rencontrer un jour une femme aussi opposée au mariage que moi ! dit-il en riant et levant sa flûte de champagne. Au célibat, alors !

— Au célibat !

— Comment se fait-il que Faye ne soit pas venue avec toi pour rendre visite à ma mère ?

— Je viens pour un peu plus qu'une visite, tu ne savais pas que j'allais travailler ici ?

— Non, et pour qui travailleras-tu ?

— Pour la Fondation, avec Victoria. Elle m'a embauchée

comme assistante personnelle, en vue de l'organisation des galas et d'autres opérations caritatives.

Christian hocha la tête, mais la vérité était qu'il était presque déçu. Si Lauren travaillait au sein de l'entreprise familiale, cela ruinait ses espoirs d'une aventure. Il mettait un point d'honneur à ne pas mêler le plaisir et le travail, et à plus forte raison si Lauren travaillait directement pour sa mère. Il regrettait de n'avoir pas été plus avisé dès le départ, mais entre sa nouvelle promotion, sa fête d'anniversaire et l'extravagant cadeau qu'il venait de recevoir, il y avait de quoi perdre pied.

Et tout à coup, il comprit un peu mieux le sourire de sa mère en lui présentant Lauren. Il soupçonnait Victoria de jouer les marieuses, dernièrement... Elle rêvait de le voir fonder une famille, ce qui n'était pas du tout à l'ordre du jour pour lui. Une autre pensée, plus sombre, lui vint à l'esprit. Et si c'était Lauren qui essayait plutôt de manipuler sa mère ? Ce ne serait pas la première fois que quelqu'un abuserait du grand cœur de Victoria. Avait-elle imaginé lui mettre le grappin dessus en se servant de la fondation de l'entreprise ?

Il soupira et reprit une gorgée de champagne. Cette pensée avait au moins le mérite de calmer un peu le désir ardent que lui inspirait l'intéressée. La dernière chose dont il avait besoin était bien une aventure avec la fille d'une amie de sa mère, alors qu'il venait d'être promu président d'un conglomérat international évalué à plusieurs milliards de dollars.

Pour le moment, c'était à son travail qu'il était marié, et CANN International était très exclusif !

2

Il était plus beau, plus sexy encore que dans son souvenir. Ce jeune homme qui avait ravi son cœur de fillette de douze ans et qui était resté son amoureux secret toutes ses années d'adolescence... Il était grand, mince, brun avec des jolies boucles. Ses yeux étaient les mêmes, pourtant - sombres, intenses —, et son sourire magnétique avait toujours le pouvoir de lui couper le souffle.

Même lors de ses premières amourettes ou, plus tard, lorsqu'elle avait rencontré son premier petit ami sérieux à l'université, Lauren avait toujours suivi de loin l'actualité de Christian, des Breedlove et de l'empire CANN International. Quelques années plus tôt, le groupe avait fait la une de tous les journaux en obtenant la distinction ultime en matière d'hôtellerie de luxe : une septième étoile.

Christian, de ce fait, était une des cibles favorites de la presse à scandale, l'objet de toutes les rumeurs et convoitises, poursuivi par les paparazzis lors des premières à Hollywood ou des galas de charité où il paradait généralement avec une femme splendide à son bras. L'année précédente, alors qu'il avait été cité dans une liste des trente personnalités marquantes de moins de trente ans, Lauren avait transmis l'article à sa sœur Renee. Chaque année, les grands noms étaient ainsi répertoriés par secteur d'activité, mettant en avant les étoiles montantes.

Car Christian n'était pas seulement un très bel homme, il était un homme d'affaires brillant et avait souvent affiché des idées progressistes et innovantes. Si elle avait été en quête d'un candidat au mariage, il fallait admettre qu'il aurait eu un potentiel certain. Mais elle ne voulait pas se mettre en couple, et certainement pas avec un homme aussi puissant que Christian Breedlove. C'était précisément pour éviter les manipulations d'un homme puissant qu'elle avait fui la côte Est.

— Comment se fait-il que tu aies décidé de venir travailler ici, à Vegas ?

La limousine s'engageait déjà sur le Strip, comme on l'appelle à Vegas. La foule était dense. Ils approchaient de leur destination.

— Eh bien, c'était il y a deux jours à peine, dit Lauren impressionnée par la magnificence des lieux alors que leur limousine entrait dans l'enceinte du Casino, Hotel et Spa CANN, chef-d'œuvre architectural de verre et d'acier qui culminait à 400 mètres de hauteur.

— Ah, vraiment ?

— Vraiment, dit-elle en posant le regard sur lui. Victoria avait parlé à ma mère de son problème : son assistant venait de la quitter sans préavis, en pleins préparatifs d'un défilé de mode de la Saint-Valentin, et Victoria était catastrophée. Maman lui a dit que je pourrais sans doute lui prêter main-forte et Victoria m'a appelée. Elle s'est décidée aussitôt et m'a demandé de venir dès que possible. Le défilé est la semaine prochaine...

Christian hocha la tête, l'air pensif.

— Je vois... Et ton employeur ?

— Elle s'est montrée très compréhensive, dit-elle en souriant. Depuis près d'un an, je travaille à mon compte.

— Je comprends mieux ! Quel est ton domaine ?

— Le marketing et les relations publiques. J'ai quelques clients réguliers et je viens de terminer une grande campagne pour une université. J'avais besoin d'un changement d'air, et Victoria d'une assistante, ça a été aussi simple que cela.

— Quand est-ce que tu es venue à Las Vegas, pour la dernière fois ?

— C'était il y a trois ans, pour le mariage d'une amie.

— Alors tu ne connais pas notre nouvel hôtel ?

— Non, dit-elle en observant par la fenêtre l'impressionnante entrée bordée de fontaines en marbre, et l'enseigne CANN en lettres dorées qui étincelait dans la nuit. Mais j'ai vu des photos dans les magazines. Même si cela n'a pas grand-chose en commun avec ce que je découvre en réalité. C'est tellement impressionnant !

La limousine passa par l'entrée principale et continua vers un passage sur le côté où elle s'arrêta. Christian sortit et lui tendit la main pour l'aider à descendre.

— Je suis ravi de te l'entendre dire, murmura-t-il alors qu'un employé en uniforme sortait à leur rencontre, notre objectif est d'être les numéros un. Et nous pensons que cet hôtel est sans doute le plus spectaculaire au monde !

Une fois entrée, Lauren ne put qu'acquiescer. Contrairement à d'autres grands hôtels sur le Strip, le hall était déjà un véritable havre de paix, élégant, moderne, luxueux...

— Où se trouve le casino ? demanda-t-elle.

— La salle principale est deux étages en dessous de nous, accessible par une entrée indépendante, dit-il en répondant à un message sur son téléphone. Il y a un salon privé pour les joueurs les plus importants, à l'étage. Nous irons voir après le dîner, si tu veux, c'est un monde à part.

L'employé venu les accueillir était toujours derrière eux, à une distance respectable, mais les couvant d'un regard attentif. Christian nota son regard et se retourna.

— Je vous remercie, vous pouvez disposer, nous n'avons besoin de rien.

— Êtes-vous certain qu'il n'y a rien que je puisse faire pour vous, monsieur Breedlove ?

— Absolument certain.

— J'ai cru comprendre que c'était votre anniversaire, monsieur Breedlove.

— Je vois qu'on ne peut rien vous cacher.

— En effet, répondit l'employé avec un petit sourire. Joyeux anniversaire, monsieur.

Christian fit quelques pas pour serrer la main de son employé.

— Quel est votre nom ?

— Eric, monsieur.

— Depuis combien de temps faites-vous partie de notre personnel de sécurité ?

— J'ai été embauché le mois dernier, monsieur.

— Très bien, il me semble que notre chef de service sécurité a fait un très bon choix, bienvenu, Eric.

— Merci, monsieur.

Ils traversèrent un immense hall qui ouvrait sur un salon fréquenté par des couples habillés en tenue de cocktail. Elle était plutôt contente d'avoir pu entrer par un passage privé. Les paparazzis n'étaient jamais bien loin quand Christian était de sortie.

Ils gagnèrent un ascenseur qu'on distinguait à peine tant il était camouflé dans le mur. Lauren nota que Christian plaçait son pouce sur un capteur au-dessus du bouton d'appel. Lorsque les portes s'ouvrirent, elle saisit le bras que lui offrait Christian et entra dans la cabine vitrée qui permettait de découvrir la ville et son paysage de néons multicolores, tandis qu'ils montaient vers le Zest, le restaurant étoilé par le Guide Michelin, au centième étage.

Les portes se rouvrirent et la vue lui coupa le souffle.

Au-delà des paravents qui délimitaient des espaces semi-privés, derrière les lustres en cristal, des baies vitrées du sol au plafond donnaient l'illusion qu'il n'y avait pas de murs et qu'on pouvait toucher le ciel. L'atmosphère du restaurant était feutrée et tamisée. Mais tout sembla changer tout à coup lorsque Christian poussa la porte de la salle qui leur était réservée.

— Joyeux anniversaire, Christian !

— Bravo !

Des cris et des applaudissements retentirent tandis que les convives se levaient d'un même mouvement. Lauren se tourna vers Chris, sur le pas de la porte, visiblement surpris par le nombre d'invités. Deux hommes avancèrent à sa rencontre. Si elle n'avait entendu parler des jumeaux, Lauren aurait pensé que le champagne lui faisait voir double. Ils étaient tellement ressemblants – aussi grands, bruns et beaux l'un que l'autre, et avec la fossette distinctive des Breedlove sur la joue gauche, ainsi qu'un certain rythme lorsqu'ils marchaient.

— Et voilà le duo infernal ! dit Christian en leur tapant sur l'épaule.

— On t'a eu, hein, mon vieux ?

— Tu ne l'avais pas vu venir, n'est-ce pas ?

— J'avoue, vous m'avez bien eu, je n'avais rien deviné.

Lauren était comme fascinée par les échanges des jumeaux, rapides comme l'éclair et semblant terminer les phrases l'un de l'autre sans la moindre transition. Son regard oscillait entre les deux, cherchant à trouver un détail qui permettrait de les différencier. Ils avaient les mêmes boucles brunes que Christian, mais un peu plus longues et en bataille. On aurait dit le jeu des 7 erreurs ! Elle peinait pourtant à en déceler une seule ! Puis elle nota un détail : le frère qui se trouvait à gauche avait un petit diamant à l'oreille. Bingo !

— Le duo infernal a encore frappé ! lancèrent en chœur les deux jeunes gens.

Leur enthousiasme était communicatif, car Christian avait le sourire jusqu'aux oreilles, et Lauren était sous le charme.

— As-tu oublié tes bonnes manières, Chris ? lança celui qui avait un diamant à l'oreille.

— C'est vrai, Chris, tu ne nous as pas présenté la délicieuse jeune femme qui t'accompagne !

— Pour cela il faudrait que vous arrêtiez de parler deux minutes !

— Nous t'écoutons !

Ils avaient répondu en stéréo, c'était incroyable.

— Lauren, je te présente mes pénibles jeunes frères, Nicholas Junior, dit-il en se tournant vers celui qui n'avait pas de boucle à l'oreille. Mais nous l'appelons Nick pour le distinguer de notre père.

— Enchantée, Nick, dit Lauren en lui tendant la main.

— Et voici Noah.

— Bonjour, Noah.

— Bonjour, Lauren ! Mais les poignées de main sont pour le travail, on s'embrasse, dit-il en joignant le geste à la parole.

Christian lui repoussa l'épaule.

— Doucement, laisse-la tranquille !

Nick rit, et Christian leva les yeux vers d'autres invités qui venaient à sa rencontre.

— Tyson !

Un homme blond, la trentaine, les yeux noisette, avança, un sourire aux lèvres.

— Tu vas rester toute la soirée sur le pas de la porte ?

— Tu es complètement fou, dit Christian en serrant son ami dans ses bras. Je n'arrive pas à croire que tu aies participé à cette surprise, tu te souvenais de tous les détails !

— Qu'est-ce que tu croyais ? lança-t-il avant de se figer devant Lauren. Enchanté, je suis Tyson Ford.

— Lauren Hart, je...

— La star du jour !

Lauren se sentit comme balayée par une tornade hautaine, perchée sur des stilettos et précédée par ce qui semblait être un flacon entier de parfum. La femme en question se pendit au cou de Christian. Lauren observa, plus amusée qu'ennuyée. Cependant, cela ne semblait pas être le cas de Christian, à en croire son expression. Elle nota sa façon ferme de retirer les bras de la femme brune de son cou, tandis que d'autres amis ne cessaient d'affluer pour le féliciter. Il fut bientôt entouré d'un cercle d'admirateurs, tous essayant de capter son attention. Du coin de l'œil, Lauren vit quelqu'un s'approcher.

— Viens, ma chère, dit Victoria en lui prenant le bras pour l'emmener à sa table.

— La femme que tu as remarquée est Chloe, elle a grandi avec Chris. Je t'ai installée à la table de la famille, à côté de moi, pour pouvoir te présenter tout le monde. Il va falloir que tu connaisses rapidement tous les satellites de la galaxie

CANN, et aussi la haute société du Nevada, pour œuvrer au sein de la Fondation.

Elle s'interrompit et observa Chloe qui gagnait sa table.

— Tu noteras qu'il y a aussi quelques requins qui évoluent dans les eaux troubles de Vegas...

L'heure suivante fut pour Lauren un tsunami de noms et de visages mêlés, puisque Victoria lui déroula à tour de rôle tous les pedigrees des convives présents. Certains tiraient les ficelles de la métropole de Las Vegas, d'autres étaient installés à Breedlove, le quartier résidentiel à proximité de Vegas créé par Nicholas et quelques associés plus de vingt ans plus tôt et devenu une sorte de ville à part entière. Lauren fut présentée à certains, ainsi qu'à un nombre incalculable d'amis de Christian venus d'un peu partout pour l'occasion. Une fois le dessert terminé, le personnel vint débarrasser la salle pour accueillir un DJ venu spécialement de Miami.

Nick vint à sa rencontre.

— Tu danses, Lauren ?

— C'est gentil, mais j'ai eu une très longue journée, je préfère me reposer un peu et vous regarder vous amuser.

— D'accord, si jamais tu changes d'avis, viens me trouver !

— Bien sûr !

Lauren se leva quelques minutes après, non pas pour danser, mais pour rattraper Victoria et Nicholas qui se dirigeaient vers la sortie, dans l'espoir d'être déposée à son nouveau domicile au passage. Au cours des dernières quarante-huit heures, sa vie, déjà chaotique, s'était métamorphosée en un tourbillon incertain dont elle avait besoin de sortir. Il lui fallait un peu de temps au calme pour faire le point.

Elle sentit un regard sur elle, alors qu'elle franchissait la porte et remarqua Chloe qui la fixait en s'adressant à une de ses amies. Elle imagina qu'elles se demandaient qui était la nouvelle venue qui partait avec les parents de Christian.

Sans doute qu'elles craignaient de trouver en elle une rivale dans la chasse au cœur du héros de la soirée, Christian et son regard d'ébène.

Elles n'avaient pourtant pas la moindre raison de s'inquiéter, car Lauren ne comptait pas se joindre à la course au meilleur parti !

3

Est-ce que je rêve encore ?

La veille, Lauren aurait bien juré que c'était la réalité, pourtant. Après avoir déposé Nicholas et Victoria, le chauffeur avait poursuivi sa route pendant quelques minutes à peine avant de s'arrêter dans une impasse bordée de charmants petits pavillons, chacun dans un style différent du précédent. Elle avait aussitôt eu un coup de cœur pour l'un d'eux, d'inspiration espagnole, en briques avec un toit en ardoise. Elle avait aimé les fenêtres et les portes arrondies, le travail du fer forgé, et lorsque le chauffeur s'était arrêté devant cette maison-ci avant de lui annoncer que c'était la sienne dorénavant, Lauren en était restée bouche bée.

— C'est ici que je vais habiter, vous êtes sûr ?

— Tout à fait certain, répondit le chauffeur avec un sourire entendu. Vos affaires sont déjà à l'intérieur et tout a été préparé pour votre arrivée. Si vous veniez à manquer de quoi que ce soit, vous trouverez la carte du régisseur sur la table du séjour. Voici le code pour l'alarme. Voulez-vous que je vous accompagne ?

— Je pense que ça va aller, merci.

Elle était cependant épuisée et il lui fallut plusieurs essais avant de parvenir à ouvrir la porte. Une fois à l'intérieur, pourtant, elle eut l'impression de se retrouver propulsée dans un conte de fées. Le décor paraissait tiré d'un magazine de décoration…

Et maintenant qu'elle se réveillait, dans une brume de

souvenirs indistincts après une bonne nuit de sommeil, elle s'attendait à ce que le rêve se dissipe.

Mais elle soupira de soulagement : le soleil brillait. Elle se sentait reposée et tout ce qui lui était arrivé était bien réel.

Lauren se redressa, s'étira et chercha son téléphone.

— Oh ! mon Dieu ! s'exclama-t-elle en découvrant qu'il était plus de 10 heures.

Elle qui avait toujours été plutôt lève-tôt ne parvenait à se rappeler la dernière fois qu'elle avait dormi aussi tard, même après une nuit de fête. Et visiblement, elle n'avait pas même entendu son téléphone sonner, puisqu'elle avait manqué des appels d'Avery, sa meilleure amie, et de sa mère, Faye. Sans oublier Victoria qui l'attendait vers 9 heures… Voilà qu'elle aurait de la chance si elle était prête à 11 heures !

Elle envoya un SMS à Victoria pour repousser leur entrevue, et alla prendre une douche, puis se coiffa simplement avant d'enfiler une robe longue jaune pâle, quelques bijoux simples en argent, son éternel bracelet porte-bonheur et des sandales à talons compensés. Elle arriva devant l'entrée principale de leur domaine – elle ne voyait guère comment décrire cela autrement – à peine deux minutes avant leur rendez-vous.

Une femme d'origine latino avec des cheveux noirs et un regard doux vint lui ouvrir.

— Bonjour, vous devez être Lauren ?

— C'est exact, bonjour.

— Madame vous attend, je vous en prie, entrez.

Lauren traversa un grand hall dont les murs étaient tapissés d'un papier peint design très élégant, dans des teintes de beige, orange et bleu, qui se répétaient dans le couloir attenant. Elle entra dans un salon, puis prit un couloir jusqu'à la salle de réception, plutôt formelle avec ses immenses baies vitrées qui ouvraient sur un jardin splendide, et laissaient entrer la lumière du jour. Elle continua, suivant la bonne dans un nouveau couloir, pour entrer dans un salon, avec une autre pièce en mezzanine, façon loft. De grands lustres et un mur de miroirs conféraient une grande clarté à l'ensemble.

Victoria était installée sur un sofa blanc de style italien, en cuir souple. Elle portait un caftan aux motifs floraux et des sandales dorées. En la voyant ainsi, à la lumière naturelle du jour, elle lui parut encore plus éblouissante que lorsque Lauren l'avait vue la veille. Avec sa coupe courte, on distinguait bien son visage aux traits fins et lisses et on n'aurait jamais imaginé qu'elle avait plus de cinquante ans. Elle se tourna et sourit à Lauren en posant le magazine qu'elle feuilletait pour lui faire signe de venir s'asseoir.

— Bonjour, très chère !

— Bonjour, Victoria.

Lauren s'assit et serra Victoria qui se penchait vers elle.

— Quel teint frais, tu es ravissante, tu t'es réveillée ainsi ? demanda Victoria.

Lauren sourit.

— Peut-être pas tout à fait !

— Pourtant tu n'es pas maquillée !

— Non, j'espère que ce n'est pas un problème, comme vous avez parlé d'une rencontre informelle, j'ai pensé...

— C'est parfait, je suis simplement impressionnée. La plupart des femmes de mon entourage préféreraient mourir que d'être vues sans maquillage !

— Je dois dire que vous êtes éblouissante, Victoria.

— Ce n'est pas sans efforts, hélas. Heureusement que le spa de l'hôtel a les meilleures esthéticiennes du pays ! dit Victoria en riant. Je m'apprêtais à déjeuner, est-ce que tu veux bien te joindre à moi ?

— Avec plaisir, merci.

Victoria se tourna vers la bonne, qui venait d'ouvrir la porte si délicatement que Lauren ne s'en était pas rendu compte.

— Sofia, prévenez Gabe que nous mangerons la salade de quinoa aux pousses d'épinard avec une eau pétillante à la canneberge, merci.

Sofia hocha la tête et quitta la pièce.

— Est-ce que tu as bien dormi ?

— Mieux que jamais. Je n'ai même pas souvenir d'avoir eu le temps de poser ma tête sur l'oreiller.

— Tu viens de passer deux journées intenses... Et peut-être quelques moments difficiles avant cela ? Faye n'est pas entrée dans le détail et je veux que tu saches que tu es libre de ne dévoiler que ce que tu veux. Ta maman m'a dit qu'un peu de temps loin de la côte Est serait de bon aloi.

— Elle disait vrai, confirma Lauren en inspirant profondément, partagée entre le désir de rester discrète et celui de se confier. Qu'est-ce que maman vous a expliqué, précisément ?

— Que tu étais engagée dans une relation difficile, et rendue complexe par le fait que l'homme en question était le fils de l'employeur de ton père.

Lauren soupira.

— C'est une façon de présenter les choses, dit-elle en levant le regard vers Victoria. Mon père essayait de me convaincre d'épouser cet homme que je n'aime pas pour arranger ses affaires.

— Mais enfin, on croirait que tu parles d'un mariage arrangé !

— J'ai parfois l'impression que c'est de cela qu'il s'agit, hélas...

— Mais enfin, c'est aberrant, nous sommes au XXIe siècle, tout de même !

Lauren remarqua l'expression choquée de Victoria.

— Hélas...

— Et que pense Faye de tout cela ?

— Elle est de votre avis et moi aussi, mais mon père s'est entêté désespérément dans cette direction, et il est compliqué pour ma mère de s'interposer frontalement. Elle voudrait que tout le monde soit heureux... Et mon père sait se montrer très persuasif.

— Tu disais que le père de l'homme en question travaille avec ton père ?

— Oui. Il y a quelques années, papa a cherché des investisseurs pour son cabinet comptable, et Gerald a été le premier à lui faire confiance. Les perspectives semblaient florissantes, mais finalement la petite entreprise familiale n'a pas pu lutter contre de plus grosses compagnies, plus connectées, plus réactives. Pendant que papa se démenait pour sauver son entreprise, celle de Gerald avait bien progressé dans le domaine du conseil. Il a proposé un poste à mon père. Papa s'est toujours senti en dette, en particulier à cause de l'investissement initial de Gerald qu'il n'avait pu lui rendre.

— Mais ce Gerald semble être un ami de ton père, et d'ailleurs, s'il est déjà à un poste exécutif, pourquoi ce mariage serait-il si bénéfique professionnellement ?

— Je ne sais pas, dit Lauren, qui ne parvenait à savoir ce qu'elle pouvait confier à Victoria. Puis-je vous demander de garder tout cela pour vous ?

— Bien entendu, Lauren.

— Même avec ma mère...

Victoria plaça la main sur le bras de Lauren et le serra.

— Bien sûr, ma chère.

— Quelques années auparavant, Ed et moi étions sortis ensemble.

— Le fils ?

— Oui, je venais d'entrer à l'université, il avait huit ans de plus que moi et j'étais jeune et impressionnable... J'ai été séduite par son charisme, sa fortune et le fait qu'il ait quelques années de plus que moi, aussi. Au bout de quelques semaines à peine, il m'a offert une bague. Une bague de fiançailles, en quelque sorte. Enfin, c'était ainsi que je le voyais, en tout cas.

— Pourquoi ?

— Parce que j'ai pu me rendre compte à temps que, sous une façade très lisse, Ed est en fait un grand narcissique, avec une tendance à la violence verbale. Je lui ai rendu sa bague et j'ai mis un terme à la relation, mais je crois qu'il ne l'a jamais accepté. Et puis c'est un enfant unique qui est habitué à obtenir ce qu'il désire sans contradiction possible.

— Tes parents n'en ont rien su ?

— Ils ont su que nous nous étions fréquentés et que nous avions rompu, mais ils ignorent les détails, sa violence verbale, ses tentatives de manipulation, ses crises de colère... Même pour la bague, je n'ai rien dit, nos parents étaient amis et je ne voulais pas faire de vagues. Il y a peu, il est revenu à la charge, a essayé de me culpabiliser, de me rappeler l'engagement que supposait la bague que j'avais acceptée. Il a reconnu ses torts et a demandé une deuxième chance. Mais lorsque j'ai repoussé ses avances, les choses ont tout de suite tourné au vinaigre.

— Comment ça ?

— Il a exigé que je l'épouse, menaçant de rendre la vie impossible à ma famille dans le cas contraire. J'ai été catégorique sur le fait que je ne changerais pas d'avis, même si les poules avaient des dents... Mais il a parlé à mon père à cette époque et depuis, je dois faire face à deux types de chantages...

— Est-ce que tu as demandé à Paul pourquoi il insistait autant ?

— Oui, mais papa n'est pas très clair à ce sujet, pas plus que sur leurs relations, d'ailleurs... Depuis quelques mois, cependant, la pression est vraiment montée d'un cran, c'est pourquoi ce petit break auprès de vous est vraiment précieux. Merci encore, Victoria.

Elle se tut alors que Sofia revenait avec un plateau chargé d'un pichet et de la salade que Victoria avait commandée. Lorsque la conversation reprit, elles abordèrent l'expérience professionnelle de Lauren et les missions qu'elle aurait à accomplir au service de Victoria.

— Je suis désolée de te charger d'autant de travail à ton arrivée, dit Victoria, mais le défilé de la semaine prochaine est devenu un événement très apprécié. Comme nous sommes proches de la Saint-Valentin, je veux mettre l'accent sur le thème de l'amour et rendre cet événement incontournable. Mais entre nous, je suis certaine que tout ira au mieux.

— Oui, j'en suis certaine aussi, dit Lauren. Il y a beaucoup de travail, c'est certain, mais j'aime être occupée et je suis complètement fan du travail d'Ace Montgomery et de London, sa femme. Je ferai tout ce qui est en mon pouvoir pour m'assurer que tout se passe sans accroc.

— Il y a un dernier point, Lauren, dit Victoria en attrapant une enveloppe sur la tablette derrière elle. J'ai rédigé un contrat pour six mois, jusqu'au 15 juillet. J'espère que tu n'y vois pas d'inconvénient ?

— Au contraire, cela me va tout à fait, cela signifie qu'il m'est impossible légalement de rentrer chez moi, maintenant ! répliqua Lauren avec un clin d'œil.

Elles échangèrent un moment, puis Victoria la raccompagna jusqu'à la porte.

— Où est ta voiture ? demanda Victoria en ouvrant.

En plus du logement de fonction, une voiture avait été mise à disposition de Lauren.

— Je suis venue à pied, répondit Lauren. L'air sec d'ici est bien plus agréable que l'humidité du Maryland et je ne suis pas habituée à avoir un temps si doux en février, c'était agréable de marcher.

— Très bien, mais tu sais que je peux aussi demander à quelqu'un de te conduire !

— C'est gentil, mais ça va aller, merci.

Les deux femmes s'embrassèrent et Lauren reprit son chemin. La promenade devait faire environ 3 kilomètres mais elle avait tellement de choses en tête qu'elle ne les vit pas passer. En venant ici, elle avait voulu échapper à Ed, à la pression de son père et à la vie si prévisible qu'elle menait au Maryland, mais une fois devant la porte de son pavillon, elle se demanda si elle n'avait pas fait un saut dans l'inconnu par trop risqué.

Lauren entra et se rendit dans la salle à manger, sortant sa tablette numérique sur laquelle elle avait pris des notes. Elle voulait les passer en revue tant qu'elle avait en tête sa conversation avec Victoria. Alors qu'elle pianotait sur l'écran, elle se rendit compte que son bracelet porte-bonheur avait disparu.

Une sensation d'angoisse la saisit et elle s'empressa de passer son sac en revue. Elle portait ce bracelet comme un talisman depuis ses seize ans. Elle avait traversé le pays pour échapper à un homme dangereux et manipulateur, ce n'était vraiment pas le moment pour elle de perdre cet ange gardien.

Ne trouvant rien, Lauren revint sur son chemin jusqu'à

l'entrée de sa maison. C'est alors que retentit la sonnerie de son téléphone. *Victoria, peut-être* ? L'avait-elle retrouvé ? Lauren se dépêcha de décrocher.

— Lauren Hart, bonjour.

— Oui, je sais qui j'appelle ! répondit une voix familière au bout de la ligne.

— Oh ! Avery, salut ! dit Lauren.

— Comment vas-tu ? Visiblement tu attendais quelqu'un d'autre, dit Avery. Ce ne serait pas ton amoureux d'autrefois ?

— Non, répondit Lauren en riant. Mais j'espérais que ce serait Victoria, sa mère. J'ai perdu mon bracelet et je me suis dit qu'elle l'aurait peut-être retrouvé.

— Ton bracelet porte-bonheur ? Oh non !

— Oui, j'essaie de ne pas paniquer...

— Paniquer ne sert à rien. Réfléchis bien aux différents endroits par lesquels tu es passée et refait ton chemin.

— C'est exactement ce que je suis en train de faire, dit-elle en ouvrant la porte du placard à chaussures. Je peux te rappeler un peu plus tard ?

— Certainement pas tant que tu ne m'auras pas fait un résumé de ton installation, vu que tu ne réponds jamais à mes appels.

— Oui, c'est vrai, depuis que j'ai atterri ici, je n'ai pas arrêté. Mais pour ma défense, je pensais t'appeler ce soir.

— Tu t'es mise au travail à peine arrivée ?

— Pas exactement, mais c'est un peu l'impression que j'en ai, sans compter le vol de huit heures.

— Pourquoi avoir pris un vol aussi long ?

— Pour participer à l'anniversaire surprise de Christian... Ses parents voulaient un cadeau un peu particulier et je faisais en quelque sorte partie de l'emballage !

— Pardon ?

La voix de son amie suggérait toutes les questions qu'elle laissait en suspens.

Lauren éclata de rire.

— Ce n'est pas ce que tu crois ! Ses parents lui ont offert

un jet privé et voulaient que je puisse arriver à son bord. J'ai pris un vol pour Atlanta où le Gulfstream était en attente et ensuite d'Atlanta à Vegas.

— Oh ! mais quelle aventure, ma chérie... Il va falloir que tu me racontes tout cela en détail !

Lauren récapitula les dernières vingt-quatre heures, et l'émoi qu'elle avait ressenti à revoir Christian, sans cesser ses recherches, de pièce en pièce. Elle expliqua les intrigues des courtisanes pendant la fête, qui avaient fini par transformer un moment léger et festif en véritable scène d'observation.

— J'avais l'impression que tout le monde voulait attirer son attention, conclut-elle.

— Toi aussi ?

— Oh ! Avery, je n'arrive pas à croire que tu me demandes ça !

— Pourquoi donc ? Tu oublies que je suis ton amie depuis assez longtemps pour faire abstraction de tes tentatives de diversion du genre « pas de liaisons au travail... » Je sais bien que tu as un faible pour lui depuis toujours, je ne vois pas pourquoi tu n'essaierais pas de réaliser ton rêve de jeune fille, voyons.

— Je vais y réfléchir.

— Fais plus qu'y réfléchir. Agis. Tu n'as que six mois devant toi, qu'as-tu à perdre ?

C'était une bonne question, une question que Lauren promit à Avery de creuser, tout en reprenant ses recherches pour ce qu'elle avait déjà perdu pour de bon : son porte-bonheur.

4

Christian se répéta que sa visite à Lauren n'avait pour autre motif que de lui rapporter son bracelet. Et pourtant, en le retrouvant par terre devant la maison de ses parents, il avait eu l'impression que le destin le poussait vers elle.

Lorsque sa mère avait proposé que quelqu'un le lui dépose, Christian avait répondu qu'il avait déjà prévu de passer la voir. Mais si le président d'un conglomérat international et multimillionnaire préférait jouer les garçons livreurs, c'était bien parce que la seule façon qu'il avait de cesser de penser à Lauren était de la voir en personne.

Il n'avait pas réussi à se sortir de la tête la délicieuse sirène qu'il avait vue descendre de son jet dans sa combinaison émeraude. Maintenant, il parvenait à se remémorer quelques rencontres fugaces avec Lauren au fil des années. Elle était la jeune fille silencieuse et effacée qui le couvait d'un regard énamouré lorsqu'elle pensait qu'il ne la voyait pas. Une gamine qu'il avait ignorée consciencieusement tout ce temps, obnubilé qu'il était par sa grande sœur.

Pourquoi lui faisait-elle tout à coup cet effet incroyable, Christian ne savait pas l'expliquer, si ce n'était qu'elle dégageait quelque chose de totalement différent de toutes les autres. Mais il comptait bien percer à jour le mystère de son attirance pour elle.

Il s'arrêta devant chez elle, coupa le contact et ignora l'accélération de son rythme cardiaque au moment où il approchait de sa porte. Il appuya sur la sonnette. Quelques instants s'écoulèrent et il s'apprêtait à frapper, lorsque la porte s'ouvrit.

— Oh ! c'est toi !

Christian détailla Lauren, sa queue-de-cheval, ses baskets colorées, la façon dont sa peau mate semblait scintiller par contraste avec la robe jaune pâle qui drapait ses formes si élégamment. Elle était si délicieuse qu'il éprouva aussitôt le désir fulgurant de l'embrasser.

— Tu attendais quelqu'un ?

— Oui, mais...

Elle semblait préoccupée et glissa nerveusement une mèche de ses cheveux derrière son oreille, alors qu'elle jetait un coup d'œil au sol, les yeux plissés.

— Je te dérange, peut-être ?

— Non, c'est juste que j'ai perdu quelque chose.

— Ce n'est pas ça, par hasard ? dit-il en brandissant le bracelet en argent.

— Mais si ! dit-elle en tendant la main.

Il recula d'un pas.

— Chris, je t'en prie, donne-le-moi !

— Tu ne me fais pas entrer ?

Elle leva les yeux vers lui.

— Oh ! si tu veux, bien sûr, dit-elle en s'écartant pour le laisser passer.

Il s'avança, s'arrêtant juste devant elle.

— Donne-moi mon bracelet !

— Quelle impatience ! s'amusa-t-il en s'immergeant dans la chaleur de sa présence.

— S'il te plaît, dit-elle, ses yeux semblant lancer des éclairs.

Christian rit et ouvrit le fermoir.

— Si tu veux bien me permettre, dit-il en le plaçant à son poignet.

— Où est-ce que tu l'as trouvé ?

— Au bout de l'allée, devant chez mes parents. C'est la raison de ma visite, je venais te le rendre.

Elle sourit en regardant son bracelet autour de son poignet, puis releva vers lui un regard sans concession. Visiblement, l'adolescente impressionnable avait bien changé. Il relâcha le fermoir, mais garda la main sous son avant-bras, observant les pendeloques qui ornaient la fine chaîne d'argent.

— Chaque petit symbole a une signification, j'imagine ? demanda-t-il en s'arrêtant sur celui en forme de cœur.

— Oui.

Son pouce effleura l'intérieur de son poignet et il nota comment elle se raidissait à son contact. Un frisson sembla la parcourir. Il planta son regard sur elle et s'attarda sur la pointe de ses seins au travers du voile de sa robe. Sensible à son regard, Lauren retira son poignet de sa main et croisa les bras devant elle.

Il nota son mouvement. Était-elle gênée ? Était-ce une façon de mettre de la distance ? Il savait bien que les relations humaines n'étaient jamais simples et qu'un rien pouvait les compliquer. Elle pourrait essayer de le faire chanter, ou de le piéger, ça s'était déjà vu. C'était la raison pour laquelle il ne mélangeait jamais le travail et les sentiments. Ou la famille. La mère de Lauren était une amie proche de la sienne et Lauren était la nouvelle assistante de Victoria. Doublement dangereux.

Ce n'était pas juste.

— Et ce petit cœur, demanda-t-il. Est-ce qu'il signifie que le tien est libre ?

— Tu fais encore ce genre de sous-entendus à ton âge ? lança-t-elle en lui tournant le dos pour gagner le canapé. Lorsque tu avais seize ans, pour draguer ma sœur, passe encore !

— Oui, tu as raison, c'était assez nul, dit-il en pointant le canapé du doigt. Je peux m'asseoir ?

— Oui, bien sûr, je manque à tous mes devoirs. Je peux t'offrir quelque chose à boire ?

— Non, merci.

Une fois assis, il se rapprocha aussitôt et encercla son poignet pour pointer un autre médaillon sur son bracelet.

— Celui-ci représente ton côté sauvage, j'imagine ?

— Dans ce cas, je serai plutôt dangereuse, car les ours sont impitoyables. Non, c'est simplement la mascotte de l'équipe de football américain de mon université.

— Laquelle est-ce ?

— Morgan State.

— Je vois.

— Tu suis le sport universitaire ?

— Pas beaucoup, et pas le football. Je préfère le golf, le basket et le tennis. Je suis un peu le base-ball de temps à autre. Tu aimes le sport ?

— J'aime le football.

— Alors tu me permettras d'essayer un placage ?

— Tu pourrais essayer, mais je risquerais de te balayer d'un coup de griffes, lança-t-elle en riant.

— Je ne me suis jamais battu, à part de vagues bagarres entre frères, je ne suis pas un homme violent. Et certainement pas envers une femme.

— Mais peut-être que la jalousie peut inspirer des pulsions violentes, même aux femmes. Regarde Chloe, au hasard !

— Victoria t'a parlé de Chloe ?

— Non, nous n'avons pas parlé de toi, rassure-toi, c'est la réaction de Chloe à mon égard hier qui m'a laissée penser qu'il y avait eu quelque chose entre vous. Si ses yeux avaient pu lancer des poignards, je n'aurais pas survécu à la soirée !

— Chloe n'aime pas la concurrence et, hier soir, elle n'était pas l'étoile la plus brillante de la soirée. Nous nous connaissons depuis des années, nous avons presque grandi ensemble et avons flirté occasionnellement au lycée. Et toi, que pense ton petit ami de ton déménagement ?

— Je suppose que c'est là ta façon de me demander si j'ai quelqu'un dans ma vie ?

— Et ?

— Non.

Christian haussa les sourcils.

— Cela semble dur à croire.

— C'est pourtant le cas. Ma dernière relation sérieuse date d'un certain temps. Depuis, je me suis jetée à corps perdu dans le travail. Je suis partie de zéro, il fallait que je me crée une clientèle.

— Et tu as tout lâché pour venir travailler ici quelques mois, comme assistante ? J'ai du mal à te suivre ! dit-il, l'air dubitatif.

— Je continue de travailler sur certaines missions en parallèle, Victoria l'avait proposé.

Christian ne la quittait pas des yeux tandis qu'elle parlait, persuadé qu'elle lui cachait des choses. Il avait du mal à croire qu'elle se consacre uniquement à son travail. La patience et l'intuition étant les traits principaux de l'homme d'affaires qu'il était, Christian savait quand abattre ses cartes, aussi garda-t-il pour lui ses nombreuses questions. Est-ce qu'elle essayait de fuir quelque chose ? Faisait-elle partie d'un grand complot orchestré par sa mère pour lui trouver une épouse ? Avait-elle des ambitions personnelles de son côté ?

— Quel âge as-tu ? demanda-t-il encore.

— J'aurai vingt-sept ans en avril.

— Et tu as ironisé sur mon grand âge hier, alors que tu n'es pas si loin de la trentaine, toi-même !

— Vieillir n'est pas une si mauvaise chose, tu sais.

— Il semblerait pourtant que ce soit plus dur pour les femmes que pour les hommes… Est-ce que tu ne souhaites pas te marier, fonder une famille ?

Christian posa ces questions le plus légèrement possible, mais il attendit la réponse impatiemment.

— Pourquoi pas, un jour, si je rencontre la bonne personne. Pourquoi tu me demandes cela ? dit-elle en plantant son regard droit dans le sien, un large sourire aux lèvres. Tu veux déposer ta candidature, c'est ça ?

— Je suis déjà marié, hélas, répondit-il en riant. Marié à CANN.

— Je vois, dit-elle en se penchant vers lui. Tu cherches plutôt une maîtresse, dans ce cas…

— Ne joue pas avec le feu, charmante demoiselle.

— Tu as raison, ce n'est pas bien de se moquer.

— En effet. Mieux vaut ne pas tenter le diable. Ni réveiller l'ours qui sommeille.

5

Lauren faisait mine de plaisanter, mais ce n'était pas si simple. Elle ressentait elle aussi la tension sensuelle entre eux, cette flamme qui semblait s'allumer dès qu'il s'approchait d'elle et qu'elle aurait bien passé la nuit à tenter d'éteindre. Une nuit ou peut-être bien plus, tant la chaleur était ardente. Et pourtant, elle savait pertinemment que la dernière chose dont elle avait besoin était d'une aventure même si Christian ne postulait à aucun autre titre qu'éventuellement celui de « sex-friend ».

Pourtant, il était tellement sexy et cela faisait si longtemps qu'elle n'avait pas ressenti ce genre d'émoi. C'était comme si le trouble qu'il provoquait en elle à l'adolescence était revenu s'emparer d'elle, démultiplié par les années passées. Son regard de braise et la façon qu'il avait de lui effleurer le poignet lui donnaient l'impression que l'étincelle s'était changée en lance-flammes.

Elle remarqua combien lui-même semblait troublé, la façon qu'il avait de se placer tout près d'elle sur le canapé, le frisson qui avait parcouru sa peau en la touchant. Elle était rassurée de constater que l'attirance était réciproque. Il regarda l'heure à sa montre et cela attira l'attention de Lauren sur ses mains longues et soignées. Elle imagina les frissons que provoquerait le passage de ses doigts sur sa peau. Elle ne pouvait résister à l'envie de toucher sa peau, saisir sa main. Retenant son souffle, elle posa les doigts sur les siens, mais il retira sa main, levant vers elle un regard interrogateur. Interrogateur, ou même inquiet, d'ailleurs.

— Pardon, Christian, j'ai sans doute mal compris, je ne voulais pas te faire peur.

— Je n'ai pas peur, je n'ai peur de rien et certainement pas d'une femme, déclara-t-il avec une certaine arrogance.

— Alors qu'est-ce que c'est ? Tu es célibataire et tu dis me trouver séduisante. Est-ce que le sexe est un problème ?

Il rit.

— Non, je n'ai pas vraiment de problème de cet ordre, ma virilité se porte comme un charme, rétorqua-t-il fièrement.

— Prouve-le-moi, dit-elle alors.

Le regard de Christian changea, s'intensifia, alors qu'il se posait sur ses lèvres. Elle vit la tension dans sa mâchoire, dans ses bras. Il lui évoquait une panthère prête à bondir, mais il resta immobile un moment, puis, comme au ralenti, se leva et lui prit la main.

— Raccompagne-moi jusqu'à la sortie, gente dame.

Lauren résista à la sensation que lui procurait le contact de sa main. Ce qu'elle n'avait pas anticipé, en revanche, était qu'aussitôt qu'elle se lèverait, il l'attirerait contre lui pour un baiser à couper le souffle, sa bouche lui faisant l'effet d'un brasier qui ferait fondre ses défenses les unes après les autres.

Lauren en voulait plus et elle se rapprocha, glissant les mains sur ses épaules solides. Elle l'entendit soupirer et sentit les mains de Christian remonter le long de son dos. Elle l'imita, mais en arrivant au niveau de ses reins, il se raidit et recula d'un pas. À cet instant, timing parfait, le téléphone de Christian sonna.

— Toujours aussi demandé, je vois.

— C'est à peu près du 24h/24, c'est certain, dit-il en haussant les épaules. Qu'as-tu prévu demain ?

Il se redressa et elle l'observa attentivement. Il devait faire plus d'un mètre quatre-vingt-cinq, soit près de quinze centimètres du plus qu'elle.

— Je ne sais pas, ces derniers jours ont été très agités et je prends mon poste officiellement ce lundi. Je vais peut-être profiter du week-end pour m'installer un peu et aller faire un tour en ville.

— Très bien. Fais attention avec les cow-boys de Vegas, ils vont avoir du mal à te résister.

— Merci du conseil ! lança-t-elle en souriant.

Il rit et gagna la sortie, lui adressant un clin d'œil en sortant, avant de se rendre à sa voiture en quelques foulées légères. La vue sur ses longues jambes musclées, son fessier rond et ferme, en guise d'adieu, était pour le moins troublante.

Lauren referma la porte et y reposa son dos. Elle inspira profondément pour calmer les tressaillements dans tout son corps. Elle n'en revenait pas de penser à l'enchaînement de circonstances imprévues l'ayant amenée ici, dans le Nevada, si proche du tout premier homme qu'elle avait désiré.

Christian n'avait pas vraiment de souci à se faire au sujet des cow-boys de Vegas, comme il les appelait. Il était le seul qui l'intéressait à ce point.

Le lendemain matin, son téléphone sonna à 6 heures, mais ne la réveilla pas. Sa nuit agitée ne lui avait permis de trouver le sommeil qu'au petit matin. Elle avait rêvé de Christian, d'abord, puis avait fait un cauchemar angoissant avec les chantages au mariage de son père. Car elle n'avait pas tout dit à Victoria, et elle avait parfois très peur que toute cette histoire se termine mal. En constatant que sa mère avait essayé de l'appeler, elle sentit les larmes lui monter aux yeux et il lui fallut quelques instants avant de presser sur la touche appel de son portable.

— Bonjour, maman.

— Bonjour, ma chérie, pardon de t'appeler si tôt.

— Qu'est-ce qu'il se passe ? demanda-t-elle, la peur au ventre.

— Oh ma chérie, ton père vient d'apprendre que tu avais été engagée pour plusieurs mois et il est furieux. Je n'ai pas pu éviter le sujet plus longtemps, je suis désolée...

— Maman, je t'avais dit que je le lui annoncerais moi-même !

— Je le sais, mais il me harcelait de questions, tu sais comme il peut être...

— Je sais, maman... Et je suis navrée que tu te retrouves au milieu de tout cela, mais l'insistance de papa à me voir épouser Ed a tourné au bras de fer... Je ne sais plus comment faire. S'il avait su que j'acceptais le poste de Victoria dès le début, il aurait sans doute tout fait pour m'en empêcher. J'avais prévu de l'appeler pour lui dire la vérité un peu plus tard.

— Nous sommes mariés depuis trente ans, il a tout de suite senti que je lui cachais quelque chose.

— Qu'est-ce que tu lui as dit ?

— Que tu avais accepté un emploi auprès de Vickie et...

— Maman, tu ne lui as pas dit que j'étais à Las Vegas, j'espère ?

— Eh bien... Il valait mieux qu'il l'apprenne par moi, dit sa mère, d'une voix contrite. Au moins tout est clair, maintenant, et ce n'est pas comme si tu avais pris la fuite, tu es là-bas pour le travail.

Lauren souffla vivement. Son père risquait de débarquer n'importe quand... Et peut-être même avec Ed... Cette pensée la terrifia.

— Mais c'est pourtant exactement ce que j'ai fait, maman, j'ai pris la fuite !

— Tu ne pourras pas fuir toute ta vie, ma chérie.

— Je refuse d'épouser Ed, je ne supporte plus cette pression.

— J'espère que les nouvelles affaires qu'il engage avec Ed permettront de clarifier tout cela.

— Les nouvelles affaires ? De quoi est-ce que tu parles, maman ?

La voix de Faye se fit étouffée tout à coup.

— Je dois te laisser, je te rappellerai. Appelle ton père ! lança-t-elle.

Le sommeil avait définitivement abandonné Lauren pour ce matin.

Quelles affaires Ed et son père avaient bien pu signer ensemble ?

Elle sortit de son lit, passa rapidement à la salle de bains et enfila un short et un T-shirt, une paire de tennis, glissa des écouteurs dans ses oreilles et plaça son téléphone dans un brassard. Elle saisit une pomme sur le comptoir de la cuisine et sortit aussitôt.

Le soleil s'était levé mais le petit matin était encore brumeux, avec une brise fraîche. Elle partit à l'opposé de chez les Breedlove. Mieux valait éviter de tomber sur Christian.

Elle repensait maintenant à son attitude aguicheuse de la veille et se sentait horriblement mal. Qu'avait-elle donc eu en tête ? Leurs familles se fréquentaient depuis si longtemps… D'un autre côté, elle connaissait aussi la famille d'Ed Miller et avait toujours eu l'impression qu'il était digne de confiance. Elle l'avait trouvé charmant, d'un tempérament vaguement mystérieux des plus séduisants et n'avait pas anticipé une seule seconde que ses silences cachaient des ruminations paranoïaques qui débouchaient sur des accès de colère irrépressibles. Comment saurait-elle que Christian n'était pas le même genre d'homme ? Ce coup de fil hier avait sans doute été la meilleure chose qui pouvait leur arriver en mettant un terme à leur faux pas.

Lauren tâcha de chasser ces pensées de son esprit et de se concentrer sur sa course, le rythme de ses foulées, le tempo de sa respiration. Les environs étaient beaux, de vastes étendues d'herbe qui contrastaient avec les bruns et les gris bleutés des montagnes en arrière-plan, et le ciel d'un bleu vaguement menaçant. Elle suivit la route et s'absorba dans ses sensations et son rythme interne. Elle perdit la notion du temps et, progressivement, eut la sensation que ses problèmes s'évanouissaient.

Elle s'engagea dans un sentier vers les montagnes, parmi les pins et les… *vaches* ? Lauren ralentit un peu. Plus elle avançait et plus il y avait de vaches. Combien étaient-elles ? Des dizaines ? Des centaines ? Et puis elle remarqua un homme, à cheval, qui galopait droit vers elle.

Lauren ralentit et observa le cavalier qui arrivait, notant ses avant-bras bronzés et ses longues mains qui serraient les rênes. *Christian* ? Elle se tendit à cette simple hypothèse. Son regard de cavalière détailla le cheval, un pur-sang à n'en pas douter, au vu de son port majestueux. Le cavalier et sa monture s'arrêtèrent à sa hauteur et l'homme releva son chapeau.

— Bonjour, Lauren.

— Adam ! Bonjour, c'était donc toi qui te cachais derrière ton stetson...

— Je vois que tu es lève-tôt. Et sportive aussi ! Je n'aurais jamais imaginé tomber sur toi ici de si bon matin...

— Je plaide doublement coupable ! Je n'avais pas prévu non plus. C'est un fort beau cheval que tu as là.

— Tu montes à cheval ?

— Je montais, mais cela fait une éternité.

— Si tu veux te remettre en selle, j'ai quelques belles juments, qui sont plus calmes que les étalons. Il suffit de te trouver un jean ou un pantalon.

— C'est bien un pur-sang ? demanda Lauren en s'approchant précautionneusement de l'animal qui la couvait d'un regard vigilant. Comment s'appelle-t-il ?

— Thunder.

— Qu'il est beau ! Bonjour, Thunder, dit-elle en tendant doucement la main vers son museau. Là, n'aie pas peur mon beau.

Le cheval renifla sa main, mais ne s'écarta pas. Lauren continua à lui parler à voix basse, d'un ton apaisant, avant de se rappeler qu'elle avait une pomme dans la poche. Elle la sortit et demanda à Adam.

— Je peux ?

— C'est gentil, mais j'ai déjà déjeuné ! lança-t-il en lui adressant un clin d'œil.

Elle éclata de rire en même temps qu'Adam.

— Oui, je t'en prie, reprit-il.

Elle avait noté dans le regard d'Adam la même lueur que dans celui de Christian. Il y avait quelque chose chez les Breedlove que l'on reconnaissait au premier coup d'œil et qui faisait des quatre frères une belle collection de beaux gosses.

Lauren tendit la pomme à Thunder.

— Est-ce que ça te tente ? demanda-t-elle doucement.

Thunder ouvrit délicatement la bouche, comme pour embrasser la pomme avant de la saisir entre ses dents.

— On dirait que tu t'es fait un ami, tentée par une balade ?

— Après tout, je ne suis pas venue dans le grand Ouest pour rien, non ? dit-elle en acquiesçant de la tête.

— Attrape ma main, dit Adam.

Elle saisit sa main tendue et glissa un pied dans l'étrier qu'il avait libéré pour lui permettre de se mettre en selle derrière lui. Il prit la direction de la maison familiale pour trouver à Lauren un pantalon. À ce moment, le téléphone d'Adam sonna.

— Chris ! lança Adam en décrochant. Quoi de neuf, frangin ?

Il guida Thunder qui passa au petit trot.

— Je suis en balade avec Thunder, comme tous les matins. Qu'est-ce que tu fais de beau ?

Lauren s'agrippa aux épaules d'Adam. Elle entendait la voix de Chris et cela lui faisait déjà battre le cœur plus fort. Si elle n'arrivait vraiment pas à contrôler ses réactions physiques, il allait être compliqué de travailler au quotidien avec les Breedlove...

— Un golf, maintenant ? Non, ça ne me dit rien. Je vais plutôt montrer la vue depuis les montagnes à Lauren, expliqua-t-il. Elle courait sur le sentier et nous nous sommes croisés, je l'emmène se changer pour faire un tour à cheval ensemble, je vais lui préparer une des juments. Thunder est impatient de se dégourdir les pattes. Allez, à plus tard !

— C'était Chris, expliqua Adam. Il te dit bonjour.

— Oui, j'avais reconnu sa voix au téléphone, répondit Lauren, mais je n'ai pas entendu ce qu'il disait. Il est parti faire un golf, c'est ça ?

— Non, je pense qu'il est en route pour nous rejoindre.

— Comment ça ?

— Je lui ai dit que nous passions chez les parents pour que tu te changes, et quelque chose me dit qu'il va soudainement avoir l'idée de faire un crochet par la maison...

6

— Helen ?

Christian appelait la majordome au service des Breedlove depuis près de vingt ans. Il avait l'impression de se retrouver des années en arrière, lorsque, adolescent, il avait été surpris en train de faire le mur une nuit. À plusieurs reprises, Helen avait été sa sauvegarde, promettant de garder son secret tant qu'il aurait les meilleures notes de sa classe.

Helen se retourna, plissant le front pour essayer de distinguer celui qui l'appelait.

— Chris ? Mais mon Dieu, mon garçon, qu'est-ce que tu fais là ?

— Je te cherchais, dit-il en adressant un sourire charmeur à Helen avant de la serrer dans ses bras en la soulevant de terre sans peine.

— Mais tu es trop grand pour entrer en douce dans la maison comme ça, qu'est-ce que tu cherches ?

— Je n'ai jamais rien pu te cacher ! Je voulais mes bottes, je crois que la dernière fois que je suis monté à cheval je les ai laissées ici.

Helen sourit et lui adressa un regard interrogateur.

— Pas de golf, aujourd'hui ? Il me semblait que le dimanche tu étais généralement sur le green ?

— J'ai eu envie de changer, répondit Christian dans un haussement d'épaules.

— J'imagine que cela n'a rien à voir avec la charmante demoiselle qui accompagnait Adam tout à l'heure ?

— Absolument rien, en effet !

Helen lui donna une tape sur l'épaule, l'air amusé.

— N'oublie pas que je te connais comme si je t'avais fait !

— Oui, tu as raison, je ne peux définitivement rien te cacher.

Helen lui tendit les bottes

— Soyez prudents ! lança-t-elle dans son dos.

— Je t'adore, Helen !

Christian sauta dans le 4x4 qu'il utilisait sur leurs terres. Le sourire lui montait aux lèvres en pensant aux remarques de la vieille majordome qu'il aimait tant. Il savait aussi qu'elle avait raison : inutile d'espérer tromper son monde.

Quelques minutes plus tard, il arrivait devant la parcelle qui jouxtait sa maison, passa devant le portail en fer forgé, longea l'enceinte en briques et gagna ensuite Breedlove Beef, le siège de leur entreprise. Descendant la route sinueuse, il arriva au ranch d'Adam et se gara derrière les écuries.

Il coupa le contact, puis enfila ses bottes, avant de relever la tête en voyant une silhouette familière venir à sa rencontre.

— Eh bien, je n'en crois pas mes yeux, lança la voix rocailleuse du vieux cow-boy. Qui donc a réussi à te faire sortir de ton palais de cristal pour venir marcher dans la boue par chez nous ?

— Salut mon vieux, lança Christian en serrant Rusty.

— Oh ! mais je sais, répliqua le vieil homme, je parie que c'est en rapport avec la belle pouliche que j'ai sellée ce matin ?

— Ne plaisante pas avec Lauren, Rusty, dit Christian. Tu n'as pas changé !

— Je suis trop vieux pour changer, maintenant, dit Rusty en pointant un banc dans l'écurie. Tu as besoin d'équipement ?

— Je vais juste faire un tour, pas du rodéo !

Rusty disparut dans l'écurie tandis que Christian passait à la sellerie. Il choisit une selle en cuir brun, plutôt légère et fine, agrémentée de clous d'argent. Dans l'armoire, il prit une couverture aux motifs navajos. Il perçut le son mat de sabots qui résonnaient sur le sol de l'écurie et se retourna. Derrière lui, Rusty tenait un jeune cheval à la robe palomino qui le fixait attentivement.

Christian parla doucement, s'avançant pour flatter le cheval et faire sa connaissance avant de le seller. Lorsqu'il monta sur le fringant animal, il ajusta aussitôt les rênes en se redressant et pressa doucement les talons sur les flancs de sa monture. Le cheval réagit vivement.

— C'est bien, on va s'entendre tous les deux.

— C'est un sacré cheval, que tu as là, tu ne préfères pas aller galoper un peu dans le corral pour le prendre en main avant de partir dans la prairie ? demanda Rusty.

— Non, inutile, dit Christian en guidant le cheval vers la sortie. De quel côté sont-ils partis ?

Rusty eut un petit rire moqueur.

— Vers la montagne, répondit-il. Tu as raison, elle mérite un petit rodéo, fiston. Rattrape-la.

C'était précisément ce que Christian pensait faire, et dans la vaste étendue plane de la clairière devant lui il repéra rapidement Lauren et Adam. Ils montaient vers les sommets de Breedlove Peak où, enfants, ses frères et lui avaient passé tant d'heures à jouer.

Son but en vue, Christian lâcha la bride à son cheval et le laissa galoper à vive allure, rattrapant rapidement son retard. Adam le repéra le premier et Christian nota qu'il se rapprochait de Lauren pour lui signaler sa présence. Lorsqu'elle lui fit un signe de la main, il ressentit aussitôt une envie folle de la serrer.

— Tu vieillis, frangin, lança Adam, lorsqu'il arriva à sa hauteur. J'aurai cru que tu serais encore en train de faire la fête pour ton anniversaire.

— Ty et les autres invités sont en route vers l'aéroport, j'ai pensé qu'un peu d'air frais ne me ferait pas de mal, dit-il en serrant la main de son frère avant de tourner le regard vers Lauren.

— Bonjour, Lauren.

— Bonjour, Chris.

Bon sang, sa voix, son regard et la vision de Lauren chevauchant sa jument, tout cela avait sur son corps un effet électrique qu'il lui devenait de plus en plus difficile de contrôler !

— Dis-moi, Adam, tu crois que la grotte est toujours accessible ?

— Bien sûr.

— Une grotte ? demanda Lauren.

— Tu veux la voir ? proposa Christian. Quand nous étions gamins, c'était notre repère, parfois un laboratoire secret, d'autres fois notre quartier général...

— Oh oui, avec plaisir, je suis toujours partante pour les découvertes !

Christian planta son regard dans le sien.

— Je m'en souviendrai.

Le trio avança sur le plateau et mit pied à terre à côté d'un massif d'épineux où ils attachèrent leurs chevaux.

— Tu te rappelles où se trouve l'entrée ? demanda Christian.

Adam souffla en haussant les épaules et continua à marcher. Il atteignit une crevasse qui semblait fissurer un gros bloc de roche.

— Tu la vois ?

— Laisse-moi t'aider, dit Christian en tendant la main à Lauren. Voir quoi ?

Il sauta sur le rocher suivant et passa la main sur une fissure devant lui. Ses yeux brillèrent comme ceux de l'enfant de dix ans qu'il était lorsqu'il l'avait découverte.

Les deux frères contournèrent une brèche et virent le regard de Lauren passer du scepticisme à la stupéfaction en découvrant l'entrée de la grotte. Christian la guida pour entrer derrière lui.

— Tu es sûr que ce n'est pas risqué ? demanda-t-elle en s'agrippant à lui pour garder l'équilibre sur le sol inégal.

Ravi de profiter de l'occasion, il l'attira contre lui en la maintenant fermement.

— Je croyais t'avoir prévenue, tu t'exposeras toujours à des risques avec moi...

— Paroles, paroles..., plaisanta-t-elle.

— Je n'arrive pas à croire que rien n'a bougé, dit Adam en ramassant dans la pénombre un bloc de cire qui avait été un ensemble de bougies fondues. Il sortit un briquet et alluma quelques mèches qui prirent feu et les éclairèrent. Christian se tourna vers Lauren, et la première chose qu'il vit fut sa bouche pulpeuse. La lueur vacillante des bougies l'éclairait par intermittence. Elle retira la main de sa taille, tandis que le désir menaçait de l'embraser tout entier. Tout l'attirait vers elle, il aurait donné n'importe quoi pour rester seul avec elle dans la grotte, avec juste ces quelques bougies.

— Quand est-ce que nous sommes venus ici pour la dernière fois ? demanda Adam. Dix ans, c'est ça, Chris ?

La voix de son frère vint percer la bulle de désir sourd qui l'entourait et menaçait de lui faire perdre la raison.

— Eh bien, au moins. Peut-être même plus que cela. Je crois que la dernière fois que j'ai dormi ici, j'avais quinze ou seize ans.

Seize ans. C'était l'âge qu'il avait lorsqu'il avait vu Lauren la dernière fois. Il n'était qu'un gamin, même si ses hormones commençaient à lui jouer des tours. Et Lauren était devenue une femme si sexy qu'il en avait le souffle coupé. Une femme qui savait ce qu'elle voulait, aussi, et lui avait très clairement signifié qu'il lui plaisait. L'envie était donc mutuelle, et s'il s'était bien répété que c'était une mauvaise idée, il avait beaucoup de mal à contrôler quoi que ce fût.

Il brûlait de goûter à ce que Lauren avait voulu lui offrir la veille, brûlait de lui offrir son corps comme monture pour la nuit entière. Ce petit voyage dans le passé avait beau être amusant, il avait envie de revenir très vite au moment présent. Par chance, son frère semblait du même avis.

— Bon, assez traîné dans le donjon, lança Adam en soufflant les bougies. Sortons d'ici.

Ils se retrouvèrent sous le soleil qui s'était levé pendant leur expédition et rejoignirent leurs chevaux.

Adam se remit en selle le premier.

— Prêts à terminer l'ascension du pic ?

— Il commence à faire chaud, je crois que je vais redescendre, déclara Lauren.

— Je pensais que tu aimais la chaleur ? murmura Christian.

À son regard qui s'attarda sur son corps, il sut qu'elle avait saisi le sous-entendu.

Mais Adam aussi, visiblement, et il n'était probablement pas décidé à tenir la chandelle

— Bien, je crois que je suis de trop, je vous retrouverai pour le brunch ! lança-t-il en riant avant de guider Thunder vers le sentier.

— Non, Adam, je...

— Laisse-le rire, dit Christian, prenons le chemin du retour tranquillement tous les deux.

Lauren monta sur sa jument et la guida vers la pente douce. Le cheval de Christian lui emboîta le pas. Arrivée dans la clairière, elle laissa sa monture prendre le galop. Christian ne parvenait à la quitter du regard, la façon dont son bassin ondulait sur la selle était totalement hypnotique et terriblement érotique.

Alors que des rêveries de plus en plus inconvenantes envahissaient son esprit, un mouvement furtif dans son champ de vision attira son attention. Une grande couleuvre traversait devant eux. Old Glory, la jument de Lauren, la vit et fit un écart avant de se cabrer et de retomber au sol en hennissant, laissant sa cavalière presque désarçonnée.

— Lauren !

Aussitôt la jument partit au triple galop et Lauren poussa un cri, son corps ballotté de droite à gauche brutalement.

— Accroche-toi ! hurla-t-il.

Christian lança son cheval à leur poursuite, dans l'espoir d'attraper les rênes de la jument emballée pour l'arrêter. En approchant, il fit faire un nouvel écart à Old Glory, qui propulsa Lauren vers la droite de toute sa hauteur. Il entendit le bruit sourd de l'impact du corps de Lauren au sol, avant d'avoir le temps d'arrêter son cheval. Il sauta aussitôt à terre et courut vers Lauren, immobile, le corps singulièrement replié au sol, sous l'immensité du ciel azur.

7

Lauren eut l'impression d'être projetée dans un long tunnel. Dans le lointain elle percevait des voix mais ne pouvait distinguer les mots. Petit à petit, pourtant, elle commença à émerger du brouillard.

— Lauren, allez, ma belle, réveille-toi ! disait Christian.

Elle perçut des bruits de sabots et imagina qu'Adam les avait rejoints.

— Que s'est-il passé ?

La voix d'Adam.

— Un serpent a fait peur à sa jument. Adam, appelle vite un médecin pour qu'il nous retrouve chez moi, dit Christian en prenant son tapis de selle pour le glisser sous la tête de Lauren.

Elle ressentit des frôlements sur son visage.

— Lauren, réveille-toi, je t'en prie !

À grand-peine, elle entrouvrit ses paupières, luttant contre la lumière trop vive, cherchant à faire le point sur le visage de Christian qui lui apparaissait flou. *Qu'est-ce qu'il s'était passé* ? Elle tenta de se redresser.

— Non, ne bouge pas ! dit Christian en écartant délicatement des mèches de cheveux de son front moite. Tu es peut-être blessée.

Elle écarta sa main, toussa et se redressa en prenant appui sur ses coudes.

— Je vais bien, c'est juste le vent qui m'a désarçonnée !

— Tu es certaine ?

— Je crois, oui, dit-elle en bougeant sa jambe. Aïe !

— Ne bouge pas, je t'en prie ! s'exclama-t-il en plaçant délicatement son bras derrière elle pour la soutenir. Où as-tu mal ?

— Je crois que c'est ma cheville qui est cassée, ça fait un mal de chien !

— Il faut qu'on aille voir un médecin, je vais te soulever, d'accord ? Si je t'aide à te mettre en selle et que je passe ta jambe saine par-dessus, ça devrait aller.

— Non, Chris, attends ! s'exclama-t-elle lorsqu'il passa un bras sous ses genoux.

— N'aie pas peur, je te tiens, d'accord ?

Elle inspira puis acquiesça.

— D'accord.

— Accroche-toi fort à moi.

Elle passa les mains autour de son cou, et Christian la souleva précautionneusement avant de la placer sur la selle.

— Il faut que je te stabilise avant de glisser ta jambe, d'accord ?

Lauren acquiesça, les mâchoires crispées.

— Je ne voudrais pas que tu penses que j'essaie de profiter de la situation.

Elle sourit en retenant son souffle. La main de Christian sur ses reins lui faisait presque oublier la douleur. Elle en venait à penser qu'elle avait perdu la raison pour avoir ce genre d'idée maintenant.

Une fois en selle, une couverture sous sa jambe, Christian monta derrière elle et fit avancer son cheval en la maintenant fermement.

Lauren grimaça à la sensation de la douleur lancinante qui la saisissait à chaque mouvement du cheval. Elle avait l'impression de n'avoir pas tous ses esprits. Et pourtant, elle gardait une conscience aiguë de la présence de Chris tout contre elle, de son torse solide sur lequel elle s'appuyait, de son bras contre le côté de sa poitrine, la façon dont ses longues mains maintenaient sa taille.

Le désir, humide et brûlant montait dans son bassin, alors que la douleur embrasait tout le reste de son corps. « Pourquoi résister ? » songea-t-elle alors que le ranch apparaissait dans son champ de vision. Elle ferma les yeux et s'abandonna à l'étreinte de Christian.

Quelques secondes plus tard, Lauren se sentit comme soulevée de sa monture tandis que des mains fermes maintenaient sa jambe et sa cheville. Elle entrouvrit les yeux et vit Adam et Christian autour d'elle.

— Doucement, fais attention, dit Christian à Adam. Est-ce que tu as eu le médecin ?

— Le Dr Simon a appelé une collègue spécialisée en traumatologie, elle est en route pour chez toi.

— Alors il faut installer Lauren dans ma voiture. Va ouvrir les portières et aide-moi à l'allonger derrière. Nous devons immobiliser sa cheville droite, elle est peut-être cassée.

Lauren entoura la nuque de Christian et enfouit le visage dans son cou. La douleur allait crescendo. Pourtant, dans le brouillard qui s'installait, elle perçut son parfum, une odeur musquée, épicée. Du santal peut-être, ou de la bergamote ? Du patchouli ? Étrange comme son cerveau fonctionnait...

Une fois allongée à l'arrière de sa voiture, elle sentit la route défiler sous les roues et les virages qui s'enchaînaient. Lorsqu'ils s'arrêtèrent, elle ne reconnut pas les lieux. C'était somptueux. Elle n'était jamais venue ici.

— Où sommes-nous ? articula-t-elle.

— Chez moi, répondit Christian en la prenant dans ses bras pour la sortir de voiture. Tu vas pouvoir être examinée, une spécialiste est là, tu peux être rassurée.

— Bonjour, Dr Burman, dit une voix derrière eux.

— Bonjour, merci d'être venue si vite, par ici, s'il vous plaît, dit Christian alors qu'une porte s'ouvrait devant eux.

— Monsieur Breedlove, que s'est-il passé !

— Bonjour, Tara, une chute de cheval, mais ne vous inquiétez pas, dit-il en entrant.

Lauren entrouvrit les yeux et nota les longs cheveux et la mine inquiète de la jeune femme qu'il appelait Tara. Elle entrevit un intérieur clair, du marbre, de l'inox, du bois sculpté...

Christian poussa une porte et entra dans une grande chambre où il déposa Lauren sur un lit à baldaquin. Elle ferma les yeux un instant, puis les rouvrit, stupéfaite. Le plafond était fait de panneaux translucides qui laissaient voir le ciel et les nuages, tout en protégeant du soleil et de sa chaleur.

— De quoi avez-vous besoin, docteur Burman ?

— Je vais examiner la patiente, vous pouvez nous laisser, répondit-elle en posant sa mallette en cuir noir sur la table de chevet.

— Oui, bien sûr, je serai juste à côté si vous aviez besoin de moi.

Le Dr Burman s'adressa à Lauren tandis que Christian sortait.

— Bonjour, Lauren, c'est bien ça ? Je vais jeter un coup d'œil à votre cheville, dit-elle en sortant une paire de ciseaux. J'espère que ce n'était pas votre jean préféré, parce que je vais devoir le customiser un peu...

Lauren acquiesçait à ses questions et sourit légèrement, les mâchoires toujours serrées par la douleur.

— Dites-moi, Lauren, sur une échelle de 1 à 10, comment évaluez-vous la douleur ?

— À 9, je dirais.

Lauren sentit la main du médecin à distance du choc, sur sa cheville, son mollet.

— Je vais faire très doucement, mais il faut que je palpe à l'endroit de la blessure.

Elle se montra rapide et efficace.

— Bien, vous avez au moins une sérieuse entorse et peut-être une fracture. Il va nous falloir une radio pour en savoir plus. En attendant, je vais réaliser un bandage compressif de votre cheville, cela devrait vous soulager. Nous allons refroidir la blessure pour éviter l'enflure et la douleur. Gardez des oreillers sous la jambe et marchez le moins possible : pas de poids sur cette jambe. Est-ce que vous avez des questions ?

— S'il y a une fracture, combien de temps avant que ça ne guérisse ?

— Cela dépendra de votre corps. Parfois une fracture guérit

plus vite qu'une foulure. J'ai plutôt l'impression d'une mauvaise entorse, mais nous devons attendre encore. Si jamais cela devait s'aggraver au niveau de l'enflure ou de la douleur, nous vous hospitaliserons pour avoir la radio dès ce soir.

Après l'avoir bandée le Dr Burman sortit chercher un verre d'eau et un pack de glace. Elle tendit à Lauren un antalgique à avaler et l'aida à se changer en finissant de découper ses vêtements pour lui passer un T-shirt d'homme, sans doute à Christian.

Une fois seule, Lauren contempla longtemps le ciel et les jeux de lumière au-dessus d'elle et finit par sombrer dans le sommeil. Des heures plus tard, s'éveillant difficilement, elle reconnut l'odeur de Christian et eut l'impression de sentir sa présence à côté d'elle. Il était là, doux et chaud contre son corps. Elle gémit et se retourna, cherchant à l'enlacer. Quelque chose s'enroulait autour de sa jambe...

— Aïe !

Elle rouvrit les yeux, complètement tirée de ses rêveries par la douleur vive. Les sourcils froncés, elle regarda autour d'elle, les sensations délicieuses de son rêve s'évanouissaient. Elle était seule évidemment et pas lovée entre les bras de Christian... Les draps s'étaient enroulés autour de sa jambe.

Elle se redressa vivement, plaça un oreiller derrière elle et observa la pièce. Des tons gris, beige, ivoire déclinaient un camaïeu apaisant, qui mettait délicatement en valeur les métaux polis, les formes allongées et épurées des meubles et les toiles d'art abstrait au mur. Il y avait deux portes, l'une devait être un dressing et l'autre une salle de bains.

Mais ce n'était pas tout. À sa gauche, une profusion de couleurs : un bouquet avait été placé sur la table de chevet. Il y avait toutes sortes de fleurs et elle reconnut des arums jaunes, des roses orangées et des marguerites d'Afrique d'un mauve profond. Au milieu des fleurs, se trouvait une petite enveloppe blanche, avec son prénom. Elle la saisit et en sortit une note manuscrite.

Bonjour, ma Belle au bois dormant. J'espère que tu t'es bien reposée et que tu te sens déjà mieux. Appuie sur le bouton à côté de toi si tu as besoin de quoi que ce soit. Je suis allé chercher les antidouleurs prescrits par le médecin ainsi qu'une paire de béquilles. Mais mieux vaut ne pas te déplacer, tu guériras plus vite si tu restes au lit. Tara est là pour te préparer à manger dès que tu en auras envie. Je rentre bientôt.

CB.

Elle relut son mot deux fois. Il était aussi autoritaire par écrit que dans la vie… Elle remarqua le biper qu'il avait laissé sur la table de chevet.

C'était une drôle de vie que celle de ceux qui ont des moyens presque infinis. Elle était à la fois choquée par cette façon de vivre, tout en imaginant qu'on devait très vite s'habituer à ce luxe… Elle pressa sur le petit boîtier et, comme par magie, Tara apparut, avec un pilulier qu'elle plaça sur la tablette.

— Tout va bien, mademoiselle Lauren ? demanda-t-elle en lui tendant un verre d'eau. Voici votre traitement contre la douleur.

— Merci, Tara, vous pouvez m'appeler Lauren, vous savez.

— Oh non, mademoiselle Lauren, je ne pourrais pas !

— Comme vous préférez, dit-elle en prenant le verre qu'elle lui tendait.

— Est-ce que vous avez faim ou soif ? Besoin d'aide, peut-être pour passer à la salle de bains ?

— Non, merci, tout ce dont j'ai besoin c'est de vêtements décents à enfiler et de rentrer chez moi.

Tara ouvrit de grands yeux.

— Oh non, mademoiselle Lauren, M. Breedlove a donné des instructions très claires : vous ne devez pas bouger d'ici !

Lauren fronça les sourcils.

— Vous remercierez M. Breedlove, mais je n'ai qu'une entorse à la cheville et je me sens déjà mieux. Je vais lui laisser un mot pour qu'il sache que c'est ma décision. Savez-vous si quelqu'un peut me raccompagner, ou si je dois appeler un taxi ?

— Ce ne sera pas nécessaire.

Les deux femmes se tournèrent vers l'entrée où Christian venait d'apparaître, avec son expression d'autorité indiscutable.

— Monsieur Breedlove, dit Tara, comme prise en faute. Je pensais que vous ne rentreriez pas avant ce soir !

— Il y a eu un petit changement, dit-il en se plaçant près du lit et en enlevant le pack de glace devenu tiède de la cheville de Lauren.

Tara se dépêcha d'ouvrir le sac de congélation qu'elle avait apporté.

— Voici le nouveau pack, monsieur Breedlove. J'allais le changer.

— Merci, Tara, dit-il sans quitter Lauren des yeux. Je vais m'en occuper, maintenant.

— Oui, monsieur.

Une fois la jeune femme sortie de la chambre, Christian changea le pack de glace.

— Je croyais pourtant t'avoir laissé des instructions très claires : repos au lit !

— Je ne savais pas que tu étais mon père ?

Lauren nota comment son regard se fermait, impénétrable. C'était la première fois qu'elle remarquait son tempérament autoritaire. Elle ne laissa rien transparaître, mais elle réprima un frisson. Il avait un caractère naturellement dominant, qui devait en imposer à beaucoup. Et étrangement, cela l'impressionnait, elle aussi. Mais elle refusait qu'il s'en aperçoive. Elle redressa le menton et soutint son regard. Il y eut encore une fois cette tension entre eux, presque palpable. On avait l'impression qu'une simple étincelle pourrait mettre le feu aux poudres de façon irrémédiable. Le regard de Christian semblait exprimer le sarcasme lorsqu'il la regardait.

— Je vois, une patiente rebelle.

— Peut-être même une hôte malpolie ! dit-elle Mais je m'emploie à suivre les conseils du Dr Burman, expliqua-t-elle. C'est une soignante très attentive.

— Parce que je ne le suis pas ?

Elle s'interdit de répondre et retint son souffle lorsque Christian effleura sa jambe, de la cheville jusqu'au genou. Puis il fit quelques pas pour aller s'asseoir une sur chaise et retira ses chaussures.

— Je suis peut-être trop distant ? reprit-il.

Les mots manquaient à Lauren, maintenant. Il se releva aussitôt pour venir s'allonger à côté d'elle, s'adossant à la tête de lit pour la prendre dans ses bras.

— Je crains de manquer de pratique pour prendre soin des gens, murmura-t-il à son oreille avant de déposer un baiser sur sa tempe, mais je pense que ta présence devrait m'aider à y remédier.

Il plaça un doigt sous son menton. Ils s'étaient déjà embrassés une fois et elle songea qu'elle pouvait retrouver ces sensations incomparables. Sentir à nouveau ses lèvres si douces et pleines, et les caresses délicieuses de sa langue. Mais personne n'était jamais prêt pour ce genre d'émoi ! Un soupir de plaisir lui échappa tandis qu'il lui effleurait les lèvres avant de lui déposer un léger baiser sur la joue puis le cou. Il plaça alors une main sur un de ses seins et l'entoura délicatement, s'attardant sur la pointe avec son pouce. Ses tétons se tendirent aussitôt et tout son corps se mit à le désirer follement.

Elle avait envie de lui, tout son corps le réclamait et elle se sentait tellement prête pour lui à cet instant qu'elle aurait pu le supplier de lui faire l'amour, mais elle avait pris un antidouleur fortement dosé et une somnolence irrésistible s'empara d'elle. Il s'en rendit compte rapidement, et se releva aussitôt.

— Non, gémit-elle d'une voix pâteuse.

— Pas comme ça, répondit-il. Si nous devons nous aimer, je veux que tu te souviennes de chaque sensation et que le seul brouillard soit celui de notre désir ardent. Pour le moment, tu dois te reposer et manger.

— Je n'ai pas faim.

— Il faut pourtant que tu t'alimentes. Je vais demander à mon cuisinier de te préparer quelque chose et je te ferai raccompagner chez toi.

— Pourquoi ne me raccompagnes-tu pas ? articula-t-elle avec peine.

Il sourit et vint placer un baiser sur son front.

— Crois-moi, si je te raccompagne chez toi, tu risques de ne pas te reposer.

Il effleura ses lèvres avant de se reculer.

— Rétablis-toi vite, ma belle.

Tara vint l'aider à s'habiller et on raccompagna Lauren chez elle. Elle réussit à rentrer avec ses béquilles, soutenue par le chauffeur que Christian avait envoyé en renfort. Elle n'avait qu'une envie en tête : retourner dans le lit de Christian et l'y retrouver. Si elle n'avait pas pris son traitement un peu plus tôt, ils seraient sans doute en train de faire l'amour à l'heure qu'il était. Pourquoi fallait-il toujours que la vie lui joue des tours ainsi ? Était-ce un signe que lui envoyait le cosmos pour lui éviter une erreur ?

Après tout, elle avait déjà une vie suffisamment compliquée comme ça pour se jeter dans les bras de Christian ! Le temps de sa convalescence serait propice à la réflexion.

8

Avant de repartir, Christian avait besoin de faire le vide. Entre Lauren et le choc de l'accident, il fallait qu'il cloisonne son esprit pour retrouver toute sa concentration. C'était ainsi qu'il avait depuis toujours su relever les défis et était devenu le brillant homme d'affaires qu'il était, à la tête de CANN International à trente ans à peine. Et il était déterminé à faire sur tout ce qu'il y avait à faire pour maintenir son empire au sommet.

Il gara sa voiture de sport dans l'entrée de l'hôtel et laissa derrière lui le souvenir de Lauren et l'émoi qu'il avait éprouvé hier auprès d'elle, lorsqu'elle lui avait signifié qu'elle le désirait autant que lui. Et puis il avait vu son regard embrumé par l'antidouleur. Il ne pouvait s'empêcher de penser aussi que, s'il n'était pas rentré si tôt, il aurait retrouvé un lit vide. Cela soulevait quelques questions… Est-ce qu'elle était vraiment consentante ? Les messages qu'elle lui envoyait étaient contradictoires. Et s'il avait eu raison de penser qu'elle essayait de tirer parti de la situation ? Et puis restait une question qui l'emportait sur toutes les autres : pourquoi y accordait-il tant d'importance ? Alors qu'il passait devant un miroir, il s'arrêta et détailla son reflet d'un œil critique. Il portait un costume dessiné par Ace Montgomery. Son costume bleu marine sur mesure contrastait avec une chemise jaune pâle qui mettait en valeur son hâle naturel et rehaussait la cravate aux couleurs bleu, or et argent. Il portait des boutons de manchette et une montre en platine.

Il rajusta sa cravate, passa la main dans ses cheveux puis, rassuré, reprit sa marche vers la salle de réunion. Il n'était pourtant pas particulièrement vaniteux, ni préoccupé de son apparence de manière générale. Mais il était le fils de Victoria qui leur avait toujours répété que l'apparence était le reflet des valeurs. Christian avait toujours bien écouté sa maman.

Il gagna la porte, inspirant profondément avant d'inaugurer sa première réunion exécutive en tant que président de la société.

— Messieurs, bonjour.

Des applaudissements l'accueillirent, qu'il salua d'un hochement de tête, avant de se placer devant son fauteuil. Il savait qu'au moins deux des sourires qui l'accueillaient n'étaient au mieux qu'à demi sincères et qu'un troisième était totalement factice. Il était devenu chef de ces cadres plus âgés que lui, plus expérimentés et qui, pour certains, avaient la certitude de mériter bien plus que lui le titre dont il avait hérité.

— Merci à tous, j'apprécie vos encouragements d'autant plus que je m'apprête à dévoiler un plan ambitieux et innovant. Je vous propose donc que nous nous mettions aussitôt au travail !

Il ouvrit son ordinateur.

— Comme vous le savez tous, notre filiale des Émirats arabes unis, CANN EAU a profité d'une belle opportunité dans ce pays de riches investisseurs. Mais les fenêtres comme celle-ci se referment vite et, depuis un an, nous sommes en quête d'un nouveau lieu où créer le prochain paradis terrestre pour les grandes fortunes. Je crois que nous avons enfin trouvé l'endroit parfait. Une petite idée ?

Divers noms de lieux furent cités, depuis Sidney jusqu'à Madagascar. De nombreuses îles en particulier. Christian alluma l'écran numérique mural qu'il connecta à son ordinateur.

— Bien tenté, messieurs, mais personne n'a trouvé. Je vous présente notre prochain projet : Djibouti.

Une carte apparut sur l'écran.

— Mais où diable se trouve Djibouti ? lança une voix.

— En Afrique, répondit une autre voix.

— Vous plaisantez, j'espère ? répliqua celui qui ne prenait plus guère la peine de masquer son scepticisme vis-à-vis de la nomination de Christian. Qui va passer des vacances en Afrique ?

— Il y a quelques années, répondit Christian calmement, c'est ce qui se disait du Moyen-Orient, et tout particulièrement des Émirats arabes unis. Pourtant Dubaï a émergé avec le succès que l'on sait.

Il plongea son regard dans celui de son opposant.

— Nous sommes CANN, ne l'oubliez pas.

Rentrée chez elle, Lauren se sentait finalement rassérénée. Elle savait qu'elle serait capable d'assister Victoria au mieux afin de faire de son défilé prochain un événement qui ferait date à Vegas. Malgré son entorse confirmée par le médecin recommandé par le Dr Burman, elle ferait face. C'était une certitude. D'ailleurs le médecin lui avait assuré que d'ici quatre à six semaines, elle pourrait retourner courir.

En attendant, elle avait demandé à Victoria de travailler depuis chez elle et avait transformé son séjour en bureau. Elle alluma son ordinateur portable et ouvrit un tableur afin de planifier les diverses tâches qui l'attendaient. Elle allait chercher sa tasse de thé dans la cuisine à cloche-pied, lorsqu'on sonna à la porte.

— J'arrive ! cria-t-elle en posant son mug sur la table et saisissant sa deuxième béquille.

Elle gagna la porte d'entrée et jeta un coup d'œil par le judas. Elle ne reconnut pas le visage, mais se décida à entrouvrir.

— Oui, je peux vous aider ?

— Sans doute, Lauren, même si c'est plutôt mon travail à moi. Miss Vickie m'a envoyé pour t'assister et, à en juger par ce paréo hawaïen que tu portes, je comprends qu'elle l'ait fait.

— Excusez-moi ?

— Oh ! je t'excuse, d'autant que lorsque tu t'es habillée ce matin, tu ne me connaissais pas encore. Maintenant, me permets-tu d'entrer ? Travailler avec une porte entre nous risque de se révéler problématique.

Lauren ouvrit la porte à cet homme maniéré, soigneusement habillé, coiffé et manucuré. Il était tellement naturel dans son approche que, loin de se sentir offensée par sa remarque sur sa tenue, Lauren fut amusée et plutôt conquise par le personnage. Il entra, un large sourire aux lèvres et les bras grands ouverts pour l'embrasser.

— Bonjour, Lauren, je suis Frankie, ravi de faire ta connaissance !

— Eh bien, moi aussi, enfin, je crois ! répondit-elle en riant. Lorsque j'ai eu Victoria au téléphone ce matin, elle n'a pas évoqué ta venue, d'où faute de goût au niveau du paréo !

Frankie éclata d'un rire communicatif.

— Elle m'a dit de te faire la surprise. Est-ce que tu veux que je t'aide à regagner ta chaise ? demanda Frankie en regardant autour de lui. C'est joli, ici, on reconnaît immédiatement le style de Miss Vickie !

Lauren nota amusée que Frankie était perché sur des escarpins vertigineux.

— Qu'est-ce qui ne va pas avec ma robe d'intérieur ? demanda Lauren en lui emboîtant tant bien que mal le pas.

— Oh ! rien, mais elle sera très bien dans une benne à recyclage !

— Je vois, tu es un radical ! s'exclama Lauren en riant.

— Le rire est la meilleure des médecines, ma chérie, et j'essaie de rester en bonne santé ! À quoi vont servir ces grands rouleaux de papier au mur, dis-moi ?

— C'est pour dessiner des tableaux, j'ai besoin de visualiser les plannings et les opérations pour tout avoir en tête, expliqua Lauren. Et toi, quelle est ta spécialité ? Tu travailles dans la mode ?

— En partie, mais ne te laisse pas éblouir par mon sens du style ! Je peux taper plus de 85 mots à la minute, et je me charge de toutes les paperasses avec la même précision que je réalise ma manucure, précisa Frankie en sortant un ordinateur de son sac à main. Mais la mode est ma passion, c'est vrai. J'adore ce que fait Ace Montgomery, même si je ne le connais pas personnellement, mais j'ai de nombreux amis dans le domaine, évidemment.

— Et connais-tu London ?

— La femme d'Ace ? Non, pas encore. Mais elle devrait venir au défilé de ce week-end et j'espère bien que nous deviendrons les meilleurs amis du monde !

— Je n'en serai pas surprise ! Est-ce que je peux te servir un thé ?

— Oh non, merci, la caféine donne des rides !

— Celui-là n'en contient pas, mais merci pour le tuyau, dit Lauren, moqueuse.

— À ton service, ma chérie !

Lauren éclata franchement de rire, avant de prendre place à table à côté de Frankie.

Elle avait déjà envie de faire plus ample connaissance avec lui. Frankie était un sacré personnage à n'en pas douter, et sa bonne humeur communicative lui réchauffait le cœur.

9

La semaine se passa en un tourbillon de réglages, ajustements et urgences de dernière minute... Samedi soir, Lauren et Frankie semblaient des amis de toujours lorsqu'ils entrèrent main dans la main dans la salle décorée aux couleurs de la Saint-Valentin. Lorsqu'ils virent le résultat, ils eurent la conviction que les longues heures de travail et les nuits passées à travailler d'arrache-pied n'avaient pas été vaines.

Les murs étaient tendus de tissu satiné et de dentelles, des mètres, des kilomètres même, de tulle rouge et blanc ornaient les plafonds. Cinq cents sièges drapés d'organza maintenu par un nœud en satin avaient été placés avec des coussins assortis autour de tables de dix personnes. La salle de réception était séparée par l'estrade en forme de T sur laquelle allaient défiler les mannequins. Des roses venaient border les limites. Un orchestre de dix musiciens allait officier au bout de la salle, sur un programme romantique de Tchaïkovski, Chopin, Puccini et Liszt. En découvrant tout cela, Lauren était émue aux larmes même si elle ne parvenait vraiment à démêler la part d'émotion de celle de la fatigue.

— Tu as réussi, ma chérie, murmura Frankie, lui aussi visiblement touché par la beauté de la salle.

— Nous avons réussi, répondit Lauren en se tournant vers lui. Je n'aurais pas pu tout faire sans ton aide. D'ailleurs, tu es officiellement à la fin de ton service, aussi je t'ordonne d'aller t'asseoir à la table numéro 2 !

Frankie ouvrit de grands yeux.

— Tu te moques de moi ?

Lauren éclata de rire.

— Non, certainement pas !

— Et toi ? Tu ne pourras pas profiter de la soirée si tu es en train de travailler !

— Ne t'inquiète pas, je vais te rejoindre, je veux juste faire un dernier tour de piste pour m'assurer que tout est en place.

Frankie serra Lauren chaleureusement.

— Merci, ma chérie, je me sens aussi excité que si c'était mon anniversaire, le nouvel an et la fête nationale en même temps ! s'exclama-t-il. Me reste à prier pour que ce soit l'occasion d'un feu d'artifice avec ce charmant jeune homme que je vois là-bas, par exemple !

Lauren se retourna, s'attendant à voir Ace ou un des mannequins arriver, mais son regard tomba sur Christian qui avançait à sa rencontre.

— Mais je crois que c'est plutôt à toi de jouer, murmura Frankie à son oreille. Je vais m'asseoir.

Elle se prépara à affronter l'effervescence de désir que lui provoquait à chaque fois la présence de Christian et remercia intérieurement Frankie pour son insistance à lui choisir une robe spectaculaire pour ce soir. Elle se sentait féminine et séduisante dans son kimono de soie dont le drapé marquait ses courbes et caressait doucement sa peau. Une image des lèvres de Christian remplaçant le tissu soyeux s'imposa à elle mais elle la chassa. Aussi irrésistible que soit Christian, il était le fils aîné de Victoria, et Lauren ne comptait pas l'oublier.

— Bonsoir, Lauren.

— Bonsoir, Christian.

— Tu es sublime, mais est-ce que tout va bien, tu as l'air tendue ?

— Non, pas du tout, je suis simplement surprise de te trouver ici.

— Où voulais-tu que je sois ? C'est la fondation de ma mère, elle est cruciale pour nous tous, expliqua-t-il en jetant un coup d'œil alentour. Voici donc le fruit de ton travail ?

— Oui, mais j'ai eu du renfort.

Il hocha la tête en un geste d'appréciation face au travail accompli. Ce simple geste donna à Lauren la sensation qu'une vague de chaleur la parcourait. Elle n'arrivait pas à comprendre ce qui, chez Christian, lui faisait un tel effet.

— Tu n'es pas obligée d'être modeste quand c'est une telle réussite, souligna-t-il.

— Ce n'était pas de la modestie. Je veux toujours rendre hommage à ceux qui ont contribué et le résultat que tu vois est le fruit d'un travail d'équipe avec Frankie qui a été un assistant hors pair !

Lauren s'était tue, mais Christian continuait à fixer ses lèvres.

— Qu'est-ce que tu fais ? demanda-t-elle.

— Je me rappelle...

Sa réponse la propulsa aussitôt dans la chambre de Christian et elle ressentit le même trouble que quelques jours plus tôt. Son baiser. Ses caresses. Des promesses qui n'attendaient qu'à être remplies. Des promesses qui, pourtant, ne devraient pas se réaliser. Pour la dixième fois, elle se rappela qu'il n'était pas un homme pour elle, pas dans leurs positions respectives. C'était jouer avec le feu, et elle le savait.

— Justement, à ce sujet...

Avant que Lauren n'ait le temps de compléter sa réponse, ils furent interrompus par l'arrivée d'un employé.

— Pardon, Lauren, mais l'équipe en charge des réseaux sociaux n'arrive plus à faire face, est-ce que tu pourrais leur prêter main-forte ?

— Oui, bien sûr, dit-elle en se tournant vers Christian, soulagée de quitter sa plaisante, mais très dérangeante compagnie. Le devoir m'appelle, passe une bonne soirée.

Deux heures plus tard, le défilé touchait à sa fin. Toutes les pièces du grand puzzle mis en œuvre par Lauren avaient réussi à s'emboîter à la perfection. Vêtue d'une robe en forme de cœur faite de bonbons, le célèbre top model London Drake

Montgomery assura le final, tandis que Victoria annonçait en direct la grande nouvelle de la soirée : le défilé avait surpassé toutes les autres soirées de charité jusqu'à ce jour en termes de dons. C'était un record absolu.

Lauren était épuisée mais heureuse de cette réussite. Elle avait rempli sa part du contrat, Victoria était ravie, la publicité autour de l'événement avait fonctionné à plein. En prime, Victoria avait eu la merveilleuse attention de faire venir sa mère pour l'occasion en lui offrant deux nuits dans une des suites de l'hôtel. Lauren avait à peine eu le temps de l'embrasser avant la soirée, mais elles allaient pouvoir passer les deux jours suivants ensemble. Le temps d'une petite pause pour se rafraîchir et Lauren avait rejoint Victoria, sa mère et quelques proches pour un dîner de célébration.

C'était la première fois qu'elle découvrait le Taste Test, l'un des dix restaurants au sein des Hôtels et Casinos CANN. Elle était impatiente et, après avoir eu l'appétit coupé par le stress ces derniers temps, elle se sentait soudain affamée. Même sa cheville douloureuse ne serait pas capable de lui gâcher le plaisir. Elle n'avait pas repris de traitement antidouleur qui la rendait somnolente, d'ailleurs elle était toujours réticente à prendre des médicaments.

Elle découvrit hélas combien il était compliqué d'évoluer en béquilles en restant distinguée. Une fois dans l'ascenseur, après avoir traversé un hall bondé, elle finit même par regretter de n'avoir pas écouté le conseil de Frankie qui suggérait qu'elle prenne un fauteuil roulant avec chauffeur !

Elle trouva finalement une hôtesse.

— Bonsoir, je suis Lauren Hart et je viens rejoindre Victoria Breedlove.

— Bonsoir, mademoiselle Hart, c'est par ici.

Lauren suivit l'hôtesse dans un couloir qui semblait mener de l'autre côté de la salle principale, puis frappa à une porte close, avant de l'entrouvrir, pour laisser passer Lauren.

— Très bonne soirée, mademoiselle.

— Merci.

— Voilà Lauren ! s'exclama Victoria en se levant pour l'accueillir.

— J'aurais dû aller te retrouver pour te prêter main-forte, dit Faye en se levant à son tour.

— Certainement pas, dit Lauren en embrassant Victoria. Tu restes si peu de temps, maman, je suis contente que tu aies l'occasion de profiter un peu de la compagnie de ton amie.

— Assieds-toi ici, ma chère, dit Victoria en pointant deux chaises vides entre elle et Faye.

Lauren s'installa après avoir salué Ace et sa femme London, ainsi que deux membres du bureau de la Fondation qu'elle avait rencontrés le jour même.

— Où est Frankie ? demanda-t-elle en hochant la tête vers le siège vide auprès d'elle.

— Pas la moindre idée, répondit Victoria.

— Peut-être qu'il tente sa chance à la table de black jack ? suggéra Ace.

— Oh ! non, Frankie n'irait pas jouer son argent alors qu'il y a des boutiques de luxe à proximité !

Tandis que tout le monde plaisantait, Lauren replia ses béquilles pour les placer sous la table et entendit alors la porte s'ouvrir derrière elle. Sans doute Frankie. Elle était heureuse que Victoria lui ait proposé de se joindre à eux. Comme Lauren, Victoria savait qu'un succès se construisait à plusieurs.

— Et voilà le plus beau ! lança Ace.

Elle se redressa, prête à rire de la réaction de Frankie à cet accueil triomphant. Mais ce n'était pas Frankie. C'était la seule personne capable de faire changer la température de la pièce par sa simple présence.

— Oh non, ce soir, c'est toi l'homme de la situation, répondit Christian en riant. Bonsoir à tous !

Il fit un rapide tour de table et s'arrêta plus longuement pour serrer sa mère dans ses bras.

— Prends place, mon chéri, je t'ai installé à côté de Lauren, qui réussi le prodige d'être aussi belle, aussi efficace et indispensable en béquilles !

Il se tourna vers elle et son regard lui donna l'impression de la déshabiller intégralement.

— Je suis entièrement de ton avis, maman, en effet.

— Pour ma part, je dois rendre hommage à Ace et sa collection pour leur ravissant kimono et pour ces exquises bottines qui couvrent mon bandage.

— Tu vas sans doute lancer une tendance, tu t'en rends compte ?

Christian s'avança vers elle pour lui faire la bise et, dès que ses lèvres effleurèrent sa joue, elle eut l'impression que tous les invités disparaissaient comme par enchantement de la pièce.

— Félicitations pour cette soirée, c'était une vraie réussite, dit-il à son oreille.

— Merci, je suis contente que tu aies passé une bonne soirée.

Victoria toussota pour attirer leur attention.

— Mon chéri, nous avons battu tous les records de donation à ce jour, te rends-tu compte ?

— Je n'arrive pas à croire que vous ayez surpassé le tournoi de golf de l'année dernière...

— C'est à Lauren que nous devons rendre hommage pour cela, souligna Victoria.

— C'était un travail d'équipe, dit Lauren.

— La soirée dans son ensemble est un travail d'équipe, c'est vrai, mais tes ventes aux enchères sur les médias sociaux ont été une telle réussite et c'était si ingénieux... Cela a fait connaître notre action à des gens du monde entier.

— C'est intéressant, dit Christian, explique-moi comment tu as procédé ?

Lauren détailla la mise en place d'enchères en ligne pour les pièces de joaillerie de la nouvelle ligne créée par London. Le succès en avait été inespéré.

— Je suis très curieux de voir ton opération en détail, reprit Christian.

— Je t'enverrai la vidéo que j'ai réalisée.

Comme les serveurs arrivaient avec les entrées, Victoria

profita de l'intermède pour signer la fin des discussions de travail.

— Assez parlé de CANN pour aujourd'hui, et si nous évoquions quelque chose de réellement important, maintenant ? lança-t-elle avec malice.

— Comme un voyage en jet privé, par exemple ? suggéra Ace. J'ai cru comprendre que quelqu'un parmi nous avait ce genre de petit joujou ?

— Ce sont des rumeurs, dit Christian, en riant. Bien, je dois avouer qu'en effet, j'ai eu cette chance incroyable et je compte inaugurer mon cadeau lors d'un petit séjour la semaine prochaine.

— Où, donc ? demanda London. À Paris ? Ou en Italie ! C'est si romantique...

— Je crains que le mot romantique ne soit pas le premier qui vous vienne à l'esprit, dit-il en ménageant un silence pour un effet de suspense. Je pars à... Djibouti.

— Où ça ? demanda Faye en ouvrant de grands yeux qui firent rire toute la table.

— Djibouti, maman, dit Lauren. C'est un petit pays de la corne de l'Afrique, stratégiquement positionné d'un point de vue commercial, militaire et portuaire.

Christian ne fut pas le seul à se retourner vers Lauren, l'air impressionné. Elle n'aimait guère attirer l'attention sur elle, mais en contexte professionnel favorable, elle sentait sa confiance et son assurance se développer.

— J'ai travaillé pour un client qui avait des affaires là-bas, l'année dernière, expliqua-t-elle, il a fait appel à moi car je parle français et c'est l'une des trois langues officielles là-bas.

— Tu t'es rendue là-bas ? demanda Christian.

— Non, je n'ai pas eu cette chance, mais j'ai fait beaucoup de recherches à cette occasion.

— Tu entends ça, Christian ? s'exclama Victoria avec un clin d'œil à son fils. Lauren parle français et elle est experte de ta prochaine destination !

— Oui, maman, j'ai entendu et je suis très impressionné, moi aussi.

— Experte est sans doute un bien grand mot ! dit Lauren.

— Je ne crois que ce que je vois et, de mon point de vue, tu as tous les atouts dont la Fondation, mais aussi l'entreprise CANN pourraient bénéficier.

La conversation se poursuivit autour du monde de la mode et des défilés, qui fournissaient nombre d'anecdotes divertissantes. Alors que tous les regards étaient tournés vers Ace et London, Christian se pencha vers Lauren.

— Tu peux t'échapper, mais tu ne peux pas te cacher.

— Moi, m'échapper ? plaisanta-t-elle en hochant la tête en direction de sa cheville.

— C'est ce que tu as fait tout à l'heure encore.

— Moi ? J'ai été appelée, je n'ai pas fui. Pourquoi voudrais-je t'éviter ?

— C'est ce que j'essaie de déterminer, répondit-il sans la quitter du regard.

— Je ne fuis pas, dit-elle encore.

Il rit doucement et elle ressentit les vibrations de son rire grave dans tout son corps.

— Je commence à croire que tu m'attises pour jouer, Lauren Hart.

— Certainement pas.

— Prouve-le-moi, alors !

C'étaient les mots qu'elle avait employés lorsqu'il était venu lui rapporter son bracelet. Par chance, London fit diversion en lui posant une question qui lui offrit les quelques instants de répit nécessaires. Elle avait tellement de mal à se concentrer en présence de Christian… Son parfum, sa voix grave et profonde, la façon dont sa jambe venait effleurer la sienne, l'air de rien lorsqu'il changeait de position, l'intensité de son regard lorsqu'il l'observait. Comment faisait-il donc ? Comment parvenait-il à sembler parfaitement détaché par instants et ensuite à la déshabiller d'un regard ardent et terriblement excitant ?

Elle soupira.

Le menu était à se damner. On venait de lui servir un espadon à la plancha avec des fleurs de courgettes et des tomates cerises grillées, sur un lit de riz sauvage aux deux truffes. C'était un tel délice qu'elle dut faire un effort pour ne pas lécher son assiette. Mais lorsque sa mère déclara qu'elle se passerait de dessert pour aller se reposer, Lauren lui en sut gré. La journée avait été longue et maintenir une indifférence prétendue à son voisin de table lui demandait beaucoup trop d'énergie. Et puis sa mère ne tarderait pas à repartir, elle voulait en profiter.

Christian sortit son téléphone et le lui tendit.

— Compose ton numéro, demanda-t-il.

Elle le regarda, l'air hésitant.

— Pour la vidéo, expliqua-t-il avant de baisser la voix. À moins que tu craignes de ne pouvoir me résister ?

Lauren lui arracha le téléphone des mains et entra son numéro, avant de se lever pour saluer l'assemblée.

Les mots de Christian tournaient en boucle dans sa tête. Le plus déroutant étant qu'il avait parfaitement raison, malgré toute son arrogance. Oui, elle le désirait et elle avait peur. Mais Lauren avait fui un fiancé potentiel et un père autoritaire, ce n'était pas pour risquer sa liberté encore une fois. Christian l'avait mise au défi de prouver qu'elle ne cherchait pas à attiser son désir, il en aurait la preuve très bientôt.

10

Une fois sortie du salon privé avec sa mère, Lauren accepta finalement le fauteuil roulant qu'on lui avait proposé durant toute la soirée. Les deux femmes gagnèrent ensemble la suite réservée par Victoria. Lauren y était passée en vitesse pour se changer un peu plus tôt, mais elle fut une nouvelle fois impressionnée par l'opulence des lieux. Son téléphone vibra et elle jeta un coup d'œil.

Voici mon numéro. J'attends ta vidéo…

Christian.

Un sourire lui monta aux lèvres et elle lui envoya le lien vers la vidéo promotionnelle qu'elle avait créée avant de mettre son téléphone sur silencieux. Elle voulait pouvoir profiter pleinement de sa mère.

— La suite est sublime…, dit-elle en se levant de son fauteuil pour faire le tour des lieux avec une des béquilles.

— J'ai bien dit à Victoria que je ne pouvais pas accepter, mais elle a insisté.

— La prochaine fois tu pourrais rester un peu plus, je peux te recevoir chez moi.

— Victoria m'a expliqué que tu avais un contrat jusqu'à la mi-juillet.

— Oui, cela me laisse quelques mois pour faire le point.

Faye rejoignit Lauren à la fenêtre et profita de la vue sur le Strip aux innombrables néons.

— Tu as bonne mine, ma chérie, dit Faye en se tournant vers sa fille. On dirait que Vegas te fait du bien.

— Je dois dire que m'éloigner de la pression constante de papa au sujet d'Ed...

— Tu es sûre qu'il n'y a pas autre chose ?

Lauren ignora le sourire curieux de sa mère. À coup sûr, elle avait dû comploter avec Victoria au sujet de Christian. Elle s'installa sur un canapé et alluma la télévision. La plupart des chaînes locales avaient couvert la soirée de charité et elle était curieuse de voir comment cela avait été traité.

Faye la rejoignit et prit place dans le fauteuil à côté, passant la main sur le velours incroyablement doux qui recouvrait les accoudoirs, sans quitter sa fille du regard.

— Tu dois être épuisée, ma chérie...

— C'est vrai, mais je suis aussi soulagée d'avoir accompli ma première mission pour Victoria.

— Et tu as été fantastique, ma chérie. Victoria n'a pas cessé de me le répéter. Tu peux être très fière de toi.

— Tu sais que sans mon assistant, Frankie, je n'aurais rien fait de tel !

— Il pourra sans doute prendre ta suite, quand tu partiras ?

— À moins que je ne puisse prolonger ce contrat...

— Oh ! tu ne penses pas vraiment à rester ici ?

— Si, maman, j'y pense. Pour la première fois depuis des mois, je ne me sens pas sous pression, harcelée en permanence, tu n'imagines pas à quel point c'est un soulagement.

— Mais c'est parce que ton père pense que tu vas bientôt rentrer.

— Qu'est-ce qu'il t'a dit de sa soudaine amitié avec Ed ? Pourquoi une telle insistance à nous voir mariés ? Je ne crois pas à ses arguments... Bien sûr, il prétend qu'Ed est d'une bonne famille et que je ne vais pas aller en rajeunissant, mais cela ne tient pas debout... Il ne s'est jamais vraiment inquiété de mon épanouissement personnel, pourquoi un tel empressement tout à coup ?

— Mais c'est vrai que les Miller sont une très bonne famille ! plaida Faye.

— Maman, toi aussi tu es de son côté ?

— Non, mais c'est juste que... Oh ! oublie ça...

— Maman, dis-moi !

— Nous parlerons demain, Lauren, ne gâchons pas cette belle soirée.

Lauren saisit la télécommande et coupa le son de la télévision.

— Maman...

— Promets-moi de ne rien dire à ton père ! Il est si fier... Mais je crois que tu as le droit de savoir malgré tout.

Lauren sentit son estomac se nouer à la vue de l'expression de gravité sur le visage de sa mère.

— Tu sais que ton père a travaillé très dur pour maintenir son activité, il a lutté chaque jour depuis des années...

— Oui, je me souviens des week-ends qu'il passait à travailler, évidemment.

Faye acquiesça.

— Ce que j'ignorais, c'est qu'il a souscrit un certain nombre d'emprunts à l'époque pour maintenir notre niveau de vie... Et c'est alors qu'il a hypothéqué la maison, Lauren...

— Oh non !

— Si, et même deux fois...

Lauren plaça la main sur sa bouche. Elle savait combien sa mère adorait leur maison du Maryland. C'était elle qui avait décoré et meublé les cinq chambres, les trois salles de bains de la belle bâtisse. C'était ainsi aussi qu'elle avait surmonté la séparation d'avec sa famille et ses amis, restés sur la côte Ouest. Quitter cette maison serait dévastateur pour elle. La tristesse qu'elle lisait dans le regard de sa mère prenait un tout autre sens, tout à coup.

— C'est terrible, maman, mais je ne comprends toujours pas le lien avec Ed ?

— J'y viens. Paul a toujours eu d'excellentes relations avec son banquier qui l'a soutenu dans les moments difficiles, mais il y a quelques années, ce dernier a obtenu une promotion et a quitté la banque. Son remplaçant a repris les dossiers de Paul et lui a mis une pression folle pour apurer ses dettes.

— Et c'est Ed qui a prêté l'argent à papa ?

Tout s'éclairait d'un coup. C'était à cette époque qu'Ed avait repris contact avec elle. Il avait essayé de se servir de ce levier pour se mettre son père dans la poche. Mais, à en juger par l'expression inquiète de sa mère, elle n'était pas encore arrivée au bout de ses surprises.

— Maman, est-ce qu'il y a encore autre chose, dis-moi ? Combien est-ce que papa a emprunté à Ed ?

— Je ne sais pas exactement, mais notre maison est évaluée à un demi-million de dollars à ce jour, donc j'imagine que c'est au moins de cet ordre. Et bien sûr, comme le banquier, Ed demande à être intégralement remboursé immédiatement, à moins que tu n'acceptes de l'épouser.

Lauren laissa plusieurs minutes s'écouler, incapable de répondre.

— Il doit bien y avoir une autre solution. Je sais à quel point ce serait terrible de perdre la maison, mais je ne peux pas épouser Ed, maman. Ce n'est pas quelqu'un de bien, tu sais...

Faye plissa les paupières.

— Est-ce qu'il a été violent avec toi ?

— Pas physiquement. Il ne m'a pas frappée, si c'est ce que tu veux dire, mais les violences verbales et le harcèlement peuvent laisser des traces douloureuses, tu sais...

Faye plaça la main sur celle de sa fille.

— Rien ne mérite un tel sacrifice ma chérie. Il n'y a rien de pire qu'un mariage malheureux.

— Mais je sais combien tu tiens à ta maison, maman. Que se passera-t-il si vous la perdez ?

Faye se redressa.

— Je la regretterai, mais je survivrai !

Les deux femmes étaient totalement épuisées par cette longue journée et chacune rejoignit son lit. À peine dans la pénombre, les vibrations de son téléphone attirèrent l'attention de Lauren. Elle tendit la main vers son sac et vérifia les messages. Christian, encore.

> Chère Lauren, est-ce que tu m'accompagnerais à Djibouti, j'ai besoin d'une interprète ! Ma mère m'a soufflé cette idée, ce qui signifie qu'elle est prête à se passer de son assistante préférée pour l'occasion.

Après la discussion qu'elle venait d'avoir avec sa mère et ses révélations sur la situation familiale, Lauren songea que tout ce qui lui permettrait de mettre de l'argent de côté serait utile. Et puis cette mission serait l'occasion d'essayer de réfléchir à un plan d'action. Elle répondit aussitôt par l'affirmative.

11

Lorsqu'il a terminé sa journée de travail, l'employé moyen se dépêche de quitter son entreprise. Mais lorsque vous travaillez dans le plus bel hôtel du monde, avec tout ce qu'il faut à l'intérieur pour se distraire, il n'y a pas vraiment de quoi fuir. Ce mercredi soir à 9 heures, Christian était toujours au travail avec un client important, le prince de Brunei, en compagnie de son frère Noah qui travaillait au département des Relations internationales, et Greg Chapman, le vice-président exécutif. Ils avaient dîné au très exclusif restaurant de l'hôtel, le Chefs, qui n'offre qu'une vingtaine de tables et présente des menus sans prix. La règle tacite étant que si vous aviez besoin de savoir le prix, c'est que vous n'en aviez pas les moyens.

Leur dîner terminé, les quatre hommes se détendaient dans un salon réservé, savourant un cognac hors d'âge. Une chanteuse à la voix veloutée entonnait un titre de soul. Il jeta un coup d'œil à sa montre et fit signe au barman de mettre la note sur son compte.

— Messieurs, c'était un plaisir de passer cette soirée avec vous, mais j'ai un vol matinal qui m'attend et je dois prendre congé de vous.

Ce n'est qu'arrivé à la porte qu'il remarqua Chloe. Elle se leva aussitôt, avec l'assurance qui la caractérisait, et accourut vers lui. Christian ne put s'empêcher de penser que sa robe était trop provocante, son décolleté, trop profond, et son sourire trop séducteur.

— Salut, beau gosse !

Il lui fit la bise.

— Tu sais que ta présence ici toute seule pourrait être mal interprétée, Chloe ?

— Qui te dit que ce serait une mauvaise interprétation ? souligna-t-elle en souriant.

— Dans ce cas, je vais te laisser à tes activités, bonne nuit !

— Attends, je plaisantais, j'allais rentrer moi aussi.

Quelle chance...

Christian se dirigea vers l'ascenseur privé qui allait lui permettre de rejoindre le parking VIP. Chloe lui emboîta le pas.

— Où est-ce que tu vas ? demanda-t-il.

— J'espérais que tu pourrais me déposer !

— Tu n'as pas de chauffeur ?

— Ce n'est pas vraiment un problème, non ?

— Désolé, mais pas ce soir, Chloé, dit-il en appuyant sur le bouton. J'ai eu une longue journée et je n'ai pas le temps de faire un détour.

L'ascenseur s'ouvrit. Christian maintint les portes ouvertes.

— J'imagine que cela signifie que tu vas retrouver ta dernière conquête ? Cela fait pourtant quelques semaines, déjà, j'aurais cru que tu te serais lassé plus tôt...

Christian savait qu'elle cherchait des informations, des détails. Mais elle aurait dû savoir depuis le temps qu'elle le connaissait que, comme tous les Breedlove, Christian était toujours très discret sur sa vie privée.

— Bonne nuit, Chloe !

Il recula pour que les portes se referment. Et puis il repensa à son commentaire au sujet de Lauren. Comment serait-il déjà *lassé* alors que les préliminaires de la séduction n'avaient qu'à peine commencé entre eux ?

Bientôt...

De retour chez elle, Lauren essaya de prétendre que l'idée de partir à l'autre bout du monde à bord du jet privé de l'homme le plus séduisant du pays ne lui faisait pas plus d'effet que n'importe quelle autre mission professionnelle.

En dehors de cela, il fallait cependant reconnaître que ses pensées avaient été monopolisées par les révélations de sa mère. Elle ne pouvait cesser de s'inquiéter en imaginant son père aux abois, les dettes, le chantage éhonté d'Ed et, par conséquent, sa vie à elle hypothéquée comme leur maison...

Si seulement elle avait un million de dollars à disposition pour racheter les crédits de son père... Elle rêvait de convertir ce montant en pièces de monnaie sous lesquelles elle ensevelirait Ed ! Lauren n'avait jamais aimé les jeux d'argent, mais maintenant qu'elle était à Vegas, elle s'imaginait remporter le jackpot... Elle n'avait plus beaucoup de temps, hélas... Et elle connaissait suffisamment Ed pour savoir qu'il ne leur ferait pas de cadeau.

D'ailleurs, elle avait la certitude qu'il ferait monter la pression autant que possible et elle craignait que sa mère n'ait encore enjolivé la situation... Comment cet homme qu'elle détestait pouvait-il tenir toute sa famille avec ce chantage odieux. Sa mère craignait de perdre sa maison, son père son travail et toutes les économies d'une vie, et elle, sa liberté, rien de moins...

Elle essaya de chasser les pensées qui l'obsédaient depuis deux jours et se concentra sur sa valise. Elle déposait au fur et à mesure ses tenues sur son lit afin de faire le tri, puis sortit le tiroir contenant sa lingerie.

Ce soir, elle n'avait pas envie de repousser les pensées et le désir que lui inspirait Christian et, tandis qu'elle passait en revue ses dessous les plus sexy, elle laissa des rêveries érotiques l'envahir. Demain, elle allait embarquer avec lui pour l'Afrique à bord de son avion privé !

Elle n'avait pas beaucoup de détails au sujet de ce qu'ils feraient à Djibouti, mais une équipe de CANN serait du voyage pour la briefer, peut-être des investisseurs...

Elle se demanda comment réagirait Christian s'il devait se passer quelque chose entre eux... Était-il du genre conquérant qui se désintéresserait d'elle aussitôt qu'il aurait eu ce qu'il voulait ? Elle n'avait pas envie d'y penser.

Son téléphone sonna. Elle jeta un coup d'œil à l'écran.

Son père.

Fin du rêve...

— Allô, Lauren...

— Bonjour, papa.

Le ton de sa voix, un peu sec et formel, ne lui suggéra rien de bon. Elle devait reconnaître qu'elle trouvait parfois des ressemblances entre son père et Ed.

— Ta mère m'a dit que tu voulais me parler ? Je dois dire que je regrette qu'elle t'ait parlé de mes soucis financiers, qui ne te regardaient pas.

— Eh bien, si je ne suis pas concernée, tant mieux, papa, et tu peux aussi ranger tes projets avec Ed, car je ne l'épouserai pas.

— Il t'aime sincèrement, comme moi, Lauren, et il propose que vous unissiez nos deux familles sur de solides fondations qui seront profitables à tous, je ne vois pas où est le mal ?

— Inutile de célébrer un mariage pour cela.

— Mais Ed t'aime et c'est ce qu'il souhaite.

— Et moi, ce que je souhaite, quand en parle-t-on ?

— Tu as quelque chose à me dire, Lauren ?

Elle se mordit les lèvres, espérant que sa mère ne lui avait pas parlé de Christian...

— Je dois te laisser.

— Lauren, promets-moi de ne pas faire de bêtises !

— Au revoir, papa, du travail m'attend.

— Lauren ! Attends, je n'ai pas fini...

Elle raccrocha. C'était la première fois qu'elle défiait ainsi son père, et cela lui fit du bien.

De toute façon, elle n'aurait pas pu lui promettre quelque chose qu'elle n'était pas sûre de pouvoir tenir.

Lorsqu'on frappa à la porte, elle sursauta, encore sous le coup de sa conversation avec son père. Elle n'attendait personne, pourtant. Elle espéra que ce soit Frankie, lui qui était toujours de bonne humeur, prêt à lui changer les idées ou à lui prêter une oreille compatissante. Oui, Frankie saurait la réconforter. Elle ravala ses larmes et alla ouvrir la porte, plaquant un sourire un peu forcé sur ses lèvres.

— Oh ! bonjour ! dit-elle surprise.

Christian entra et la prit dans ses bras.

Elle eut juste le temps de se dire qu'une diversion n'était pas une mauvaise idée dans son état, après tout.

12

Il n'avait rien prémédité, mais lorsqu'il avait vu son regard chaviré et son sourire triste, il n'avait pu s'empêcher de la serrer dans ses bras. Cela aurait pu s'arrêter aussitôt, mais elle avait glissé un bras autour de son cou pour se blottir contre lui. Il avait senti son corps contre le sien, elle ne portait rien d'autre qu'un simple short et un débardeur, et puis elle avait posé sa bouche sur la sienne et effleuré ses lèvres de sa langue, et il n'avait plus rien pensé du tout.

Christian répondit à son baiser avec empressement. Il avait toujours follement aimé embrasser et il maîtrisait cet art à merveille. Le baiser de Lauren avait quelque chose de magique : leurs bouches s'unissaient à la perfection, comme si elles avaient été faites l'une pour l'autre depuis toujours.

Quelle était la raison de ce cadeau inattendu. Était-ce vraiment un cadeau ? Il s'écarta lentement.

— Eh bien, c'est un accueil en fanfare !

Lauren recula d'un pas pour le laisser entrer.

— Je ne vais pas m'excuser, dit-elle, mais je me suis sans doute laissé emporter.

— Est-ce que ça va, Lauren ?

— Pas trop, répondit-elle en se hissant sur un tabouret.

— Est-ce que tu veux en parler ?

— Non, dit-elle en posant les yeux sur ses lèvres.

— Est-ce que je peux faire quelque chose pour toi ?

— Tu peux sans doute employer cette bouche irrésistible à autre chose qu'à parler.

Sans un mot de plus, il prit Lauren dans les bras et l'emmena jusqu'à sa chambre.

Il la déposa sur le lit et s'allongea à côté d'elle. Il y avait de l'urgence dans les gestes de Lauren, et il calma la cadence, commençant par embrasser chaque espace de peau découverte. Il sentit les frissons sous ses lèvres alors qu'il s'approchait de ses seins et tira légèrement sur le tissu pour en découvrir un et en mordiller le téton tendu. Il effleura sa pointe brune du bout de la langue et Lauren gémit. Il s'attarda encore, découvrant le deuxième qu'il embrassa à peine, un simple souffle, une promesse de retour. Il retrouva sa bouche, glissant la langue entre ses lèvres humides et accueilli d'un soupir. Leurs langues dansèrent, s'apprivoisant au passage.

— Chris...

Son prénom flotta comme un murmure à son oreille. Elle soupira encore et retira son haut, tendant la main vers la ceinture de son pantalon. Christian la désirait tellement maintenant qu'il n'avait plus le souci de ralentir le jeu. Ils auraient tout le temps de musarder lors du deuxième acte. Car il y aurait un deuxième acte, il ferait ce qu'il faut pour cela.

Il se redressa au-dessus d'elle, les genoux de part et d'autre de son corps. Il détailla sa silhouette parfaite, ses seins ronds et lourds, avant de saisir la taille élastique de son short et de tirer doucement. Lauren se redressa à son tour, le regard assombri par le désir. Elle ondula doucement du bassin.

Elle était si sensuelle.

Il la dénuda complètement, souriant en découvrant son intimité offerte, délicieusement dessinée par une toison noire et bouclée dont il imaginait déjà la douceur sous ses doigts. Cette pensée l'excita encore davantage, alors qu'il brûlait d'être accueilli en elle et de la faire vibrer à son rythme. Il plaça les mains sur les genoux de Lauren et écarta doucement ses jambes, avant de plonger la tête entre ses cuisses dans la vallée de tous ses fantasmes. Le long gémissement grave qui sortit de la gorge de Lauren lui suggéra qu'il avait sans doute trouvé quelque chose qui lui plaisait.

Et qui lui plaisait beaucoup, même.

Et comme il aimait le travail bien fait, il ne comptait pas se dérober. Il s'installa plus confortablement et s'attarda longuement, du bout de la langue, partout entre ses cuisses. Tantôt doux, tantôt plus vif, il la découvrit, la goûta, lapa, lécha longuement, écartant plus large ses jambes pour mieux accéder à toute son intimité. Il savoura le goût de son désir pour lui, la caressant en même temps, jusqu'à la sentir au bord de la jouissance, incapable de ralentir son souffle. Elle bougeait en rythme contre sa bouche, lui indiquant la cadence, encourageant ses caresses. C'était tellement excitant qu'il avait du mal à résister. Il se releva rapidement pour retirer son pantalon qui le comprimait, saisissant au passage son portefeuille dans la poche arrière pour en sortir un préservatif. Il ouvrit rapidement l'emballage aluminium et déroula la protection sur son membre fièrement dressé, avant de la rejoindre sur le lit.

— Prête, ma belle ? murmura-t-il.

— Oh ! Chris, oui !

Il se plaça juste à l'entrée de son corps et se glissa en elle en un long et lent mouvement ininterrompu.

La sensation de plonger en elle était indescriptible. Il se retira doucement et recommença, elle se cambrait contre son corps pour l'accueillir et ce mouvement se répéta, intense et fiévreux, il sentait sa chaleur tout autour de lui et un gémissement rauque lui échappa sans qu'il s'en rende compte. Il glissa les mains sous ses fesses si rondes et douces, les plus excitantes qu'il ait jamais caressées, et il les souleva vers lui en rythme.

— Oh Chris ! gémit-elle.

Son gémissement se changea en cri alors que le plaisir l'emportait. Juste à temps pour Christian qui sentait l'orgasme tout proche et n'eut qu'à s'abandonner en elle pour la rejoindre dans un cri rauque avant de s'effondrer à côté d'elle.

— C'était incroyable, murmura Lauren le souffle court.

— Oui, ça l'était, répondit-il en la serrant contre lui. J'ai hâte de renouveler l'expérience.

Étonnamment, ils n'attendirent pas longtemps et cette deuxième fois fut plus lente et languide, comme un morceau de jazz joué tard le soir dans un club aux lumières bleues. Puis ils prirent une douche qui se termina de façon incroyablement érotique lorsque Lauren lui dévoila que sa bouche ne faisait pas qu'embrasser à merveille.

Un peu plus tard, leurs corps apaisés, ils se glissèrent sous un drap, serrés l'un contre l'autre et regardèrent sur le mur les reflets fluctuants de la bougie que Lauren avait allumée.

Du doigt, il lui caressa l'épaule et s'avança pour déposer un baiser sur sa tempe.

— Est-ce que tu te sens un peu mieux qu'avant mon arrivée ?

— Incroyablement mieux, murmura-t-elle. Et toi ?

— Je ne sais pas, j'ai peur d'avoir besoin d'une cure de désintox...

Lauren se redressa.

— Désintox, comment ça ?

— Tu es addictive et je crois que je pourrai bien vite devenir accro à ce que tu me fais.

— Oh ! s'exclama-t-elle en riant.

Il la serra en riant à son tour.

— Cela fait un moment que tu es célibataire, non ?

Lauren sourit.

— Qu'est-ce qui te fait dire ça ?

— Une intuition.

— Et toi ?

— Rien de sérieux dernièrement. J'ai quelques amies avec qui les relations sont claires et que je vois pour passer du bon temps, épisodiquement.

— Tu n'as jamais envisagé de te marier ?

Christian passa la main sur le drap avant de répondre.

— Si, une fois.

— Et que s'est-il passé ?

— Une ex a fait son grand retour et a tout gâché.

Elle haussa les sourcils.

— Tu as eu une aventure avec elle ?

— Non, mais c'est l'impression que ça a donné.

Lauren avait l'impression de sentir son regard qui cherchait à la percer à jour dans la pénombre.

— Et toi ?

— Oui ?

— Tu n'as jamais pensé à quitter le marché ?

— Quitter le marché, comme si j'étais quoi, un œuf ?

— Eh bien, techniquement...

Elle saisit un oreiller et le frappa en riant. La conversation s'interrompit et ils se blottirent, le corps de Christian venant emboîter le sien à la perfection. Et ils s'endormirent ainsi, Lauren agrippée à ses bras solides.

Ils se réveillèrent très exactement dans la même position quelques heures plus tard.

13

Las Vegas était connue pour accueillir les plus grands spectacles d'illusionnistes et de magiciens. Christian avait vu les événements les plus prestigieux, mais jamais il n'avait expérimenté ce genre de magie. Cette nuit avec Lauren avait été incroyable.

Au matin, pourtant, elle était plus réservée, moins détendue. Il se refusait à mettre la moindre étiquette sur ce qui s'était passé entre eux et visiblement, elle n'y tenait pas non plus. Il savait pourtant une chose avec certitude, c'est que la passion entre eux venait tout juste de s'éveiller.

Après un rendez-vous avec le Dr Burman pour Lauren, ils avaient rejoint l'aérodrome où l'on avait déjà pris soin de leurs valises. Son jet était paré pour le décollage. Ils avaient passé les dernières heures à régler les problèmes de dernière minute, lui sur son téléphone et Lauren sur sa tablette. Maintenant qu'ils prenaient place à bord, ils allaient pouvoir se détendre un peu. Lauren étendit sa jambe blessée dans le fauteuil en face et ils commandèrent le petit déjeuner tandis que le Gulfstream s'engageait sur le tarmac. Christian se pencha vers elle et lui serra le bras.

— Est-ce que tout va bien, ma belle ?

— Oui, ça va. J'ai eu Victoria au téléphone ce matin. Frankie va reprendre mes dossiers pendant mon absence, je me sens soulagée.

— Et ta cheville ?

— Pour le moment ça va, sans doute grâce à cette superbe attelle que m'a mise le Dr Burman ! dit-elle en levant son pied.

— Hum, dit-il d'une voix grave en caressant sa jambe aussi douce que de la soie. Moi je trouve cela plutôt sexy.

— Frankie me tuerait s'il savait que j'ai mis cette robe avec une attelle !

— Je crois que j'ai une solution à ton problème, dit-il en sortant son téléphone.

— Qui est-ce que tu appelles ?

— Les autres passagers de ce vol.

— Je croyais que nous ne serions que tous les deux ?

— Oui, ce sera le cas à Djibouti, mais nous prenons des passagers en chemin, pour une escale à Londres.

Lauren fronça les sourcils, interrogative.

À cet instant, leur jeune pilote nommé Dennis prit la parole au micro.

— Bonjour à vous, monsieur Breedlove, mademoiselle Hart. C'est une belle journée pour survoler l'océan. Nous allons voler à une altitude moyenne de 12 000 pieds, et jusqu'à Hayward nous ne devrions pas croiser de perturbations ni de nuages, aussi profitez bien de la vue.

— Hayward ?

— En Californie, près de San Francisco.

Lauren sourit.

— Ace et London viennent avec nous ?

— Bingo !

Une heure plus tard le jet faisait un crochet pour aller récupérer London et Ace. Les deux femmes prirent place sur la banquette pendant que Christian faisait faire une visite guidée de l'avion à son ami.

London ouvrit son sac à main pour en sortir une bottine étincelante de brillants.

— J'ai une petite surprise pour notre éclopée préférée !

— Oh c'est incroyable, dit Lauren en riant. Frankie m'avait

fait faire ces bottines pailletées pour le défilé, mais j'ignorais que cela pouvait s'acheter !

— S'acheter, mais tu veux rire, ma chérie, je les ai faites spécialement pour toi.

— Mais ce n'est pas possible, Christian t'a appelée il y a à peine une demi-heure !

— Combien de temps penses-tu qu'il faille pour coller des cristaux Swarovski sur une pièce comme celle-là ?

— C'est vraiment ce que tu as fait ?

London rit à son tour.

— Non, pas tout à fait. Ace a appelé un de nos artisans qui a des mains magiques et il nous a apporté ça directement à l'aérodrome.

— Waouh, London, je suis vraiment touchée de cette attention, merci !

— Merci à toi, car je crois que nous allons en intégrer dans notre prochaine collection. D'ailleurs, tu pourrais être notre mannequin pour l'occasion !

— Mon Dieu, si je raconte ça à Frankie il va tomber raide ! C'est lui, d'ailleurs, que vous devriez choisir comme mannequin, s'exclama-t-elle, amusée. Mais au fait, je ne t'ai pas demandé où était le bébé ?

— Notre petite princesse fait le voyage avec sa nounou. Nous avons du personnel sur place pour préparer la maison avant notre arrivée. D'ailleurs, combien de temps allez-vous rester à Londres ? Nous aimerions vous présenter nos amis.

Christian et Ace les rejoignirent lorsque l'avion s'apprêtait à décoller. Lauren était ravie de ces deux invités surprise. Elle ne regrettait pas ce qui s'était passé la nuit dernière. D'ailleurs, elle mourait d'impatience de renouveler l'expérience, mais elle savait que coucher avec Christian serait forcément une complication de plus dans sa vie déjà tourmentée. Le coup de fil avec son père le lui avait hélas confirmé et elle savait que cela ne se réglerait certainement pas d'un coup de baguette magique...

Mais il serait bien temps d'y penser, songea-t-elle alors qu'on leur servait des cocktails à base de champagne.

Durant les dix heures suivantes, ils mangèrent, burent et rirent comme jamais. Lauren était fascinée. Jamais elle n'avait entendu parler de sommes d'argent aussi faramineuses, alors que tout, même le simple cocktail qu'on lui servait, était inabordable pour elle. Ace et London faisaient partie du projet de Christian à Djibouti, et entendre ces trois amis faire des affaires ainsi était stupéfiant.

Lorsque le pilote annonça qu'ils amorçaient la descente vers Londres, tout le monde attacha sa ceinture. Christian, assis à côté d'elle, étendit son bras pour l'enlacer et Lauren s'abandonna à son étreinte réconfortante.

— Tu fais bien de te reposer, bébé, murmura-t-il à son oreille, son souffle chaud contre sa peau.

— Pourquoi ?

— Oh ! tu pourrais en avoir besoin !

Elle leva un regard malicieux vers lui.

— Ah oui ?

— Et plus encore que tu ne l'imagines.

— Hum, je veux bien un indice sur ce que tu mijotes.

— C'est toi que je compte faire chauffer à petit feu jusqu'à ce que tu sois irrésistiblement moite. Ensuite, je prendrais le temps de lécher tout ton corps pour en goûter chaque centimètre de peau humide.

Il savait y faire car elle dut serrer les cuisses pour contenir le désir qui palpitait déjà entre ses jambes.

— Tu es cruel, souffla-t-elle en se serrant un peu plus. Arrête de me torturer !

— Jamais !

L'espace d'un instant, Lauren abandonna toutes ses réserves pour s'autoriser à rêver de ce que serait une vie entière dans ce luxe, cette passion, ce sentiment que rien ne pouvait lui arriver entre des bras protecteurs. Mais le fantasme s'évanouit alors que lui revenait en tête sa triste discussion avec son père la veille. Christian serait une étoile filante dans sa vie, elle le savait et ne devait jamais l'oublier.

Ils atterrirent à l'aéroport de Luton au petit matin. Une fois que les services de la douane eurent contrôlé le jet et ses passagers, les quatre voyageurs sortirent retrouver la voiture qui les attendait sous une bruine dense. À leur arrivée, le chauffeur sortit pour leur ouvrir les portières et charger les valises. London s'installa, la tête lovée contre le cou d'Ace et ferma les yeux. Ace et Christian commentèrent la superbe Rolls-Royce Phantom intérieur cuir qui allait les emmener à destination.

Lauren était contente de pouvoir échapper à la conversation. Elle avait beau avoir atterri, elle avait l'impression qu'elle flottait toujours au-dessus des nuages et se remémorait les promesses érotiques de Christian, et tout son corps frémissait déjà. La simple idée de sa bouche sur sa peau suffisait à ce que ses seins se tendent, tandis que déjà son sang pulsait en rythme au creux de ses reins. Elle avait déjà perdu le contrôle de ses désirs, malgré la fatigue et la promesse d'un terrible jet-lag. Tout ce qu'elle voulait, maintenant, c'était Christian, prêt à lui faire l'amour aussi longtemps que possible.

Une demi-heure plus tard, le chauffeur s'arrêta devant l'Hôtel Sanderson. Ace et London les avaient invités à rester chez eux, mais comme ils étaient encore à plus d'une centaine de kilomètres de Londres, Christian avait préféré décliner l'invitation.

Lauren avait une petite idée de ce qu'il avait en tête.

C'était d'ailleurs sans doute ce qu'elle-même avait à l'esprit.

Et il lui suffit de patienter quelques minutes, le temps que le chauffeur reparte, pour le confirmer. Ils étaient à peine dans leur chambre qu'ils se jetèrent sur le lit, se déshabillant mutuellement, jusqu'à ce qu'elle ne porte plus rien d'autre que son attelle. Christian prépara un préservatif, puis s'allongea derrière Lauren et, sans attendre, glissa son sexe entre ses cuisses d'un seul mouvement, avant de se mettre à onduler lentement, profondément. Il l'enlaça et plaça la main sur son clitoris pour la caresser en même temps et lui offrir ainsi le plus profond et délicieux des orgasmes. Elle ne put rien contrôler et, sentant la vague irrépressible qui l'envahissait, ferma les yeux et s'abandonna à ce plaisir total en songeant que c'était sans nul doute le meilleur des remèdes au jet-lag.

14

Samedi matin en se réveillant, Christian reçut un SMS qui les obligea à revoir leurs projets. Il était invité le lendemain à rencontrer un dignitaire djiboutien ainsi qu'un groupe d'entrepreneurs et, étant donné l'importance des bonnes relations dans ce domaine, il décida d'annuler son dîner avec Ace et London pour organiser leur départ immédiat vers Djibouti.

Ce serait la première fois qu'il reviendrait dans ce pays depuis qu'il y avait acheté une minuscule île vierge, juste au large des côtes, dans l'océan Indien. La première fois qu'il découvrirait la maison qu'il avait fait construire là-bas d'après ses propres plans, avec un minigolf en guise de jardin et une piscine devant la chambre.

Leur vol arriva vers 1 heure du matin, et Christian et Lauren eurent à peine le temps de dormir avant leur rendez-vous du lendemain. Après la réunion, ils visitèrent la ville de Djibouti, capitale du pays. Christian adora faire découvrir à Lauren la cuisine locale et les quelques éléments qu'il avait eu l'occasion d'appréhender lors de ses précédentes visites.

La République de Djibouti se situait dans la corne de l'Afrique, bordée par l'Érythrée, l'Éthiopie et la Somalie. Ce n'était pas le premier pays qui venait à l'esprit lorsqu'on pensait à des vacances paradisiaques, mais Christian y voyait un potentiel énorme, en particulier pour les îles au large des côtes, dans le golfe de Tadjoura. Cette enclave de rêve dans l'océan Indien avait des récifs coralliens ainsi que des huîtres perlières en abondance. Jusqu'à présent, il n'avait pu qu'imaginer le nid d'amour parfait qu'il allait proposer aux célébrités en quête de discrétion, mais maintenant qu'il était là avec Lauren, son projet devenait réalité pour lui.

Il la regardait, son corps doré luisant dans la lumière du soleil et les reflets de l'eau, ses cheveux mouillés étalés sur ses épaules. Alors qu'elle nageait, il devinait ses fesses rondes qui effleuraient la surface de l'eau et lui donnaient envie de plonger immédiatement. Pourtant, il résista. Elle avait l'air préoccupé et cela lui rappela son expression inquiète lorsqu'elle lui avait ouvert mercredi soir.

— Qui est-ce ?

— Pardon ? demanda-t-elle.

— Qui est cet homme qui te contrarie tant. Je suppose que c'est le même à qui tu pensais lorsque je suis passé te voir mercredi ?

Son regard noisette se tourna vers lui, perçant.

— Comment sais-tu que je suis en train d'y penser ?

— Tu as la tête d'une femme contrariée par un homme. Je connais cette tête, crois-moi.

Elle rit. Elle était moins sur la défensive. Elle fit quelques brasses pour se rapprocher.

— Raconte un peu, tu m'intéresses.

— Inutile de tenter une diversion, répondit-il. C'est de toi que je parle.

Il nota la façon irrésistible qu'elle avait de se mordiller la lèvre inférieure lorsqu'elle cherchait ses mots.

— C'est compliqué, commença-t-elle.

Il devait résister à l'envie brutale de tout simplifier en embrassant ses lèvres humides, et l'effet que cette simple pensée lui faisait ne tarderait pas à être visible.

— Est-ce que tu l'aimes ? demanda-t-il.

Lorsqu'elle fit « non » de la tête il se sentit extrêmement soulagé. Il n'avait pas osé s'avouer à quel point sa réponse lui importait.

— Alors qu'y a-t-il de si compliqué ?

— C'est un ex qui voudrait une deuxième chance. Et mon père est très lié à lui, il est le chef financier de sa compagnie, le fils du patron...

— Je vois, c'est compliqué, en effet, dit-il. Mais je peux comprendre qu'un homme ait du mal à accepter de t'avoir perdue...

— Il ferait mieux d'apprendre à ne pas se comporter comme un sale macho, s'il espère garder une femme auprès de lui.

— C'est plus dur, sans doute... Prête à sortir de l'eau ? demanda-t-il.

— Ça dépend, pour quoi faire ? répondit-elle provocante.

— Eh bien, précisément ce à quoi tu penses, sans le moindre doute ! Mais d'abord, je voudrais te parler de quelque chose.

Lauren nagea jusqu'aux quelques marches et sortit de l'eau. Il la regarda quelques instants, le temps de contempler la beauté de son corps ruisselant. On aurait dit une nymphe, avec ses cheveux mouillés qui lui cascadaient entre les épaules, ses jambes interminables... Mais il la vit grimacer de douleur en posant sa cheville au sol. Il se précipita aussitôt et la souleva de terre comme si elle était de verre et risquait de se briser.

— Hé ! Je peux encore marcher !

— Tu peux boiter, certes, mais ce n'est pas la même chose !

— Allez, pose-moi par terre.

Il s'exécuta mais laissa ses mains effleurer sa chute de reins et son dos, avant de poser un baiser sur ses lèvres charnues. Lauren saisit le paréo aux motifs panthère qu'elle avait laissé sur le dossier de son transat et le noua autour de sa taille. Il prit une serviette et lui frictionna les cheveux avant de l'enrouler autour de ses épaules. Ensemble, ils gagnèrent la grande chambre en duplex qui donnait sur la terrasse. Le sol carrelé était frais sous leurs pieds. Lauren sautilla jusqu'à un grand siège en bambou matelassé et se laissa tomber sur ses coussins moelleux recouverts de soie. Elle releva son pied sur une ottomane juste à côté. Christian vint s'asseoir et la fixa un moment.

— De quoi veux-tu me parler ?

Il inclina la tête.

— Que dirais-tu de travailler pour CANN ?

— C'est déjà ce que je fais.

— Pas pour la Fondation, mais pour l'entreprise.

— Avec toi comme patron ? Non, merci !

C'était dit avec une telle vivacité qu'il éclata de rire.

— Tu sais qu'il y a parfois des avantages à coucher avec le patron ?

— Sans doute, mais les désavantages seront toujours supérieurs !

— Tu parles d'expérience ? demanda-t-il.

— Et toi ? répliqua Lauren en haussant un sourcil.

— J'ai très vite compris que ce n'était pas une bonne idée. Le travail et le plaisir ne font pas bon ménage, mais je crois aussi qu'il peut y avoir des exceptions.

Elle l'observa, attendant de voir où il voulait en venir.

— J'ai aimé ta vidéo pour la Fondation et j'ai aimé ta façon d'utiliser les réseaux sociaux, je pense que tu pourrais employer tes talents à plus grande échelle, en particulier dans le cadre de ce projet à Djibouti.

Il s'était douté que sa proposition surprendrait Lauren, et sa mine stupéfaite le lui confirmait.

— Tu voudrais que je travaille pour le marketing de ce projet ?

— Oui.

Elle fronça les sourcils.

— Pourquoi ?

— Parce que je crois en toi, et il me faut pourtant du temps pour faire confiance aux gens habituellement. Tout particulièrement aux femmes.

— Pourquoi ça ?

— Parce que j'ai connu des trahisons.

Lauren releva les yeux vers lui.

— C'est le lot de toute relation...

Il eut un sourire amer.

— Pardon, se reprit-elle, c'était si terrible que ça ?

Il détourna le regard.

— Pire encore aux yeux du gamin de dix-huit ans que j'étais.

— Tu veux en parler ?

— Une femme a essayé de m'obliger à l'épouser en prétendant qu'elle était enceinte.

— Elle ne l'était pas ?

Il haussa les épaules.

— En tout cas elle n'a pas eu de bébé, je crois que je ne le saurai jamais.

— Tu ne l'as pas revue, après ça ?

— Si.

— Quand ça ?

— Mercredi soir encore. C'était Chloe.

— À en juger par son comportement, elle n'est pas prête à passer à autre chose en ce qui vous concerne, dit Lauren. Et toi ?

— Pour moi, c'est fini et bien fini, dit-il en se levant pour la rejoindre. Et cette conversation aussi, j'ai une bien meilleure idée pour finir cette journée en beauté.

— Qu'est-ce que c'est ?

Il lui tendit ses mains.

— Tu te souviens de ma proposition dans l'avion, celle qui impliquait de parcourir chaque parcelle de ta peau avec ma bouche ?

Lauren sourit et rougit, c'était la preuve qu'elle s'en rappelait.

— Eh bien, il me semble qu'il est temps de me montrer homme de parole.

Le lendemain matin, un rayon de soleil sur son visage réveilla Christian. Les yeux plissés, il tâtonna autour de lui, en quête de la peau douce de Lauren. Il ne trouva que des draps froissés et un oreiller froid. Il chercha son téléphone et ouvrit un œil pour vérifier l'heure. Tout juste 8 heures. Après la nuit intense qu'ils avaient passée, c'était trop tôt pour se lever. Pourtant le grand lit lui semblait bien vide sans elle. Il s'assit et enfila un boxer avant de partir à sa recherche.

Il la trouva dans la cuisine, pieds nus, avec seulement son

attelle. Elle portait une légère nuisette, celle qu'il lui avait retirée la veille. Il se glissa derrière elle, attirant ses fesses contre lui et lui embrassant la nuque.

— Salut, répondit-elle en se dégageant.

Elle s'était écartée légèrement, mais Christian l'avait bien noté. La nuit dernière elle cherchait son contact et ne l'évitait aucunement.

— Quelque chose qui ne va pas ? demanda-t-il.

— Non, non.

La bouilloire cliqueta et il regarda Lauren verser l'eau bouillante sur son sachet de thé.

— Tu en veux ? demanda-t-elle.

— Oui, avec plaisir.

Il saisit un tabouret et l'approcha du comptoir, profitant du spectacle de Lauren en petite tenue dans la cuisine.

— Thé vert ou noir ?

— Noir, évidemment.

Elle le servit et lui tendit sa tasse avec une rondelle de citron. Pendant quelques minutes, ils restèrent assis côte à côte en silence.

Christian aimait traiter les problèmes de façon directe, que ce soit personnellement ou dans un contexte professionnel. Il se tourna donc vers Lauren, écartant une mèche de cheveux de son visage.

— Tu veux me dire à quoi tu penses ?

— Oh ! il y a tellement de choses...

— À quel sujet ?

Elle leva les yeux vers lui.

— Eh bien, toi, nous, pour commencer. Tout ça, notre attirance, la nuit torride, nos mères qui sont amies et le fait que je travaille pour Victoria, et éventuellement pour toi aussi.

— Heureux d'entendre que tu réfléchis à mon offre.

— Tu m'as fait une offre ? répéta-t-elle. Je ne crois pas m'en souvenir.

— C'était un peu plus théorique que cela, en effet, mais je

t'ai bien demandé de réfléchir à la possibilité de travailler avec moi sur une campagne. Qu'est-ce que tu en dis ?

— Je préfère un contrat en tant qu'indépendante plutôt qu'être une employée directe de CANN.

— Ce serait possible.

Elle hocha la tête.

— Je me suis réveillée en pensant que ce que nous avons fait ensemble toute la nuit serait considéré comme illégal dans de nombreux pays...

Il effleura son bras et nota les frissons que cela lui provoquait, mais elle retira aussitôt son avant-bras.

— Je crois que nous devrions redevenir amis, Chris, dit-elle tout de go.

— De simples amis, ou plus si affinités ?

— Peut-être que de façon exceptionnelle..., commença-t-elle avant de se ressaisir. Mais j'ai trop de choses à mener de front pour le moment.

— Comme les histoires avec ton ex ?

— Oui et non. Je voulais parler des événements à organiser pour la Fondation. En ce qui concerne ma vie privée j'ose espérer que je n'aurais pas à y consacrer trop d'énergie.

— Très bien, parce que j'aimerais que nous puissions réfléchir aux détails de ma proposition de contrat avec CANN sans trop tarder.

— Mais pour le moment, je suis déjà sous contrat.

— Certes, mais ne t'inquiète pas de cela, dans tous les cas, je discuterai avec ma mère et nous trouverons un compromis.

Christian et Lauren finirent de se préparer et on passa les chercher un peu plus tard pour les emmener à un déjeuner officiel au palais présidentiel. Durant l'après-midi, Christian fut convié à diverses réunions où l'on signifia à Lauren qu'elle ne pouvait l'accompagner, comme c'était souvent le cas dans les pays musulmans. Elle avait du mal à accepter cette mise à l'écart surtout si elle devait avoir un rôle prépondérant dans ce projet à l'avenir. On lui proposa d'accompagner les épouses à une sortie en ville, puis à un atelier gastronomique. Difficile d'admettre que c'était là le genre d'activités auxquelles elle devrait se cantonner du simple fait de son genre.

Le mardi, une fois les réunions du jour bouclées, Christian et Lauren rejoignirent un homme d'affaires français et sa femme pour une croisière en bateau sur le canal. Ils purent profiter d'une vue incroyable sur les fonds marins et les récifs coralliens au moyen d'une coque vitrée. Un peu plus au large, ils eurent la chance de voir des dauphins s'approcher de leur bateau.

L'après-midi suivant, ils quittaient déjà Djibouti. À bord du jet, Christian décida d'oublier temporairement la proposition de Lauren de rester amis. À peine avaient-ils atteint la vitesse de croisière qu'il l'entraîna dans la chambre où il la dévêtit fiévreusement pour se glisser au plus vite en elle. Elle l'accueillit avec gémissements voluptueux et lui rendit tout le plaisir qu'elle recevait. Un orgasme en plein ciel était une expérience inédite pour eux deux et l'excitation n'en était que décuplée.

Une heure avant d'atterrir en Italie, une petite escale improvisée avant le retour aux États-Unis, ils prirent une douche et s'habillèrent pour regagner leurs sièges.

Christian se plongea dans ses pensées. Il songeait à ce que Lauren lui avait dit à Djibouti au sujet de leurs relations et de la nécessité de rester amis. Même s'il avait été piqué au vif au départ, il pensait maintenant qu'elle avait raison. C'était d'ailleurs assez sidérant de songer qu'ils pouvaient être ainsi sur la même longueur d'onde. Et malgré tout, il ne parvenait à s'empêcher de la toucher, de la désirer. Il avait du mal à imaginer mettre un terme à leurs escapades sexuelles...

Il devait reconnaître qu'il n'avait pas la moindre envie de se comporter en ami avec elle. Il en voulait plus. Il ne voulait pas que ce qu'ils partageaient s'arrête.

Pas maintenant.

Et le fait qu'elle travaille pour sa mère ?

La vérité était que cela lui était totalement égal...

15

Lauren avait l'impression de faire partie de la jet-set tout à coup. Mercredi, Christian l'avait emmenée à Rome et lorsqu'elle avait demandé pourquoi l'Italie, il avait répondu qu'il avait faim de cuisine italienne. Ils étaient allés déjeuner dans le meilleur restaurant de la ville qui affichait trois étoiles au Guide Michelin, découvrant des originalités culinaires absolues, comme des tortellinis au lapin et jeunes carottes à la camomille, asperges blanches au pesto d'algues, filet de saint-pierre à la crème d'amande et crevettes sauce citronnée. La vue était sublime. Ils allèrent ensuite se promener dans les vestiges romains, jeter une pièce dans la fontaine de Trevi et testèrent la résistance de l'attelle et de la cheville de Lauren en grimpant les marches de la place d'Espagne.

Les ruelles de la capitale romaine étaient incroyablement romantiques et Lauren ne regrettait pas d'avoir accédé à la proposition de Christian de s'octroyer quelques câlins occasionnels dans leur contrat d'amitié. L'idée de déambuler dans ce cadre sublime au bras de cet homme qui lui faisait tant d'effet et de ne pas pouvoir le retrouver au lit était proprement insoutenable !

Tôt le matin, ils avaient redécollé pour Las Vegas. Cette semaine ébouriffante l'avait laissée éreintée et elle s'endormit pendant le vol. Elle se réveilla, la tête sur l'épaule de Christian dont le bras l'entourait tendrement. Elle sursauta et regarda autour d'elle. Le jet était sur le point d'atterrir.

— Pardon, je crois que j'ai glissé sur toi pendant mon sommeil.

— Ma chère, sache que tu peux user de toutes les parties de mon corps comme bon te semble.

— Mais, Chris, nous sommes d'accord sur le fait que ce qui s'est passé à Djibouti reste à Djibouti ?

— Cela dépend de ce que nous faisons de ce qui s'est passé au-dessus de l'océan pendant le vol ou à Rome lors de notre escale, plaisanta-t-il.

Lauren rougit.

— Tu sais bien ce que je voulais dire, je crois que c'est mieux ainsi.

Christian inspira profondément.

— Étant donné que tu travailles pour ma mère, je pense que tu as raison.

— Alors nous sommes bien d'accord ?

— Je me demande pourquoi tu y tiens tant, j'ai l'impression que ton ex n'est pas extérieur à ta décision...

— C'est un ensemble de choses dont nous avons déjà discuté, mais si nous sommes d'accord, le sujet est clos.

— Si c'est ce que tu veux, dit Christian en haussant les épaules.

Son téléphone sonna et il lui fit signe de l'excuser avant de décrocher.

Lauren apprécia l'interruption et sortit son propre téléphone qu'elle n'avait pas beaucoup rallumé pendant son séjour à l'étranger. Elle commençait à être mal à l'aise avec les questions de Christian au sujet d'Ed. Moins il y aurait de personnes au courant de ce projet infâme de mariage arrangé, mieux elle s'en porterait.

Elle brancha et ralluma son téléphone, contemplant par le hublot la vue sur Las Vegas, ses gratte-ciel, les hôtels le long du Strip, le CANN, le plus grandiose d'entre tous, immense building d'acier et de verre qui semblait défier le ciel – et elle fut surprise d'avoir l'impression de rentrer chez elle. Même si elle n'avait passé que quelques semaines à Vegas, elle se sentait une familiarité avec la ville, presque plus qu'avec sa côte Est où elle vivait depuis des années.

Si elle était complètement honnête, d'ailleurs, elle devait reconnaître que l'homme à côté d'elle n'était pas totalement étranger à cela... Elle savait qu'il lui serait si simple de tomber amoureuse de lui, même s'il était impossible d'imaginer une relation dans le contexte qui était le leur. Sa vie lui semblait tellement complexe, maintenant...

Leur jet atterrit juste après midi, elle saisit son téléphone tandis qu'ils descendaient sur le tarmac et nota de nombreux appels manqués et SMS. S'était-il passé quelque chose ? Elle fronça les sourcils au moment où Christian lui tendait la main pour descendre les quelques marches.

— Bienvenue dans la vraie vie, annonça-t-il.

— En effet ! dit-elle, le regard braqué sur son téléphone.

— Rien de grave ?

— J'espère...

Ils montèrent dans la voiture de Christian et elle profita des quelques minutes de voyage pour écouter ses messages. Christian se gara devant sa porte et sortit sa valise qu'il fit rouler jusqu'à la porte attendant qu'elle tape le code pour déverrouiller l'entrée.

Elle se tourna vers lui, un sourire aux lèvres.

— Merci, Christian.

— Où veux-tu que je laisse tes affaires ? demanda-t-il.

— Là, dans l'entrée, c'est parfait.

— Tu es sûre que tu ne veux pas que je les monte dans ta chambre ?

Elle hocha la tête

— Oui, tu as raison, ce sera plus pratique.

— Tu ne veux pas m'y rejoindre ? suggéra-t-il, avec un sourire gourmand.

— Christian, nous avons déjà eu cette discussion il y a moins d'une heure !

— J'aurais essayé...

— Allez, file, maintenant !

Il rit et l'attira contre lui tendrement.

— Je vois, te voilà redevenue une tigresse !

— Non, une ourse !

— Les deux sont dangereuses, conclut-il. Merci d'être venue avec moi à Djibouti. Ta présence a rendu mon séjour infiniment plus plaisant, et pas uniquement pour ce que tu penses. Ta beauté n'a d'égale que ton intelligence

Elle leva les yeux au ciel, gênée d'un tel hommage.

— Je suis sérieux, insista-t-il. Tu es merveilleuse et je suis si chanceux… CANN International est si chanceux de t'avoir dans ses rangs. Merci, Lauren, merci pour tout !

Ses mots étaient dits avec tellement de tendresse et de bienveillance qu'elle en eut presque les larmes aux yeux. Elle masqua son émotion en allant lui tenir la porte.

— Le plaisir était partagé, monsieur Breedlove, mais maintenant, au travail !

Elle referma la porte derrière lui, ravalant les larmes de regret qui se pressaient à ses paupières. Qu'il était dur de devoir renoncer à ce qui pourrait être si merveilleux. Mais les messages laissés sur son téléphone s'étaient chargés de lui rappeler qu'elle devait vite revenir à la réalité et affronter la vraie vie.

Elle alla s'asseoir sur le canapé, prit son téléphone, et appela sa mère. Lorsqu'elle tomba sur le répondeur, elle raccrocha et essaya Avery aussitôt. Elle laissa son téléphone sur la table avec le haut-parleur activé et commença à se changer.

— Ah, enfin, tu me rappelles, il était temps !

— Je viens seulement de rentrer !

— Comment oses-tu me narguer avec tes voyages exotiques en jet privé et ensuite éteindre ton téléphone pendant une semaine entière ?

— Tu as raison, je n'aurais rien dû te dire…

— Ah non, je t'en aurais voulu, mais maintenant que je suis là, raconte-moi tout !

Lauren évoqua son séjour à Djibouti.

— Je crois que je n'ai jamais été aussi heureuse et perdue à la fois, conclut-elle.

Elle sentit une vive émotion l'envahir. Le doute et les regrets qui lui mordaient le cœur. Mais il ne servirait pas à grand-chose de continuer à chercher le sens de tout cela... À cet instant, son téléphone lui signala l'arrivée d'un SMS et elle jeta un coup d'œil à son écran.

— Écoute, Avery, je dois te laisser...

— Déjà, mais tu plaisantes !

— Promis, je te rappelle plus tard.

Lauren pressentait vraiment qu'elle aurait sans doute besoin du soutien de son amie sans tarder. Elle relut les messages de sa mère. Le premier lui expliquait qu'elle était à la bibliothèque et n'avait pu répondre à son appel. Le deuxième, lui, lui glaça les sangs. Elle le relut mot à mot, sous le choc.

Ma chérie, ton papa est à Vegas avec Ed.

Elle sentit comment, à cet instant précis, la parenthèse de rêve auprès de Christian venait de disparaître pour laisser place à un cauchemar. Lauren n'arrivait pas à savoir quoi faire. Qu'avaient-ils donc en tête en venant ainsi ? Il n'y avait qu'une façon de le découvrir : elle prit son téléphone et appela son père.

Elle était épuisée du voyage et du décalage horaire et n'avait pas pris le temps de réfléchir avant d'appeler. Peut-être aurait-elle dû attendre un peu... Trop tard. Un face-à-face avec son père et Ed semblait inévitable. Il décrocha dès la première sonnerie.

— Lauren, où es-tu ?

— Papa, pourquoi es-tu venu ? Pourquoi Ed est-il avec toi ? demanda-t-elle, la voix tremblante.

— Lorrie, nous devons parler.

Pourquoi utilisait-il soudain son surnom de petite fille ? L'entendre le prononcer la saisit d'émotion.

Elle activa le haut-parleur de son téléphone et s'assit sur le bord de son lit.

— Papa...

— Tu t'envoles pour Las Vegas sans même me parler de ce

contrat et, quand je viens te rendre visite, j'apprends que tu es partie Dieu sait où avec ce fils Breedlove, que tout le monde me décrit comme un play-boy de première... Cela ne te ressemble pas, ma chérie !

— Peut-être que je n'avais jamais eu à réagir à un chantage au mariage par le passé et que c'est le genre de détail qui vous fait changer de façon de voir les choses ! lança-t-elle en le regrettant aussitôt.

Pourtant, c'était la vérité et même si elle n'avait pas envie de blesser son père, son comportement était une grande souffrance pour elle.

— Lorrie, je dois te parler. Maintenant.

— Je veux bien te parler, mais pas à Ed.

Un silence se fit.

— C'est d'accord. Je peux passer chez toi ?

— Non, c'est moi qui te retrouverai. Où es-tu descendu ?

— Au CANN.

Évidemment.

— Très bien, je serai là dans une heure, mais je te préviens, je ne te parlerai qu'en tête à tête.

Une heure plus tard, elle entrait dans le hall du grand hôtel. Elle était toujours passée par les entrées réservées à la direction et fut frappée de la magnificence des lieux. C'était à la fois moderne et classique, et elle avait l'impression de pouvoir reconnaître la touche de Victoria.

Elle pressa le bouton de l'ascenseur en essayant de se vider l'esprit pour ne pas laisser la panique l'envahir. Et si son père et Ed finissaient par abandonner leur projet absurde ? Cette pensée lui fit du bien et lorsqu'elle sortit au quatorzième étage, elle se sentit presque joyeuse de retrouver son père !

Elle frappa et la porte s'ouvrit sur Paul Hart, le regard brillant, la bouche pincée. Il lui sembla plus mince que la dernière fois.

— Bonjour, papa, dit-elle en avançant pour l'embrasser. Tu as perdu du poids, non ?

— Peut-être un ou deux kilos, répondit-il en se reculant, et son regard tomba sur son attelle. Faye m'a parlé de ta cheville, comment ça va ?

— De mieux en mieux.

— Tu es tombée de cheval, c'est ça ?

— Oui, ma jument a été effrayée par un serpent. C'était la première fois depuis une éternité que je remontais en selle.

— Je me rappelle comme tu aimais cela. Tu te souviens quand tu as appris ?

Lauren se remémora le ranch miteux de son père et son oncle Robert, en Georgie. Celui que leur famille avait perdu lorsque Robert avait commencé à avoir des dettes... Elle avait été triste de voir sa famille perdre ses terres, mais elle avait compris qu'il n'y avait pas d'autre choix.

— Tu es superbe, ma chérie, mais tu sembles fatiguée, tes traits sont tirés. Tu travailles trop, non ?

— Non, ça va, dit-elle en finissant d'entrer pour aller s'asseoir près de la fenêtre à la table en verre.

Elle balaya du regard la suite somptueuse, un lit king size, la vue stupéfiante sur Vegas et songea que son père qui avait toujours travaillé si dur méritait bien ce genre de break. Elle se dit pourtant que c'était une dépense bien trop importante pour quelqu'un qui se trouvait dans une situation précaire. Ces suites coûtaient près de 2 000 dollars la nuit.

— Je comprends que tu sois descendu ici, mais, vu le tarif des suites, je suis un peu surprise.

— C'est payé par l'entreprise, ma chérie. Je n'ai pas ce genre de moyens, en effet.

— Ainsi, il s'agit d'un voyage d'affaires ?

— Oui et non, répondit son père en allant prendre son verre sur le comptoir.

Elle fronça les sourcils en constatant qu'il s'était servi un scotch. Son père appréciait un bon whisky une fois de temps en temps, le soir, mais il était midi, et il n'avait pas encore mangé. Elle eut comme un mauvais pressentiment.

— Papa, pourquoi es-tu venu ?

— Je te l'ai dit, nous devons parler.

— Qu'y a-t-il de si important ? Tu pouvais me parler au téléphone.

— Discuter de ton avenir et des choix que tu vas faire est important. Lorsque Faye m'a dit que tu étais partie à l'étranger avec ce séducteur invétéré, je me suis dit que tu ne te rendais pas compte des risques que tu courais.

— Je suis une grande fille, papa. Une femme adulte. Je sais ce que je fais et je suis capable de me débrouiller seule.

— Les Breedlove ne sont pas des gens pour toi. Tu as besoin de quelqu'un de sensé et de raisonnable qui saura te protéger et t'offrir un foyer aimant.

— Et tu penses qu'il s'agirait d'Ed ? lança Lauren.

— Oui, je pense à Ed, et ce n'est pas uniquement en raison de l'argent. Au fil des derniers mois, j'ai beaucoup observé et réfléchi. Ed est un homme pragmatique et responsable, et il t'aime depuis si longtemps. Il a la certitude que vous formeriez un couple solide et que nos familles réunies pourraient donner naissance à une dynastie qui aurait toutes les cartes en main pour un avenir radieux. Je ne sais pas ce qu'il s'est passé entre vous lorsque vous vous êtes fréquentés, mais je crois qu'il mérite une deuxième chance.

— Papa, tu n'as jamais prêté la moindre attention aux hommes avec qui je sortais, répliqua-t-elle. Comment se fait-il que tu portes un tel intérêt à Ed, tout à coup ?

— Je me suis toujours intéressé à tes relations, tu pourras demander à ta mère, si tu ne me crois pas. Je ne m'en suis pas trop mêlé, parce que je suis discret, c'est tout. Je souhaite juste que mes filles aient un avenir assuré. Thomas est quelqu'un de bien et il me semble parfait pour Renee. Je souhaite simplement la même chose pour toi, Lorrie.

Elle soupira.

— Et tu penses qu'Ed est parfait pour moi…

— Ed est devenu comme un fils à mes yeux. Celui que j'ai toujours voulu avoir.

— Dans ce cas, je te propose d'envisager une procédure d'adoption afin qu'il fasse partie de la famille, mais nous ne serons pas un couple, papa, ce n'est pas possible. Je ne veux pas épouser Ed Miller, je ne veux pas le fréquenter. Et rien de ce que tu pourrais dire ne me ferait changer d'avis.

Un petit cliquetis à la porte du fond fit tourner le regard de Lauren.

Ed était là.

Il avait dû être tout ce temps dans la pièce d'à côté, en train d'écouter leur discussion.

— Je pense quant à moi qu'il y a bien quelque chose qui pourrait te faire changer d'avis, ma chère, dit-il avec un sourire glaçant. Paul, veux-tu le lui annoncer, ou préfères-tu que je m'en charge ?

16

Christian avait un certain nombre de sujets urgents à traiter ce jour, mais il décida de travailler de chez lui. Il jeta un coup d'œil à son téléphone qui vibrait et soupira en découvrant qui l'appelait. Évidemment, la nouvelle de son voyage en Afrique avec Lauren avait fait le tour de Vegas. Il ne lui avait d'ailleurs pas dit que plusieurs de ses ex-conquêtes s'étaient rappelées à son bon souvenir pendant leur séjour. Visiblement, les candidates au titre de Mme Breedlove étaient nombreuses.

Il était cependant ennuyé de constater que sa vie privée était aussi rapidement devenue publique. Il avait toujours fait de son mieux pour préserver son intimité... Chloe n'était sans doute pas étrangère à tout cela, elle s'arrangeait toujours pour avoir accès aux informations sensibles... Il était plus que temps que Christian mette la main sur la personne à l'origine des indiscrétions à son sujet.

Il laissa son regard divaguer par la fenêtre, observant les paons qu'il élevait dans sa propriété et s'amusant de voir les mâles rivaliser pour attirer le regard des femelles, à grand renfort de roues et de dandinements comiques. Les règles de la séduction changeaient, songea-t-il, c'était parfois les femelles qui tentaient d'attirer les mâles.

Chloe... Elle avait prétendu être enceinte. Pamela, elle, était apparue en couverture d'un tabloïd avec un diamant à l'annulaire et avait suggéré que Christian le lui avait offert. Ce n'était pas le cas, mais ce mensonge avait précipité sa rupture avec Erica, qu'il pensait alors être l'amour de sa vie. Natalie avait déposé une plainte mensongère pour tenter d'extorquer 5 millions de dollars à sa famille.

Cette dernière mésaventure avait amené Christian à déclarer qu'il n'accorderait plus jamais sa confiance à une femme. Il avait dès lors mis des barrières entre sa vie privée et sa vie publique, au point d'exiger des clauses de confidentialité avant de s'engager dans une aventure.

Son téléphone vibra une nouvelle fois. Il ne voulait pas décrocher, mais vérifia quand même. Lauren. Il sourit. Avec elle, il n'avait jamais brandi la moindre clause de confidentialité.

Il n'y a pas si longtemps, il se serait demandé ce qu'il lui trouvait de si fascinant et tout à coup, il avait la réponse : Lauren n'attendait rien de lui. Il décrocha.

— Salut, beauté.

— Salut, mon chéri.

Sa voix était sensuelle, séductrice et lui donnait des envies de... Mais avait-elle bien dit « mon chéri » ? Cela ne lui ressemblait pas.

— Pardon de te déranger, je sais que tu travailles, mais je suis avec mon père et il refuse de croire que nous nous sommes mariés.

Christian écarta le téléphone de son oreille pour vérifier que c'était bien le numéro de Lauren. Était-elle en train de lui faire une blague ?

— Ed est présent, ajouta-t-elle. Tu sais, mon ex dont je t'ai parlé à Djibouti.

Christian sentit l'angoisse lui serrer le cœur, il avait l'impression de percevoir une certaine panique dans la voix de Lauren, qui était rarement aussi aiguë, comme faussement enjouée. Et puis elle l'avait appelé « mon chéri », avait prétendu qu'ils étaient mariés. Il se passait quelque chose.

— Où es-tu ?

— Je suis à l'ho...

— Lauren ?

Il regarda l'écran. Noir. L'appel avait été coupé. Avait-elle raccroché ? Pourquoi son père était-il venu avec son ex ? Il essayait de démêler tout cela en la rappelant. Cela sonna longuement avant de tomber sur la messagerie. Il raccrocha et essaya de nouveau. Même chose. Il appela l'hôtel.

— Hôtel CANN, Zena à votre écoute, que puis-je faire pour vous ?

— Zena, je suis Chris Breedlove, je voudrais être mis en liaison avec M. Hart.

— Oui, pouvez-vous me donner son prénom, je vous prie ?

— Je ne le connais pas.

— Je suis désolée, mais je n'ai pas le droit de vous mettre en relation si vous ne me donnez pas son nom complet.

— Est-ce que vous avez entendu que j'étais Chris Breedlove, comme dans M. Breedlove, votre P-DG ?

— Je suis vraiment désolée, mais je ne peux le vérifier et j'ai des consignes très strictes...

Chris raccrocha, furieux. C'était bien la première fois qu'il était dans un tel état en constatant que son personnel respectait les consignes. Pourquoi est-ce que Lauren ne le rappelait pas ? L'inquiétude le décida à sortir précipitamment de chez lui, les clés de son coupé en poche.

Quelques secondes après s'être engagé sur la voie rapide, son téléphone Bluetooth lui annonça un appel. Il espérait que ce serait Lauren, mais ce ne fut pas le cas.

— Maman, est-ce que tu as eu Lauren au téléphone ?

— Bonjour, mon chéri, je vais bien, merci !

— Pardon, maman, mais je n'ai pas le temps pour les formalités, j'ai reçu un appel troublant de la part de Lauren et j'ai peur qu'elle ait des problèmes.

— En quoi était-il troublant ?

— Elle avait menti à son père en lui faisant croire que nous nous étions mariés à Djibouti...

— Oh non !

— Je lui avais pourtant parlé des tentatives de manipulation de Chloe et je ne comprends pas qu'elle fasse la même chose !

— Lauren n'est pas une manipulatrice comme Chloe,

mon chéri. Si elle a fait cela, je suis certaine qu'elle avait une bonne raison !

— Est-ce que tu sais quelque chose, maman ?

— Je crois que j'ai une petite idée.

— Et ? lança-t-il en se passant la main dans les cheveux avec impatience. Tu ne vas rien me dire ? Ou alors tu savais déjà qu'elle prétendait que nous étions mariés ?

— Non, mon chéri, mais je sais qu'elle a quitté la côte Est pour prendre de la distance avec un ex insistant, sans doute celui qui lui fait du tort maintenant... Pour prétendre que vous étiez mariés, elle devait n'avoir pas d'autre choix, je suis sûre. Laisse-lui une chance de s'expliquer.

Christian en avait assez entendu, il plaqua son pied au plancher. Si Victoria ne voulait pas lui expliquer de quoi il retournait, peu lui importait, il irait retrouver Lauren au plus vite. Il espérait de tout son cœur qu'elle aurait une bonne raison à lui présenter pour justifier tout cela.

17

Les coups frappés à la porte de façon insistante les firent sursauter tous les trois. Leur discussion s'interrompit et ils se tournèrent vers l'entrée. Lauren songea d'abord que quelqu'un avait appelé la sécurité, leur échange ayant rapidement dégénéré en dispute les amenant à hausser le ton. Peut-être quelqu'un dans la suite voisine s'était-il plaint ?

Ed se rendit à la porte et jeta un regard dans l'œilleton.

— Qui est-ce ? demanda Paul.

— Je ne sais pas, dit Ed en regardant encore.

— La sécurité ?

Paul Hart venait de formuler ce que Lauren pensait. Ou espérait.

— Je ne crois pas, répondit Ed.

On frappa encore, un peu plus fort cette fois-ci, comme si c'était avec le plat de la main et non les doigts.

— Lauren, je sais que tu es à l'intérieur, ouvre cette porte !

Christian !

Elle fit un pas vers l'entrée.

Ed se tourna vers elle, la pointant de son arme.

— N'avance pas !

— Ouvre la porte, dit Lauren comme si la cavalerie allait voler à son secours.

Un nouveau coup retentit sur la porte.

— Vous avez trois secondes pour ouvrir cette porte ou je m'en charge !

Ed s'exécuta.

— Qui êtes-vous et que voulez-vous ? demanda-t-il.

À peine la porte s'ouvrit-elle que Lauren eut l'impression de voir Christian s'avancer tel un chevalier blanc. Il passa devant Ed, qui voulut le saisir par-derrière.

— N'y pensez même pas ! lança Adam qui arrivait à sa suite.

— Qui êtes-vous ? demanda Paul. Que faites-vous dans ma suite ?

— Je n'avais pas vraiment imaginé que je rencontrerais mon beau-père dans ces conditions, lança Christian. Monsieur Hart, je présume ? Je suis venu chercher ma femme.

Le regard de Paul passait de Christian à Lauren. Elle sentit son cœur saigner en y lisant la détresse et la peur.

— Tu veux rester ici ? demanda Christian.

— Non, répondit-elle doucement en prenant conscience de la gravité de la situation. Papa, viens avec moi pour que nous puissions parler calmement.

— Tu devrais en profiter, lança Ed, mauvais. Ce sera sans doute la dernière fois que tu verras ta fille avant les parloirs de prison !

Christian se tourna vers Ed.

— Est-ce que c'est une menace ?

— En quoi est-ce que cela vous regarde ? Et pour toi, ajouta Ed en pointant Lauren du doigt, sache que tout ce qui arrivera à ton père à partir de maintenant est entièrement ta faute. Et tu peux me croire, je vais lui faire mordre la poussière !

— Pas si Gerald a son mot à dire ! Contrairement à toi, ton père est un homme de valeurs et de parole, il laissera à papa le temps de régler ses dettes. Tu peux bien remballer tes menaces.

— Mais tu crois qu'il s'agit d'argent ? C'est de toi qu'il retourne. Et si tu t'es vraiment mariée à cet homme, alors tu le regretteras, crois-moi. Il y a plusieurs façons de mettre un homme à terre et d'entraîner toute sa famille dans sa chute.

— Assez ! lança Christian avec un tel aplomb que le silence se fit dans la pièce aussitôt. Lauren chérie, pourquoi ne laisserais-tu pas un peu de temps à ton père pour réfléchir au calme ? Je crois que nous avons tous besoin de retrouver nos esprits, et, pour monsieur l'importun, de réunir nos affaires avant de déguerpir de mon hôtel.

Il s'était tourné vers Ed pour cette dernière saillie.

— Hé, attendez un peu ! lança Ed.

— Je peux te charger de prendre soin de monsieur, frangin ? demanda Christian.

— J'ai payé ma chambre, reprit Ed, visiblement peu coutumier de ce genre de ton. Vous n'avez pas le droit de me mettre à la porte !

Christian fit un pas vers lui, retenu par Adam.

— Occupe-toi de Lauren, Chris, je me charge de lui, dit Adam.

— Papa ? demanda Lauren alors que Christian lui prenait le bras et l'entraînait vers la sortie.

— Il n'arrivera rien à ton père, Lauren, dit Adam. Tu as ma parole.

Elle serra son père dans ses bras.

— Nous trouverons une solution ensemble, papa ! murmura-t-elle à son oreille.

— Je n'en ai pas fini avec toi, lança Ed.

— Oh que si ! répliqua Christian.

Il ouvrit la porte et entraîna Lauren hors de la suite.

— Je vais tout t'expliquer, lui dit-elle à peine dans le couloir.

Christian ne répondit rien, mais relâcha son étreinte sur son bras.

— Je suis désolée pour tout ça, Christian...

Le silence était maintenant à couper au couteau.

Il avança jusqu'à l'ascenseur et pressa sur le bouton.

— Où allons-nous ? demanda Lauren.

L'ascenseur s'ouvrit et il glissa une carte dans un lecteur sous les boutons de contrôle. Un panneau coulissa, révélant six nouveaux choix. Il appuya sur le bouton en haut à droite et retira sa carte. Le panneau se referma. Il reposa son dos contre la paroi de l'ascenseur, fixant droit devant lui.

— Tu ne vas rien dire du tout ? insista-t-elle, anxieuse.

Il soupira, agacé.

— Nous allons dans un endroit où nous sommes assurés d'une totale discrétion et à partir de là, c'est toi qui parleras, répondit-il froidement.

Ils entrèrent dans une suite sublime. La première chose que Lauren nota en entrant fut la piscine sur la terrasse à plus de trois cents mètres de hauteur. Mais elle n'était pas là pour visiter.

Christian referma la porte derrière eux.

— Je t'écoute, maintenant.

Lauren essaya de se calmer et de réunir ses pensées. Il n'avait qu'une vision partielle des choses, il était normal qu'il soit en colère contre elle.

— Ed fait chanter mon père.

Elle attendit une réaction, mais en constatant qu'elle ne venait pas, elle releva les yeux. Christian était campé au milieu du séjour, les bras croisés, visiblement peu convaincu par ce début d'explication.

— Je n'ai rien à voir avec les accords qu'ont imaginés Ed et mon père, mais le fait que je les refuse met mon père et toute ma famille en difficulté. Je voudrais ne pas avoir à m'en mêler…

— Tu n'as pas le choix, semble-t-il. En venant ici ton père t'a impliquée directement. Ce que je voudrais savoir c'est pourquoi tu as prétendu que nous étions mariés ? Je crois que j'ai droit à quelques explications, ma chère…

Lauren l'observa tandis qu'il allait s'asseoir sur le canapé comme pour signifier que, sans réponse, personne n'irait nulle part.

— Tu as raison, dit-elle en allant le rejoindre. Tout d'abord, je suis désolée de t'avoir mêlé à tout cela. Je déteste le mensonge et je ne suis visiblement pas très douée, mais lorsque j'ai découvert que mon père était ici, j'ai d'abord été sous le choc. Ensuite, j'ai compris qu'Ed aussi était là et la colère a pris le dessus.

— Je veux bien le croire, mais irais-tu au fond du sujet,

Lauren, maintenant ? Je ne saisis toujours pas ce que je viens faire là-dedans.

— Oui, oui, j'y viens, dit-elle en se tordant nerveusement les doigts. Je pensais que mon père avait emprunté de l'argent, mais ce n'est pas le cas. Il en a détourné de l'entreprise et Ed l'a découvert et a menacé de poursuivre mon père en justice... À moins que je n'accepte de l'épouser, donc.

— Et tu espérais échapper à ce mariage en prétendant être déjà mariée avec moi...

— J'ai dit cela sans réfléchir, je n'avais pas le temps de penser aux implications d'un tel mensonge, je ne pensais pas que tu l'apprendrais, je voulais juste gagner un peu de temps, permettre à mon père de rembourser Ed. Mais comme ils ne m'ont pas crue, ils m'ont forcée à t'appeler pour prouver que je disais vrai.

— Pour prouver que ton mensonge était la vérité, tu veux dire ? précisa-t-il les sourcils froncés.

— Si tu veux, oui...

— Pourquoi est-ce que ton père a détourné de l'argent ?

— Mon père avait de lourdes dettes et il était bien trop fier pour le reconnaître. Il a souscrit un emprunt en hypothéquant notre maison. Un ami à lui travaillait au sein de la banque et lui faisait des facilités de paiement, mais il a changé de poste et mon père s'est vu pressé de tout rembourser. Lorsqu'il n'a plus pu payer les mensualités, il a commencé à détourner de l'argent. Il a toujours eu l'intention de rendre chaque centime, mon père n'est pas un voleur.

— Mais Ed l'a découvert.

— Oui, et donc Gerald, son père, était susceptible de l'apprendre à tout moment. Il est non seulement le patron de l'entreprise, mais aussi un vieil ami de papa... Et Ed menaçait aussi de prévenir la police. Imaginer que son ami Gerald puisse le croire malhonnête était insupportable pour mon père. Tout comme l'idée que le détournement puisse devenir public.

— Mais comment un père peut-il utiliser sa propre fille comme monnaie d'échange ?

— Je suis certaine qu'il ne l'a pas vu ainsi, en tout cas pas au départ. Ed sait se montrer convaincant et il a persuadé mon père que ses intentions à mon égard étaient honorables. Sa vraie nature et ses menaces n'ont émergé au grand jour qu'après mon refus.

— De combien d'argent est-ce que ton père est redevable ? demanda Christian.

— On parle d'une somme à six chiffres... Assez pour que mon père craigne d'être envoyé en prison de longues années.

— Et Ed menace de porter plainte s'il ne peut obtenir ta main, je vois... On dirait qu'il est sacrément obnubilé par toi. Même si je crois que je peux un peu le comprendre...

La douceur soudaine dans le ton de sa voix fit monter les larmes aux yeux de Lauren.

— Je crois que la seule personne qui fascine vraiment Ed est lui-même... Il ne supporte pas qu'on lui dise non.

— Et c'est ce que tu as fait.

— Oui, mais pas tout de suite. C'est lui l'ex dont je te parlais.

— Celui qui voulait te récupérer, oui, j'avais fait le lien.

— Il voulait sauver les apparences. Il semble qu'il a rencontré une jeune femme après notre rupture. Elle était comme moi à l'époque : jeune, naïve et crédule. Il a annoncé leur mariage officiellement, mais elle l'a quitté à la dernière minute. Il lui fallait quelqu'un pour ne pas perdre la face et il a décidé que ce serait moi. C'est alors que je suis devenue une véritable obsession pour lui. Mais il ne m'aime pas, il veut simplement avoir le dernier mot. C'est le contrôle, qu'il aime.

— Pourquoi avoir prétendu que tu étais mariée avec moi, et pas n'importe qui d'autre ?

— Je n'ai pas réfléchi. Je voulais gagner du temps, tenter de trouver une solution pour mon père...

Christian se leva et se dirigea vers la fenêtre. Lauren pouvait difficilement se figurer ce qu'il avait en tête...

— Si tout ce que tu viens de me raconter est vrai, c'est une histoire terrible.

— Pourquoi ce ton hypothétique ?

Il se retourna.

— Je crois que tu peux te le figurer. N'oublie pas que l'on m'a déjà menti par le passé.

— Tu penses que je te mens, c'est ça ? Que j'ai inventé tout cela ?

Lauren se leva et avança jusqu'à lui, cherchant son regard. Lorsqu'il se tourna vers elle, elle sut qu'il ne plaisantait pas.

— Les femmes sont très fortes pour inventer des histoires qui les arrangent.

Lauren était sans voix.

— Tu débarques subitement dans la Fondation et en quelques jours tu te retrouves dans mon lit...

— J'étais blessée, c'est toi qui...

— Tu as bien réussi à obtenir ma confiance, au point que nous nous sommes retrouvés dans mon jet pour Djibouti...

— Mais c'est encore toi qui...

— C'est ma mère, surtout, qui a plaidé ta cause, comme c'est commode !

— Tu crois que j'aurais téléguidé cela ? Je n'ai pas demandé à partir en Afrique avec toi. Tu m'as proposé de te suivre et voilà que tu m'accuses. Tu te moques de moi, Christian ?

— J'ai l'air de plaisanter ? Ma vie n'est pas un jeu, mais je sais que des gens sont prêts à tout pour obtenir ce qu'ils veulent.

Lauren était livide, elle ne parvenait à penser ou ressentir quoi que ce soit. Savait-il à quel point il lui avait fallu du cran pour lui parler de son père et de la honte qu'il ressentait ? À quel point elle avait eu du mal à lui avouer ce chantage qui pesait sur sa famille ?

— Je ne peux pas croire que tu penses cela à mon sujet, la seule hypothèse à laquelle je peux croire est que tu aies mal compris ce que j'ai essayé de t'expliquer, laisse-moi te préciser ce qui n'est pas assez clair, reprit-elle en se raccrochant à ce dernier espoir.

— Oh ! non, crois-moi, j'ai parfaitement compris de quoi il retournait.

— Alors tu ne me crois pas, c'est ça ?

Christian se détourna de la fenêtre et jeta un regard froid à Lauren pendant quelques secondes, puis se dirigea vers la porte.

— Je ne sais pas encore quoi penser de toi précisément, mais je sais une chose avec certitude : s'il y a la moindre fuite publique quant à ce faux mariage, tu auras des problèmes bien plus sévères encore que tu n'en as à l'heure actuelle. Et je peux t'assurer qu'il ne s'agit pas là d'une fausse promesse.

18

Lauren était folle de rage. Elle comprenait qu'il soit contrarié, elle avait menti au sujet de leur relation, l'avait impliqué dans ses affaires de familles, qui n'avaient rien de reluisant, mais comment pouvait-il penser qu'elle avait fait cela délibérément ? Pire encore, qu'elle avait essayé de le piéger, manigançant depuis le départ pour parvenir à ses fins... Quel culot !

Et pourtant, elle devait admettre qu'elle lui avait menti et il avait bien le droit de lui reprocher ce mensonge, après tout...

Elle soupira. Elle n'avait jamais imaginé impliquer Christian dans toute cette histoire, elle avait pensé que son coup de bluff ne sortirait pas de la chambre et n'avait certainement jamais imaginé que les choses se passeraient ainsi.

Son idée avait été de décourager Ed en lui faisant croire qu'elle était déjà mariée, le temps de chercher une solution avec son père. Le simple fait de penser à son père, criblé de dettes et menacé de prison lui serra le cœur.

Une pensée se fraya alors un chemin dans son esprit. Elle avait jusque-là refusé de l'envisager, mais après tout, c'était une façon de sauver son père de la prison. Oui, épouser Ed était peut-être une option à envisager, finalement.

Serait-elle capable de tourner le dos à son père et de le laisser partir en prison alors qu'elle avait le pouvoir d'empêcher cela ?

Quoi qu'il en soit, elle quitterait le Nevada. Hors de question de rester ici, alors que Chris la considérait comme une menteuse et une manipulatrice.

Le temps de rentrer chez elle, elle avait établi un plan d'action. Elle saisit son téléphone et appela Victoria. Elle prévoyait de partir dès le lendemain matin. Il n'y avait plus un instant à perdre.

— Lauren ! Comment ça va ?

— Ça va, merci Victoria, même si j'ai besoin de vous faire part d'un problème personnel de toute urgence. Puis-je passer vous voir ?

— Bien sûr, nous sommes au bord de la piscine avec Nicholas.

— Parfait, mais je préférerais vous parler en privé, si c'est possible.

— Bien entendu.

Lauren entra dans la résidence des Breedlove et alla se garer à l'arrière, là où se trouvait la piscine. La vue sur le domaine était à couper le souffle et elle s'absorba une dernière fois dans ce paysage sublime. Le Nevada lui manquerait...

En sortant de voiture, elle sentit sa détermination flancher, mais elle se rappela ses décisions, respira profondément et se dirigea vers le bassin bleu azur.

Nicholas et Victoria étaient installés à l'extérieur, sous une pergola, et savouraient des cocktails sur une table en verre. Elle avança à leur rencontre, un sourire timide aux lèvres. Nicholas, toujours très bel homme du haut de ses cinquante-cinq ans, se leva lorsqu'elle approcha.

— Bonjour, Lauren !

— Nicholas.

Il avait une voix de baryton et il la serra chaleureusement dans ses bras, presque paternellement. Tout cela fit monter les larmes aux yeux de Lauren. Elle serra les poings et se retint de toutes ses forces, redressant les épaules et le menton avant d'étreindre Victoria à son tour.

— Bonjour, Victoria.

— Je sais que vous vouliez parler en privé, dit Nicholas, mais je tiens à vous dire que j'ai échangé avec Christian après votre mission à Djibouti et que je suis ravi des perspectives qui s'offrent à vous au sein de CANN International.

Lauren s'assit tandis que Nicholas s'éloignait, soulagée qu'il n'ait pas sollicité de réaction de sa part, ce qui l'aurait obligée à expliquer que rien de tout cela n'aurait lieu. Plus rien du tout qui soit en lien avec Christian. Avant que la tristesse ne l'envahisse totalement et ne lui noue la gorge, elle s'expliqua à Victoria.

— Voilà, il s'est passé quelque chose que je n'avais pas prévu et je vais devoir vous quitter, je dois modifier notre contrat, dit-elle. Je vais vous expliquer...

Elle récapitula aussi clairement que possible ce qui s'était passé un peu plus tôt.

— Bien entendu, reprit-elle, je terminerai toutes les missions pour lesquelles je me suis engagée. Il me suffira de travailler à distance. Je suis certaine que Frankie pourra me relayer ici, il est brillant et je lui fais toute confiance pour mettre en œuvre ce que je planifierai. Je pourrais toujours me déplacer en cas d'événement spécifique, et je tiens à le faire à mes frais.

Victoria resta un long moment silencieuse.

— Avant toute chose, ma chérie, je suis terriblement navrée d'apprendre ce que tu traverses. C'est terrible et je pense que tu as raison de lutter pour ne pas voir ton honneur sali. Mais fuir est rarement une solution, tu sais, dit-elle en lui prenant la main. Tu as fui le Maryland pour venir ici et voilà que les ennuis t'ont rattrapée. Il est sain de séparer les affaires privées et professionnelles et c'est pourquoi je ne vais pas t'accorder cette modification que tu me demandes. Tu vas peut-être me trouver dure, Lauren, mais je ne vais pas te laisser abandonner tes responsabilités, la Fondation ou notre contrat. Ton engagement devra être honoré.

Christian entra dans la propriété de ses parents et alla se garer derrière comme à son habitude. Il ne fut pas franchement surpris de trouver la voiture de Lauren, mais cela ne fit que raviver sa colère à l'idée qu'elle essayait sans doute de présenter une version partisane des événements à sa mère. Il sortit rapidement de voiture et les rejoignit, respirant profondément pour recouvrer son calme.

Lorsqu'il les trouva toutes les deux sous la pergola, il nota que Lauren semblait bouleversée.

Dès qu'elle le vit, elle se leva, pinçant les lèvres et se tournant vers Victoria.

— Je vous remercie de tout ce que vous avez fait pour moi, Victoria, j'espère simplement que vous accepterez de reconsidérer ma proposition et de faire appel à Frankie.

Et, sans un regard, elle se dirigea vers sa voiture.

— Ah, c'est comme ça ? lança Christian dans son dos. Tu prétends que je t'ai épousée et ensuite tu fuis, et c'est moi le sale type ?

Lauren fit volte-face.

— Non, mais tu restes le type qui m'a traitée de menteuse.

— Oh pardon, j'avais cru comprendre que tu avais prétendu que nous nous étions mariés à Djibouti...

— Tu sais très bien ce que je veux dire, répliqua-t-elle les mâchoires serrées. J'ai prétendu que j'étais mariée et c'était une erreur. Je t'ai expliqué pourquoi : je n'avais pas d'autre idée, j'ai joué le tout pour le tout et, malgré mes explications et mes excuses, je reçois ton cynisme, ton incrédulité et tes accusations méprisantes et égocentriques ! Et en prime, tu suggères que j'ai manipulé ta mère, traversé le pays pour mettre en œuvre mon plan machiavélique, tout ça pour obtenir quelque chose de toi ?

Elle revint sur ses pas et planta son index sur sa poitrine.

— Les femmes font peut-être la queue jusqu'à Hong Kong dans l'espoir de te mettre le grappin dessus, mais je n'en suis pas, crois-le bien !

Elle recula d'un pas, sa poitrine se soulevait vite et il devait reconnaître qu'elle semblait sincère dans sa colère. Et terriblement belle. Ses yeux luisaient fièrement et il se remémora la dernière fois qu'il lui avait vu cette flamme dans le regard...

— C'est bon, tu as fini ? lança-t-il, narquois.

Elle tourna les talons en guise de réponse.

— Lauren, attend !

Elle pressa le pas et il remarqua qu'elle boitait très nettement, maintenant. Il courut derrière elle et la retint d'une main sur l'épaule.

— Fais attention, Lauren, ta cheville !

Elle retira sa main.

— Parce que tu t'inquiètes de ce qu'il peut m'arriver tout à coup ?

— On dirait que je n'ai pas le droit d'être en colère, après ce que tu as fait ? Est-ce qu'on pourrait prendre notre temps et nous calmer, pour commencer ?

— Nous pouvons faire beaucoup mieux et éviter au maximum de nous croiser pendant le temps qu'il me reste à travailler ici.

— Difficile de travailler ensemble sans se croiser, répondit-il, piqué au vif.

Lauren rit froidement.

— Il me semble clairement inenvisageable de travailler ensemble dans ces conditions.

Il la rejoignit devant sa voiture.

— Alors tu veux tirer un trait sur tout ? demanda-t-il.

— Tu veux parler de ta mission ?

Il la plaqua entre la voiture et son corps.

— Non, ça.

Son baiser était brûlant et possessif. Intense et si délicieux qu'il leur coupa le souffle à tous les deux. Elle le repoussa pourtant et monta en voiture. Il la regarda manœuvrer pour quitter la propriété, ses lèvres le brûlaient encore de leur fugace baiser. Absorbé dans ses pensées, il n'avait pas noté l'arrivée de Victoria.

— Un homme averti en vaut deux, mon fils. Ne prends aucune décision tant que tu n'auras pas connaissance de toute l'histoire.

— Tu veux dire que tu ne crois pas à une intention malveillante de sa part ? Ce ne serait pas la première, tu le sais, pourtant.

— Non, je voulais simplement te rappeler de faire preuve de discernement en toute chose, mon fils.

19

Des heures s'étaient écoulées depuis sa discussion avec Victoria, et Lauren se sentait toujours aussi furieuse. Elle lui en voulait d'avoir refusé sa requête. Elle en voulait aussi à Christian de l'avoir embrassée par surprise et s'en voulait à elle-même d'avoir autant aimé cela. Son corps lui faisait l'effet d'un traître en aimant son baiser… Maintenant encore, elle continuait à le désirer.

Elle avait appelé Frankie en renfort sitôt rentrée. Elle avait besoin d'aide et surtout d'une présence amie.

— Ma chérie, fait redescendre un peu la pression avant de nous faire une crise cardiaque.

— Ma tension va très bien, d'accord ? lança-t-elle en se remettant à arpenter la pièce nerveusement.

— Hou ! Fais attention !

— Quoi, ma cheville, maintenant ? Qu'est-ce que vous avez tous avec ma cheville, aujourd'hui !

— Ce n'est pas ta cheville, mais ce vase que tu ne cesses de frôler avec tes grands gestes. Il m'a intrigué dès ma première visite et j'ai fait quelques recherches sur Internet.

— Et ?

— Il date de la dynastie Song en Chine. Cela veut dire qu'il date du XIIe ou XIIIe siècle. Donc, si tu n'as pas des économies à six chiffres en poche ou un billet d'avion pour Shanghai, je te suggère d'y prendre garde !

— Je vois que tu t'inquiètes plus pour cette précieuse porcelaine que pour ma santé…

— Absolument, répliqua Frankie sans la moindre once de compassion.

Elle entreprit de préparer ses valises avec son aide. Ce fut rapide, car il n'y avait guère que ses vêtements et son ordinateur à ranger. Elle apprécia le débit de parole ininterrompu de Frankie qui lui changea les idées. Elle s'était sentie furieuse qu'il ne l'ait pas crue, mais elle avait aussi du mal à accepter que leur relation arrive à son terme. C'était là sans doute ce qui lui brisait le cœur, maintenant.

Plus tard, il serait temps de réfléchir à un logement, mais pour le moment elle allait réserver une chambre d'hôtel quelque part à proximité de Vegas et de son travail. Elle fit quelques recherches et trouva ce qu'elle cherchait à Henderson. Elle loua une voiture et Frankie l'emmena la récupérer. Une fois ses affaires dans le coffre, ils convinrent de se retrouver le lendemain à la Fondation. Il ne restait plus qu'une dernière chose à régler. Lauren s'assit pour taper un e-mail sur sa tablette.

Victoria,

Je voudrais d'abord vous présenter mes excuses pour la discussion animée de cet après-midi. J'ai eu une longue journée. Quoi qu'en dise Christian, je n'ai jamais souhaité l'impliquer dans toute cette histoire. Je n'ai jamais manigancé pour vous approcher et je ne suis pas venue pour piéger votre fils. Je le respecte bien trop pour imaginer ce genre de choses et, bien que j'aie du mal à l'admettre, j'ai fini par concevoir des sentiments profonds à son égard. Je souhaiterais d'ailleurs que cette confidence reste entre nous. Le fait qu'il puisse penser que j'ai tenté de le piéger me brise le cœur.

Même si je préfère couper les ponts avec votre famille, je respecte votre insistance à me voir aller au bout de mon engagement. J'aime mon travail auprès de la Fondation et j'aime travailler avec vous, aussi ferai-je de mon mieux.

Merci beaucoup pour votre générosité, mais je préfère ne plus vous devoir quoi que ce soit. Je quitte donc le logement que vous m'aviez mis à disposition. Après ce qui s'est passé aujourd'hui, et maintenant que vous connaissez la réalité de mes sentiments pour votre fils, je suis certaine que vous comprendrez ma démarche. Je vous reste reconnaissante de tout ce que vous avez fait pour moi et serai demain à mon poste, comme convenu…

Lauren hésita une seconde puis envoya son message, rangea sa tablette dans son sac, avant de faire un dernier tour des lieux. C'était la plus jolie maison qu'elle ait eu l'occasion d'habiter et elle était heureuse d'avoir eu cette chance. Elle ne l'oublierait pas, tout comme elle chérirait le souvenir de son aventure avec Christian. Mais c'était ainsi, la vie continuait et il fallait aller de l'avant.

En soupirant, elle posa la clé magnétique de la maison sur le bar et sortit, refermant derrière elle, pour reprendre sa vie en main, laissant derrière elle ce rêve qui n'était pas pour elle.

Le lendemain matin, elle se leva de bonne heure, bien décidée à se concentrer sur son travail à la Fondation. Elle savait que ce ne serait pas évident, le baiser de Christian avait semé le doute. Il lui manquait tellement qu'elle n'avait pu trouver le sommeil de la nuit. Ce n'était pas le sexe, mais l'homme qui lui manquait. Il semblait laisser un vide impossible à combler.

Heureusement, elle avait du pain sur la planche. Il lui restait un peu plus de six semaines avant le gala de printemps et des milliers de détails à régler. Elle se prépara avec soin, prête à affronter le personnel de la Fondation en direct, une fois revêtue sa robe ivoire et passé un collier de perles de corail qu'elle avait acheté à Djibouti. Ses talons assortis risquaient de réveiller la douleur de sa cheville, mais elle avait envie de porter des chaussures féminines pour se sentir en confiance.

En entrant dans le bureau où elle allait travailler, elle eut la bonne surprise de tomber sur Frankie, arrivé avant elle. Il la serra chaleureusement dans ses bras et elle découvrit le bel espace de travail dans lequel elle allait officier.

— Je te rapporte un café ? proposa Frankie.

— Oui, volontiers. Merci !

Elle alluma la chaîne qui diffusa du jazz et sortit son ordinateur. Les notes veloutées d'un saxophone lui firent penser à Christian... Elle ne parvenait pas à le chasser de ses pensées et plus la musique était langoureuse plus ses pensées se faisaient licencieuses.

La porte derrière elle s'ouvrit. Frankie avait fait vite.

— J'ai quelque chose à te dire, Lauren.

Christian.

Lauren se retourna pour le voir avancer vers elle. Elle inspira et tâcha de rester imperturbable.

— Je crois que je me suis montré un peu injuste avec toi, hier. J'ai connu des précédents qui m'ont rendu très cynique, j'espère que tu comprends...

— Est-ce que ce sont des excuses ?

— Est-ce que tu prévois de m'en faire aussi ?

Ils restèrent un moment à se fixer. Lauren cligna des yeux la première, puis se retourna vers son ordinateur.

— J'ai trop de choses à gérer pour m'occuper de toi, maintenant.

— Lauren, je suis désolé.

Elle entendait qu'il faisait un effort en lui présentant ses excuses et se retourna vers lui.

— Moi aussi. Je comprends que c'était une position très inconfortable pour toi et tu as le droit d'être en colère.

— Et pour ma part je crois que tu n'as besoin d'user d'aucune stratégie pour obtenir ce que tu veux d'un homme.

— C'est ta mère qui t'a soufflé ça, ou tu y as pensé tout seul ?

— C'est de moi, mais je pense que ma mère serait d'accord, dit-il en avançant vers elle. Tu m'as manqué cette nuit.

— Oui, murmura-t-elle, à peine audible. Toi aussi.

— C'est fou, j'ai rêvé de toi.

— Vraiment

— Tu veux que je te raconte mon rêve ?

Elle sourit.

— Je crois que j'ai une petite idée.

— Nous étions à Djibouti, dans le bateau à la coque vitrée. Tu étais nue, et cette vision de toi parmi les merveilles sous-marines... Je n'avais jamais rien vu d'aussi beau.

Lauren sentit ses jambes trembler. Elle devait changer de sujet avant de se laisser attendrir. C'était ça ou bien elle fermait la porte et se jetait sur lui.

— Merci d'être passé, Christian, j'ai énormément de travail ces prochaines semaines, mais je vais faire mon possible pour régler cette affaire avec Ed et te préserver de tout cela.

— Si tu ne le fais pas, je m'en chargerai.

— Ce ne sera pas nécessaire, répliqua Lauren. C'est de ma vie qu'il s'agit, et si je te dis que je m'en occupe, tu peux me faire confiance.

— Très bien.

Ils se fixèrent un moment. Une seconde passa, puis une deuxième. Leurs yeux se parlaient sans avoir besoin de mots. Lauren savait maintenant ce qu'elle avait refusé de reconnaître depuis longtemps... Elle était amoureuse de Christian Breedlove.

Il s'éclaircit la voix.

— Pour revenir à nos affaires, je voulais te dire que tes compétences nous intéressent toujours. Je te propose que nous restions concentrés sur nos missions pendant les horaires de travail et que nous réglions nos problèmes personnels en dehors.

— Cela me convient.

Christian lui tendit alors un porte-documents en cuir sombre.

— Qu'est-ce que c'est ?

— Une proposition de contrat pour CANN Island, la succursale dédiée au projet de Djibouti. Lis-le attentivement, soumets-le à ton avocat, amende-le si nécessaire et quand tu seras prête nous nous retrouverons pour le signer.

— Je vais avoir du travail pour la Fondation ces mois-ci, tu le sais ?

— Oui, et j'ai convenu avec ma mère que cela resterait

prioritaire. Je sais que cela te demandera de jongler entre les deux missions, mais je reste certain que cela peut fonctionner.

— Très bien, dit-elle.

Il hocha la tête et se dirigea vers la porte sans un mot de plus.

— Christian ?

— Oui ?

— Merci.

Son regard s'assombrit en passant de ses yeux à ses lèvres, et Lauren frémit.

— De rien.

Il sortit, et Lauren poussa un soupir. Elle n'avait pas réalisé qu'elle retenait son souffle. Comment réussirait-elle à travailler avec cet homme à proximité ?

20

— Salut, frangin ! lancèrent Noah et Nick en stéréo en passant la porte de son vaste bureau.

— Le duo infernal. Toujours quand on ne les attend pas… Exactement ce qu'il me fallait, soupira Christian.

— Tu vas très vite regretter ce que tu viens de dire, fit Noah. Nous avons une idée de génie à te soumettre.

— Et une bonne nouvelle en prime !

Il n'était pas contre une bonne nouvelle. La trahison de Lauren lui avait laissé un goût amer, même s'il parvenait à comprendre ce qui l'y avait poussée. La déception était grande, d'autant qu'il s'était surpris à imaginer à quelques reprises que Lauren puisse bien être la femme avec qui il aurait envie de faire sa vie. Mais ce n'était pas le projet. Il ne devait pas oublier qu'il était marié à CANN.

Ce qu'il ne parvenait à comprendre c'était cette douleur dans la poitrine lorsqu'il se disait que Lauren et lui, c'était fini, et bien fini… Mais il avait d'autres choses à régler, aussi inspira-t-il profondément avant de concentrer son attention sur son travail.

— C'est au sujet de CANN Island, commença Noah.

— Oubliez tout de suite ce projet, dit Christian en cherchant du regard la malice dans leurs yeux.

— Nous pensions développer le concept à toutes les petites îles alentour, expliqua Nick, surexcité. Des villas un peu partout, et l'hôtel de Djibouti comme tête de pont. Nous pourrions développer des boutiques très exclusives et personnalisées, du grand luxe, pour une clientèle select évidemment.

— Et des services associés de majordomes, œnologues, cuisiniers privés…

— Avec des navettes entre les îles et la terre avec un pilote privé…, reprit Nick.

— C'est déclinable à l'infini, ajouta Noah. Ce week-end, j'étais à New York et j'ai entendu parler d'une opportunité unique : une île privée de 25 kilomètres carrés avec vue sur Manhattan.

— Quel genre d'opportunité ? demanda Christian.

— Elle était en vente, elle venait de sortir sur le marché, et… Je l'ai achetée.

Ses frères avaient maintenant toute son attention. Pendant près d'une demi-heure, ils exposèrent leur projet, avec enthousiasme et fierté. Il fallait admettre que c'était inspirant et ambitieux.

— Est-ce que vous pensez pouvoir assister à une réunion d'ici une petite heure ? demanda Christian. Je pense que vous devriez pouvoir apporter des idées intéressantes.

Il saisit son téléphone, et les jumeaux comprirent qu'il mettait un terme à leur entretien. Ils quittèrent son bureau en se tapant dans la main. Christian avait un coup de fil à passer immédiatement : Lauren. Elle aussi devait absolument participer à la réunion.

Elle arriva quelques minutes avant le début de sa présentation et il dut reconnaître qu'elle fit une entrée remarquée. Elle était à couper le souffle. Sophistiquée et sobre, stricte et sexy. Absolument impeccable. Il n'avait jamais imaginé qu'un tailleur puisse dégager cela, mais il fallait dire qu'elle avait relevé ses cheveux en une queue-de-cheval qui soulignait son regard en amande et ses pommettes saillantes. Un trait de rouge à lèvres rouge vif attirait l'attention sur ses lèvres magnifiquement dessinées. Il vit les hommes s'interrompre à l'instant où elle rentrait dans la salle de réunion.

Quant à lui, il mourait d'envie de l'embrasser.

— Très bien, messieurs dames, je vais commencer cette

présentation, je crois que vous connaissez déjà Lauren Hart, de la Fondation CANN ?

Lauren sourit et regarda les huit intervenants réunis autour de la table.

Christian détailla rapidement les accomplissements récents de Lauren, avant de parler du projet de CANN Island, et des conclusions de leur repérage à Djibouti. Il passa ensuite la parole à Lauren, qui l'impressionna par son professionnalisme et son charisme et qui s'attira aussitôt les bonnes grâces de tout le comité, malgré deux cadres un peu sceptiques au départ. Très vite, il remarqua comment elle parvenait à les faire sourire, les impliquer et en moins de temps qu'il n'en fallait pour le dire, ils étaient tous prêts à lui manger dans la main. Et lui le premier, d'ailleurs. Par moments, il fixait ses lèvres tandis qu'elle parlait, incapable de penser à autre chose que leurs baisers au bord de la piscine à Djibouti. Une heure plus tard, alors que la réunion était terminée, il passa à son bureau et, alors qu'il frappait à sa porte, il dut chasser encore une fois le souvenir ardent de leurs baisers.

— Salut, beauté, dit-il en entrant, avant de se reprendre. Pardon, pas ici, bonjour, Lauren.

Elle lui sourit.

— Monsieur Breedlove, que puis-je faire pour vous ?

— Accepteriez-vous de vous joindre à moi pour le déjeuner ?

— Je vous remercie, mais cette réunion imprévue m'oblige à revoir mon planning de la journée, je crains de devoir me passer de déjeuner en ville et me faire livrer quelque chose de rapide.

— Il n'est pas bon de travailler le ventre vide, insista Christian. Je pense que nous devrions… manger.

Il se pencha jusqu'à elle, réduisant l'espace entre leurs lèvres jusqu'à les capturer. Lauren répondit exactement comme il l'avait espéré, se rapprochant et répondant à son baiser, tout en l'enlaçant. Il glissa une main sous son chemisier et caressa son sein, allant chercher sous son soutien-gorge son délicieux téton qu'il rêvait de goûter du bout de la langue.

Lauren gémit et il sentit son sexe se tendre. Elle ne pouvait l'ignorer, plaquée qu'elle était contre lui. La main de Lauren descendit sa braguette et s'apprêtait à se glisser dans son pantalon lorsqu'elle s'interrompit.

— Non ! dit-elle en reculant d'un pas. Ce n'est pas possible, pas ici, pas maintenant. Il y a tant de choses encore à régler !

— Je suis désolé.

— Non, j'en avais envie, moi aussi.

— Viens manger avec moi, insista-t-il. Un simple fast-food au casino si tu préfères. Rien de trop intime.

— J'ai du mal à t'imaginer dans un fast-food.

— Tant que je peux rester un moment avec toi, tout m'ira.

— Christian, tu ne me rends pas la tâche facile...

— J'espère bien, répondit-il dans un sourire.

Elle saisit son sac.

— Où allons-nous ?

Il sourit et ouvrit la marche pour l'emmener dans un bar à salades.

— Est-ce que tu as déjà imaginé autre chose que de reprendre l'entreprise familiale ? demanda Lauren en goûtant sa salade au saumon.

Il sourit et fit « non » de la tête.

— Jamais. Depuis ma plus tendre enfance, j'ai vénéré mon père. Je me souviens que je lui volais ses costumes à l'âge de quatre ans...

— Tu devais être charmant !

— Je le suis toujours !

Ils faisaient tous deux de gros efforts pour ignorer la tension. Lorsque leurs mains se touchèrent sur la salière, pourtant, ils ne purent plus simuler. Le désir était là, électrique, puissant, indéniable.

21

Les semaines qui suivirent furent plus que chargées. Elle avait beaucoup à faire entre ses deux missions, mais plus que tout, elle devait faire face au chantage perpétuel d'Ed, qui continuait à menacer d'envoyer son père en prison. Il avait fait des recherches sur son prétendu mariage avec Christian et, ne trouvant rien, était sur le point de révéler publiquement son mensonge.

Elle n'avait plus le choix, ce week-end elle devrait lui dire qu'elle avait inventé ce prétexte... Elle n'avait pas la moindre idée de ce que cela impliquerait par la suite.

Son avion descendait, se préparant à atterrir. Par le hublot, elle vit la pluie et le ciel gris sur les buildings. C'était un temps adapté à son état d'esprit. Des émotions intenses et contradictoires se livraient une lutte sans merci en elle, et elle ne savait que penser à la fin. Pour le moment, elle avait l'impression d'être dans des limbes, anesthésiée par les souvenirs qui semblaient jouer aux autos tamponneuses dans son esprit pour rejouer l'improbable scénario de sa vie, entre colère, espoir et chaos.

En voyant le paysage apparaître de plus en plus nettement, elle se demanda s'il était possible que deux mois à peine se soient écoulés depuis son arrivée. Elle était venue avec l'espoir de sortir d'une impasse, celle de sa vie d'avant, et de se créer des perspectives. Et voilà qu'elle s'éprend de son amour de jeunesse et que sa vie est embarquée dans un tourbillon irrépressible... Était-il imaginable que la tornade s'apaise aussi vite qu'elle était arrivée ? Pourrait-elle sortir de ces drames annoncés et voir par-delà l'orage ?

Elle avertit sa mère de son arrivée et lui donna rendez-vous dans l'aéroport. Elle n'avait pris qu'un petit bagage à main, et n'avait pas besoin d'attendre des valises. Les deux femmes se retrouvèrent rapidement.

— Ma chérie, que c'est bon de te retrouver !

— Oh maman, moi aussi je suis contente, même si l'idée de revenir à la maison ne m'enchantait guère.

— Oui, je comprends.

Elles regagnèrent la voiture et se mirent en route.

— Je suis tellement navrée de tout ce qu'il s'est passé ma chérie, déclara Faye en quittant l'aéroport. Ton père aussi regrette beaucoup. Après ce qui s'est passé à Vegas, il s'est renseigné sur Ed, ses collègues lui ont appris certaines choses.

— Quoi donc ? demanda Lauren.

— Qu'il n'y a rien de bon à espérer de lui. Ils ont confirmé ce que tu avais dit. Paul a été lui parler et lui a dit qu'il ne soutiendrait plus son projet de t'épouser, quoi qu'il lui en coûte. Il lui a aussi demandé de te laisser tranquille.

— J'ai du mal à croire qu'Ed ait accédé à sa demande, pourtant.

— Non, et ça ne s'est pas bien passé, mais ton père a pris les devants. Hier il a demandé à voir Ed et Gerald ensemble et a tout reconnu du détournement.

— Oh ! mon Dieu ! dit Lauren dans un souffle.

— Ma chérie, sois tranquille, Gerald a décidé de ne pas poursuivre ton père.

Lauren plaça les mains sur son cœur.

— Dieu merci !

— Il a été très déçu, cependant, mais Paul lui a tout raconté. Gerald a été abasourdi d'apprendre que son fils avait organisé un tel chantage et c'est ce qui l'a convaincu de laisser une chance à ton père.

Lauren resta silencieuse, sous le choc de ces révélations. Le chantage contre son père était levé... Cela changeait tout !

Elle pouvait donc révéler à Ed son mensonge et reprendre le cours de sa vie. Peut-être même pouvait-elle s'imaginer un avenir. Un avenir avec Christian au Nevada ?

— Est-ce que papa a perdu son emploi ?

— Non, il a présenté sa démission, mais Gerald l'a refusée, lui prouvant une nouvelle fois quel ami fidèle il était... Il a cependant ordonné un audit de l'entreprise et Paul devra rembourser chaque centime qu'il a détourné. Mais l'un dans l'autre, c'est la plus réjouissante des issues que nous pouvions imaginer...

Progressivement, Lauren sentit son moral remonter et elle redécouvrit sa ville avec un regard plus positif. Les derniers cerisiers en fleur attirèrent son attention, elle eut plaisir à revoir des secteurs récemment aménagés, à retrouver son quartier et leur maison, à l'angle de la rue. Elle était grande, blanche, avec ses imposantes fenêtres et ses plates-bandes multicolores, encadrée par de hautes grilles en fer forgé. Lauren sentit son cœur se remplir de joie en retrouvant sa maison, libérée des menaces. Ses parents allaient pouvoir rester chez eux.

Elle déposa ses affaires dans son ancienne chambre et aussitôt prit son téléphone pour appeler Ed. Elle mit la communication sur haut-parleur et fit les cent pas dans la pièce en attendant qu'il décroche.

— Lauren, que me vaut le plaisir ?

Elle ignora son ton faussement cordial et s'efforça de répondre aussi poliment qu'il lui était possible.

— Je viens de parler avec ma mère et j'ai appris ce qui s'était passé. Comme l'heure de vérité semble avoir sonné, je te dois aussi un aveu.

— Tu vas m'épouser, c'est ça ?

— Ed, tu ne veux pas m'épouser. Tu ne supportes pas de m'avoir perdue, c'est tout. Je suis sûre que tu rencontreras la femme de ta vie et qu'elle te fera plus de bien que je ne serai jamais capable d'en faire. Je sais que tu sauras passer à autre chose. Pour ma part, j'ai renouvelé mon contrat dans le Nevada et je vais y rester pour de bon.

Elle attendit un peu une réaction.

— Et si je ne suis pas prêt à te laisser partir ?

— Tu ne peux pas t'accrocher ainsi dans le vide. Il n'y a aucun espoir d'amour entre nous. Il faut que cette histoire de fous s'arrête.

— Sinon quoi ? lança-t-il d'une voix teintée de colère. Tu vas m'envoyer les frères Breedlove ? Eh bien, je n'ai pas peur d'eux, crois-moi, et s'ils viennent, ils verront de quel bois je me chauffe !

— À propos des Breedlove, il faut justement que tu saches...

— Je sais déjà que tu n'es pas mariée à ce Christian.

— J'ai menti parce que tu me harcelais, je n'ai pas eu le choix.

— Les mensonges peuvent se retourner contre leurs auteurs, tu sais ?

— Je le sais, c'est pour ça que je voulais éclaircir les choses.

— Considérons qu'elles le sont, lâcha-t-il de mauvaise grâce.

— Je te souhaite le meilleur, Ed.

Il raccrocha et elle frémit en songeant au ton doucereux de sa voix. Elle avait du mal à se détendre, et à croire qu'Ed allait abandonner le combat aussi facilement... Une pensée l'obsédait : *c'était trop facile* !

Une grande fête se préparait au ranch des grands-parents Breedlove. Will Yazzie, le deuxième mari de Grandma Breedlove, se moquait bien de la signification religieuse de Pâques, d'autant qu'il avait des racines amérindiennes... Mais pour le reste de la famille Breedlove c'était une occasion de réunion familiale à laquelle personne ne dérogeait. Les cousins venaient des quatre coins du pays, depuis la proche Californie, comme du lointain Texas. Les femmes régnaient sur les cuisines, et même Victoria, qui n'exerçait que très rarement ses talents culinaires, se retrouvait assise avec sa mère, Sylvia, à préparer leurs célèbres œufs mimosa de Pâques.

Dehors, les frères aimaient retrouver leurs cousins. Christian tenait compagnie à son grand-père de cœur sous le porche, gardant un œil sur le cochon de lait en train de rôtir dans la cour du ranch. Comme il lui demandait quel était le secret de la longévité de son couple, le vieil homme rit.

— De l'humour et de l'humilité, rien d'autre...

Tandis qu'il voyait tous ses proches réunis autour de lui, Christian sentit son cœur se remplir d'une évidence : Lauren lui manquait. Désespérément. Il sortit son téléphone et fit quelques pas pour s'isoler et l'appeler.

— Salut, beauté !

— Oh ! Christian, bonjour !

— Tu sembles joyeuse, c'est le retour au pays ?

— Oh ! je ne me suis jamais sentie plus légère, dit-elle avant de détailler ce qui s'était passé ces derniers jours. Je n'arrive pas à croire que c'est fini. Je me sens tellement soulagée.

— Moi aussi.

— Je sais que je l'ai déjà dit, mais je veux une fois encore te présenter mes excuses pour t'avoir mêlé à ces histoires. C'était vraiment malvenu de ma part.

— Tu as fait ce que tu pouvais et c'est derrière nous, maintenant. Quand est-ce que tu rentres ?

— Mon vol décolle à 7 heures et atterrit un peu après 11 heures.

— Je vais venir te chercher.

— Ce n'est pas nécessaire.

— J'en ai envie, et d'ailleurs, je préfère te prévenir, je te ramène chez moi pour le week-end. Pas d'excuse !

— Je n'en aurai pas besoin, il n'y a nulle part où j'aurais plus envie de me trouver.

Christian raccrocha et retrouva les convives alors que l'on s'apprêtait à dîner. On y servit autant de nourriture qu'on y rit et plaisanta. Il se sentait heureux, presque euphorique. Lauren arrivait.

Un peu après 9 heures, il salua tout le monde et rentra chez lui se doucher et se changer avant de la retrouver à l'aéroport. Il se sentit si heureux en la voyant arriver devant la file d'arrêt-minute du terminal. Elle accourut et ouvrit la portière arrière pour déposer son sac.

— J'aurais pu m'en charger, fit-il.

— Nous n'avons pas de temps à perdre !

Christian n'avait pas besoin de beaucoup plus d'encouragements avant de pousser sa voiture sur l'autoroute. Il savait qu'il dépassait les limitations de vitesse, mais cela lui était bien égal. Ils parlèrent peu et gagnèrent sa villa en moins de temps qu'il n'en fallait pour le dire.

Ils sortirent de voiture, aussi fébriles que deux adolescents avant un premier rendez-vous. À peine dans l'entrée, ils se jetèrent l'un sur l'autre, se déshabillant fiévreusement en se dévorant de baisers. La fièvre qui les habitait n'avait jamais été aussi forte. Arrivés devant le canapé en cuir de son séjour, Lauren s'y appuya, l'invitant à lui faire l'amour ainsi, par-derrière. Il se plaça entre ses cuisses, brûlant d'un désir palpitant, la sentant chaude et humide, prête à l'accueillir. Puis il s'arrêta.

— Non, continue ! gémit-elle.

— Attends, il me faut un préservatif.

— Je ne peux plus attendre, soupira Lauren.

Il ne pouvait résister non plus et, saisissant ses hanches, l'attira contre lui en glissant son membre en elle. Les gémissements de Lauren, la sensation de ses fesses contre son bassin, tout cela était au-delà de tout ce qu'il avait connu. Il s'obligea pourtant à ralentir le rythme, accordant son tempo aux ondulations de son bassin. Il avait l'impression d'une chorégraphie parfaite, sans pourtant l'avoir jamais répétée. Il glissa une main entre ses cuisses pour la caresser en même temps, et aussitôt qu'il la toucha, elle cria son plaisir. Il n'eut qu'à la rejoindre en un orgasme absolu, leurs deux corps réunis par des vagues d'un plaisir suprême.

— Viens, dit-elle lorsqu'elle eut recouvré son souffle.

Elle lui saisit la main et l'entraîna vers sa chambre, puis dans la salle de bains où elle pointa la douche à l'italienne.

— Prête pour une pluie tropicale ? proposa-t-il le sourire aux lèvres, en lui montrant la robinetterie sophistiquée.

Ils s'enlacèrent sous les flots d'eau chaude, se savonnant mutuellement, se massant dans les parfums fleuris du gel douche. Elle l'embrassa longuement avant d'entreprendre une descente, déposant des baisers sur la peau de son torse fraîchement rincée. Puis ses abdominaux, ses hanches, et enfin, elle s'agenouilla et saisit son sexe aussitôt raide de désir et le lécha langoureusement. Elle s'amusa à varier l'intensité de ses coups de langue, puis elle le prit dans sa bouche, chaude et moelleuse caverne qui se referma autour de son membre, lui tirant un râle de plaisir.

Ils regagnèrent son lit plus tard et virent l'aube s'étirer en bandes orange, pourpre, rose et bleue tendrement enlacés sous la couette, avant de sombrer dans un sommeil sans rêve.

22

Lauren s'éveilla, un sourire aux lèvres. Christian était déjà réveillé et la regardait.

— Dis-moi que ce n'était pas un rêve, murmura-t-elle en s'étirant.

— Oh non ! Un rêve éveillé, alors.

Elle s'étendit contre lui et l'embrassa alors que le téléphone de Christian sur la table de chevet se mettait à sonner. Il jeta un coup d'œil à l'écran et coupa court à l'appel d'Adam avec un de ses messages préparés. « Suis occupé. Rappellerai plus tard. » En l'espace de quelques secondes, pourtant, des notifications de messages et d'e-mails se multiplièrent. Il déverrouilla son portable et décida de rappeler son frère. Serrant contre lui Lauren qui l'interrogeait du regard, il mit la conversation sur haut-parleur.

— Qu'est-ce qu'il y a, frangin ?

— Eh bien, ce n'est pas facile à dire, promets-moi de garder ton calme : ton faux mariage fait la une de toute la presse à scandale.

— Comment ? s'exclama Lauren qui se redressa d'un bond.

— C'est Lauren que j'entends à côté de toi ?

— Oui, Adam, c'est Lauren, bonjour, qu'est-ce qui se passe ?

— Eh bien, je crois que c'est à toi de l'expliquer à Christian. Je lui ai envoyé des liens pour qu'il jette un coup d'œil. Je vous laisse regarder ça tous les deux.

Il raccrocha. Le regard de Christian, froid et troublé, se

posa sur Lauren. Elle voyait qu'il faisait de son mieux pour garder son calme.

— Eh bien, je t'écoute ?

— Christian, je te jure que je ne sais pas de quoi il s'agit !

Il se leva, enfila un boxer et saisit son téléphone. Les mâchoires serrées, il consulta les divers messages reçus.

— Qu'est-ce qu'il est écrit ? demanda-t-elle.

— Tu es certaine que tu n'as parlé à personne quand tu étais chez toi ?

— Non, à part la conversation téléphonique que j'ai eue avec Ed, où je lui ai avoué avoir menti. Que disent les articles ?

— Ce n'est pas du tout la même version. Rhabille-toi, je vais te ramener et tu pourras lire la presse par toi-même.

Lauren s'exécuta et lorsqu'elle redressa la tête Christian était habillé et avait sa clé de voiture en main.

— Christian, attends..., dit-elle en sortant son téléphone à son tour.

Le temps d'une rapide recherche avec le nom de Christian, et elle eut accès aux articles en question.

— Tu ne crois pas vraiment que j'ai quoi que ce soit à voir avec tout ça ?

— Tu m'as dit qu'il allait te laisser tranquille, non ?

— C'est ce qu'il m'a dit et j'avais désespérément envie de le croire... Mais quand j'y repense, sur le moment je n'étais pas tranquille, je me suis même dit que c'était peut-être un peu trop facile. Je suis sûre que c'est une vengeance de sa part, il devait avoir tout prévu au cas où je lui dirais non, dit-elle les yeux embués de larmes. Je suis terriblement désolée...

— Moi aussi, Lauren, allons-y.

— Je ne veux pas te laisser maintenant, pourquoi est-ce que nous n'essaierions pas de faire front ensemble ?

— Peut-être plus tard, pour le moment, je dois voir mes avocats et convoquer une conférence de presse, il y a plusieurs départs de feu à éteindre en même temps.

Il la raccompagna à son hôtel sans dire un mot. Au moment

de la laisser descendre, il ouvrit pourtant les bras, et Lauren s'y blottit en ravalant ses larmes.

— Je suis désolé, dit-il. Je sais que ce n'est pas de ton fait, mais j'ai du mal à ne pas t'en vouloir d'avoir menti à ce sujet. Il vaut mieux que nous prenions un peu de distance pour le moment. Je te retrouverai demain au travail.

Lauren parvint à sauver les apparences le temps de rentrer dans l'hôtel où elle fondit en larmes. Elle reprit son téléphone pour appeler Avery et découvrit à ce moment-là l'avalanche de messages qui l'attendait. L'annonce du prétendu mariage n'était pas la seule info qui avait filtré, les détournements de son père aussi étaient exposés.

Lauren appela sa mère.

— Ton père s'est enfermé dans son bureau, il est dévasté ! s'écria Faye totalement paniquée.

— Maman, je suis désolée, dit Lauren en pleurant. Tout est ma faute.

— C'est Ed Miller, ma chérie, il n'a pas supporté de perdre !

— Veux-tu que je revienne pour voir papa ?

— Inutile, rien ne le fera sortir de son bureau pour le moment. Prions pour que tout s'arrange, soupira-t-elle.

Le lendemain, Lauren rencontra Victoria qui essaya de se montrer rassurante en expliquant que leur famille avait déjà enduré de terribles scandales. Elle lui proposa de s'installer chez eux le temps de laisser s'éteindre le gros du brouhaha médiatique, mais Lauren avait déjà trouvé un studio dans Vegas afin de brouiller les pistes.

Lorsqu'elle travaillait avec Christian, elle faisait de son mieux pour masquer son chagrin et se consacrer à son travail. Il lui manquait terriblement pourtant. Elle était aussi inquiète pour ses parents, même si Gerald avait publié un démenti aussitôt.

Le lundi suivant, entre la préparation du gala de la Fondation et d'une réunion pour CANN Island, Lauren travailla près de douze heures consécutives. Elle en sortit éreintée, mais avec la satisfaction du devoir accompli. Alors qu'elle regagnait le parking, en rêvant d'une longue douche et d'une bonne nuit de sommeil, elle tomba sur Christian qui sortait de l'ascenseur.

— Bonsoir, Lauren, cela fait un moment que je te cherche. Tu n'essaierais pas de m'éviter ? demanda-t-il.

— Mais non, voyons...

Elle poursuivit en direction de sa voiture.

— Où est-ce que tu habites, maintenant, Lauren ? Ma mère m'a dit que tu avais décliné sa proposition de te loger au domaine.

— J'ai un studio tout près, répondit-elle évasivement.

— Je vois, ta réponse a le mérite d'être assez claire : je vais m'occuper de mes affaires !

Elle sourit.

— Viens avec moi, proposa-t-il.

— Où ça ?

— Allons dîner.

Elle acquiesça et accepta de prendre le bras qu'il lui tendait. Il fit quelques pas et déverrouilla les portes d'une splendide Bentley qu'il avait prise à l'essai quelques jours. Lauren s'extasiait encore sur les sièges en cuir lorsqu'il s'engagea sur l'autoroute.

— Où allons-nous ?

— Breedlove.

— Chez tes parents ?

— Non, la ville de Breedlove, nous allons sortir un peu des beaux quartiers, tu vas voir.

Elle s'abandonna dans le siège moelleux, la Bentley semblait avaler les kilomètres sans un à-coup, lui donnant la sensation d'être dans un nuage. La présence de Christian à côté d'elle n'y était sans doute pas étrangère.

Ils arrivèrent à la petite ville de Breedlove, 2 137 habitants. Une rue principale, une épicerie, un agent d'assurances et une supérette, puis une rue secondaire où Christian s'engagea. Des jeunes dans la rue écoutaient de la musique. Elle essaya d'imaginer Christian adolescent, parmi eux.

— C'est ici que tu as grandi ?

— Oui et non. Très vite j'ai été en lycée privé à Vegas, ce

qui m'a un peu coupé de mes copains de Breedlove... De toute façon, j'étais le « fils de bourgeois », autant te dire que je n'ai jamais été très intégré, ici.

— Une enfance plutôt solitaire, alors ?

— Sauf que j'avais mes frères.

Il se gara devant un restaurant à burgers de style années 1950, une enseigne néon avec deux grands B sur la façade.

— Breedlove Burgers, dit Christian avant qu'elle ne l'interroge.

— C'est quelqu'un de ta famille ? plaisanta-t-elle.

Il hocha la tête en l'invitant à entrer.

Un serveur vint prendre leur commande et Christian commanda sans lui demander son avis.

— C'est à Adam, expliqua-t-il. Il y sert la viande de son propre cheptel.

Christian déroula l'histoire de sa famille en dégustant le double cheeseburger qu'il avait commandé. Lauren était impressionnée. Sans réfléchir, elle formula à voix haute une question qui lui trottait dans la tête depuis longtemps.

— J'ai besoin de savoir : est-ce que tu penses que cela marcherait, nous deux ?

Il resta interdit un instant, tandis que Lauren se mordait les lèvres de cet accès de sincérité.

— Waouh, c'est une question directe !

— J'ai envie d'être franche avec toi et envers moi aussi. J'ai envie d'être avec toi et je me demande si c'est réciproque et si tu serais prêt à tenter l'aventure d'une vraie relation.

— Je ne sais pas.

Sa réponse et le regard qu'il posa sur elle lui serrèrent le cœur.

— Je peux te dire que ce que nous partageons est unique, tu es une femme incroyable, mais il est vrai que ce qui s'est passé rend les choses compliquées. Je ne sais pas si je suis prêt pour une relation officielle après la tornade médiatique à laquelle nous venons d'échapper. Peut-être qu'une fois que CANN Island sera lancé, que la rumeur sera oubliée, je me sentirais plus libre de mes mouvements, mais je ne suis pas encore prêt.

Lauren acquiesça, ravalant ses larmes et sa fierté.
— Je comprends.
— Nous restons amis ? demanda-t-il.
Elle prit la main qu'il lui tendait et la serra.
— Amis.

23

Au cours des deux semaines suivantes, Christian et Lauren ne se virent que très peu. Lauren prétendit qu'elle avait énormément de travail, mais Christian sentit bien que c'était un prétexte. Elle était professionnelle, souriante et polie, lorsqu'ils se croisaient, mais il pouvait ressentir qu'il manquait quelque chose. La flamme. Il se surprit à regretter ces moments passionnés… Mais il savait bien que c'était lui qui avait refermé cette porte.

Ce ne serait pas juste pour elle de revenir maintenant, même s'il la désirait, c'était un fait indéniable. Il avait même l'impression depuis peu que ses journées étaient ternes et ses nuits trop longues sans elle.

Un jour, il se décida à passer voir son père. Il fut accueilli par Sofia qui lui indiqua que Nicholas se trouvait dans son bureau. Christian frappa et entra dans la belle pièce aux élégantes boiseries et à la magnifique bibliothèque. La première chose que l'on voyait en entrant était une collection de portraits. Victoria et son père et les quatre garçons à différents âges. Il y avait aussi le père de Nicholas dans un petit cadre, sa mère, un portrait de Victoria jeune fille.

— Comment vas-tu, papa ?

— Bien, ravi de ta visite, fiston, qu'est-ce qui t'amène ?

— J'ai une question pour toi : comment as-tu su que maman était la femme de ta vie ?

Nicholas accueilli la question de son fils avec une certaine circonspection.

— Je n'imaginais pas ce genre de discussion père-fils ! J'ai une question à t'adresser en retour : est-ce que c'est à Lauren que tu penses ?

— Oui. Je ne sais pas trop où j'en suis. Nous nous sommes rapprochés lors du séjour à Djibouti et nous sommes revus quelques fois depuis. Elle a toujours été réticente à mêler travail et relation intime...

— Et je la soutiens totalement ! lança Nicholas.

— Moi aussi, j'étais d'accord. Mais par la suite, elle m'a demandé si j'étais prêt à m'engager et je crois que je n'ai pas été à la hauteur.

— Comment ça ?

— Je lui ai dit qu'après ce qui s'était passé je n'étais pas prêt à assumer une relation publiquement. Je suis mal à l'aise avec son mensonge, même si je sais pourquoi elle l'a fait. Elle ne voulait pas que les choses se passent ainsi et je lui ai pardonné, mais je n'arrive pas complètement à tourner la page.

— Est-ce que tu lui as expliqué tout cela ?

— Un peu, oui, mais je crains d'avoir été maladroit.

— Je ne sais pas quoi te dire. Victoria ne tarit pas d'éloges à son sujet, elle a même glissé qu'elle se sentirait prête à lui passer le relais à la Fondation, tant elle était à l'aise sur tous les dossiers...

— Oui, et je peux dire exactement la même chose quant à son travail sur CANN Island...

Nicholas se redressa.

— Tout à l'heure tu me demandais comment j'ai su que ta mère était la femme de ma vie ? Eh bien, j'ai d'abord eu l'impression que je pensais à elle bien plus qu'à n'importe quelle autre femme. Elle éclipsait tout, même le travail, et puis je me sentais seul dès qu'elle n'était plus là. Tu sais, fiston, tout l'argent du monde ne sert à rien si on ne peut serrer la femme qu'on aime contre soi en s'endormant le soir. Tu vois ce que je veux dire ?

— Oui, je crois que je vois très exactement, merci papa.

Christian étreignit son père.

— Je suis heureux que tu m'aies compris, mais cela ne me dit pas ce que tu vas faire ! lança Nicholas en riant.

C'était une très bonne question, songea Christian en regagnant sa Bentley garée devant la maison. Restait à y trouver une réponse au plus vite.

24

Lauren faillit se pincer pour s'assurer qu'elle ne rêvait pas. Il fallait dire qu'avec l'organisation du gala elle n'était pas loin du surmenage et qu'une hallucination n'était pas exclue, mais aussi parce qu'elle avait du mal à croire que toute sa famille avait répondu présent pour l'occasion, et Victoria avait insisté pour que tous soient logés à l'hôtel CANN.

Lauren aussi resterait sur place après le gala, tout comme les Breedlove. Il y avait un concert et un bal qui se termineraient vers minuit, mais une soirée privée pour les invités VIP suivait et durerait sans nul doute jusqu'au petit matin.

Une maquilleuse était venue aider Lauren à se préparer, London et Ace lui avaient fait le présent d'une sublime robe de haute couture pour l'occasion.

Frankie vint la chercher juste avant le coup d'envoi. Il était absolument sublime en pantalon moulant scintillant de sequins, perché sur des escarpins Louboutin vertigineux et maquillé à la perfection.

Lauren avait été coiffée par la styliste personnelle de Victoria qui avait dessiné ses boucles pour les relever en un chignon assez spectaculaire. Il était temps de passer sa robe et de se transformer en Cendrillon. Des volants d'organza de soie pourpre ainsi que du tulle doré. Elle retint son souffle pour permettre à Frankie et à la styliste de lacer le corset. Ne restait plus qu'à enfiler ses escarpins en satin rouge. Puis elle se plaça devant le miroir. On aurait dit une princesse qui se rendait au bal. Ne manquait que son prince…

On frappa à la porte et Lauren se demanda qui de sa famille ou du staff verrait sa robe en premier.

Ce n'était pas quelqu'un de sa famille. Ni Victoria. Ni le personnel de l'hôtel.

Non, c'était bien son prince.

Il la dévora du regard, visiblement sous le choc de sa transformation. Le regard de Lauren devait être à peu près le même en retour, d'ailleurs, car il portait un smoking de velours noir aux reflets bordeaux parfaitement assorti à sa robe. L'espace d'un instant, elle eut la sensation que la Terre arrêtait de tourner.

Une conversation entière se déroula en silence au fond de leurs yeux.

Oui. Moi aussi. Bientôt. Je t'attends.

— Lauren !

On l'appelait. Son prénom résonna dans le silence.

La styliste et Frankie. Elle les avait oubliés.

— Vous n'avez plus besoin de nous, mademoiselle ? Nous pouvons y aller ? répéta la styliste.

— Oui, bien sûr, merci pour tout.

Frankie lui adressa un clin d'œil et ils quittèrent la suite.

— Tu es à couper le souffle, dit Christian.

— Tu n'es pas mal non plus…, dit-elle soudain intimidée. Est-ce que nous descendons ensemble, je crois que tu es mon cavalier, ce soir ?

— Oui, mais ce n'est pas la seule raison de ma présence ici, dit-il en avançant vers elle. Je voulais te donner ceci.

Il avait un écrin à la main. Elle baissa les yeux puis les releva vers lui.

— Qu'est-ce que c'est ?

— Une déclaration de paix.

— Pourquoi ?

— Pour me faire pardonner d'avoir dit « non » quand j'aurais dû dire « oui ».

Elle ouvrit l'écrin et sa bouche s'ouvrit sous l'effet de la surprise.

— Christian, mais elles sont trop belles, je ne peux pas accepter !

— Pourquoi ? Je les ai choisies en pensant à cette robe et quand je te vois dedans je me dis que je n'aurais pas pu trouver mieux.

— Oh ! elles sont parfaites, Christian, merci !

Il l'aida à enfiler les pendants d'oreille en diamant jaune et elle sentit la fraîcheur de la pierre contre sa peau chaude.

— Ne jette pas l'écrin, il y a quelque chose d'autre dedans.

Lauren saisit la boîte rectangulaire en satin bleu nuit et découvrit une carte dans le couvercle. La carte magnétique qui permettait d'accéder à la suite personnelle de Christian.

Il ne savait pas si elle viendrait, mais au moment de quitter l'assemblée, Christian lui envoya un SMS pour la prévenir. Il regagna sa suite pour laquelle il avait laissé des consignes très précises. C'était parfait. Des bougies, des pétales de rose, du champagne et des mets fins pour dîner.

Cela faisait bien longtemps qu'il ne s'était pas senti aussi nerveux. Il se servit un scotch et le vida d'un trait, puis alluma la musique et s'assit dans un fauteuil. Quinze minutes passèrent. Puis quinze autres. Il retira sa veste. Dix minutes de plus. Il reçut un message. Retenant son souffle il lut son SMS. Elle ne viendrait pas. Il retira ses chaussures et se dirigea vers son lit, dépité. C'est à cet instant qu'il entendit le cliquetis de déverrouillage de la porte. Son cœur se mit à tambouriner. Il revint sur ses pas et Lauren était là, dans l'entrée. Elle ressemblait à quelque divinité éthérée. Il la rejoignit et la serra aussitôt contre lui.

— Merci, murmura-t-il.

Lorsqu'il se redressa, elle regarda autour d'elle.

— C'est magnifique.

— C'est pour toi ! Est-ce que je peux te servir un verre de champagne, ou quelque chose à manger ?

— Je crois que j'ai faim d'autre chose, suggéra-t-elle en retirant ses escarpins, un sourire malicieux aux lèvres.

Christian n'avait pas besoin d'en entendre plus. Avec délicatesse, il défit son corset et fit glisser la robe somptueuse le long de sa peau dorée. Elle se retrouva nue devant lui, au milieu de cette suite de rêve, éclairée par les lueurs fluctuantes des bougies. Une seule chose s'imposait : s'agenouiller devant ce rêve devenu réalité. Il tomba devant elle, la serrant contre lui. Ses caresses se firent rapidement plus précises et il pressa les lèvres au creux de ses cuisses, glissant la langue en elle pour l'entendre gémir de plaisir. Elle s'agenouilla à son tour et il l'aida à s'allonger à même le sol, la splendide robe d'organza lui servant de couche improvisée. Christian se dévêtit fiévreusement, aidé par Lauren qui défit sa ceinture et l'aida à retirer son pantalon. Il eut le temps de sortir un préservatif de sa poche.

— Je te veux tout de suite, murmura-t-il.

La retrouver était divin. Lorsqu'il se glissa en elle, ils restèrent tous deux parfaitement immobiles, retenant leur souffle. Puis il se mit à aller et venir lentement, profondément, et il la sentait sous lui, autour de lui, si souple et douce, humide de désir. Il alla progressivement de plus en plus fort, de plus en plus vite, emporté par la fièvre, encouragé par ses gémissements. Lorsqu'elle cria, il s'abandonna à son tour corps et âme, jusqu'à entendre son esprit lui murmurer... *Je t'aime* !

Après avoir pris une longue et tendre douche ensemble, ils se retrouvèrent sur son lit, et une nouvelle fois Lauren lui provoqua les frissons les plus incroyables qu'elle seule savait procurer avec sa bouche et sa langue expertes. La chaleur humide de ses lèvres autour de son membre était absolument inégalée. Il aurait pu perdre la tête tant c'était bon.

Ils s'aimèrent ainsi ce qu'il restait de nuit. Au petit matin, alors que l'aurore teintait le ciel de reflets roses, ils durent se rendre à l'évidence... Le désir était bien plus profond qu'ils n'avaient voulu le reconnaître au départ. C'était l'amour, celui qu'on ne rencontre qu'une seule fois, qui était à l'œuvre entre eux. Les yeux humides de larmes ils s'étreignirent encore.

Un peu plus tard, autour d'un brunch raffiné, ils refirent le monde, n'évoquant plus le passé, cette fois-ci. Ils n'évoquèrent pas l'avenir non plus, même si chacun savait déjà que l'autre en ferait partie. Non, pour le moment, seul le présent importait à leurs yeux.

25

Victoria insista pour recevoir Paul et Faye à l'occasion des festivités lors de la fête de l'Indépendance du 4 juillet. Trois grandes marquises avaient été dressées dans le jardin, des guirlandes lumineuses aux couleurs du drapeau américain scintillaient dans la nuit et on y servit les mets les plus fins accompagnés de vins et de champagnes français. Près d'une centaine de convives participèrent à cette soirée très prisée à Las Vegas.

Christian et Lauren arrivèrent main dans la main, alors que leurs parents étaient en train de converser à une table ronde.

— Ne forment-ils pas le plus merveilleux des couples ? demanda Victoria en les voyant approcher. Je n'ose imaginer leurs enfants !

— Victoria ! s'exclama Lauren.

— Allons, je plaisante, venez donc vous asseoir, nous avons une bonne nouvelle à partager ! Enfin, Faye et Paul, surtout.

Lauren lança un regard interrogatif à sa mère.

— Eh bien, commença Faye, le regard brillant, ce n'est pas si nouveau que cela à vrai dire, car cela fait des années que ton père et moi nous disions que nous adorons Las Vegas et avions l'espoir d'y passer notre retraite et…

— Comment ? s'exclama Lauren. Mais je ne vous ai jamais entendus parler de cela ! Vous êtes en train de me dire que vous envisagez de vous installer ici ?

— Je n'y suis peut-être pas pour rien, intervint Nicholas.

J'ai expliqué à Paul que nous cherchions un cadre senior dans le cadre de l'expansion de CANN International et il serait prêt à relever le défi !

— Rien d'officiel, encore, dit Paul.

Lauren restait rarement sans voix, mais c'était pourtant le cas à cet instant. Elle sentait des larmes émues se presser derrière ses paupières. Ses parents avaient l'air si heureux...

— Je ne sais pas quoi dire. Je suis tellement contente de vous voir faire ces projets après tout ce que nous avons traversé. Victoria et Nicholas, je tiens à vous remercier de tout cœur.

— Il est temps de porter un toast, annonça Christian. Aux fins heureuses, aux nouveaux départs et à l'amour !

Alors qu'ils se dirigeaient vers la piste de danse, Christian saisit la main de Lauren et la porta à ses lèvres. Leurs regards se trouvèrent et un sourire s'y dessina. Un sourire qui changeait tout.

Des années durant, il avait emmené ses conquêtes à ce gala annuel, sans jamais avoir la sensation qu'il était à côté de celle qu'il attendait depuis toujours.

Comme si le DJ les guettait, la musique changea, et les notes douces d'un slow calmèrent la foule des danseurs. Christian enlaça tendrement Lauren.

— Tu es merveilleux, tu le sais ? dit-elle doucement.

Christian afficha un sourire qui révélait un bonheur sans nuage, comme jamais il n'avait pu imaginer éprouver au contact d'une femme. Ce soir, sans doute, plus que tout autre, il avait l'impression que la vie, sa vie, était exactement comme elle devait être.

— Est-ce que c'est toi qui as demandé à ton père d'embaucher le mien ? demanda tout à coup Lauren.

— C'est une décision de mon père, et mon père décide toujours tout seul. Enfin, je devine que ma mère y a vu un moyen de t'inciter à rester avec nous aussi, et elle a une influence certaine.

Lorsqu'on annonça les feux d'artifice, la foule se réunit dans le parc et le spectacle chatoyant fut un véritable succès.

— J'adore les feux d'artifice, dit Christian à l'oreille de Lauren, mais toi, je t'aime !

— Je t'aime aussi.

Ils s'embrassèrent tendrement, longuement, savourant le bonheur de sentir leurs lèvres ainsi réunies.

Christian pensa à la bague en diamant qu'il avait fait dessiner par Ace afin d'offrir à Lauren un solitaire aussi unique qu'elle l'était à ses yeux. Il avait pensé un instant à faire sa demande au beau milieu de la fête, comme le lui avaient suggéré Noah et Nick avec un enthousiasme qui l'avait touché. Ils devaient beaucoup aimer Lauren pour l'inciter à lui passer la bague au doigt au plus vite. Mais il avait décidé de faire sa demande de façon plus intime. Le moment venu, il lui déclarerait son amour éternel, il avait pensé à tout. Sa déclaration ne serait adressée qu'à elle et ils partageraient sa réponse tous les deux.

Pour toujours.

ZURI DAY

Séduction interdite

Traduction française de
JULIA LOPEZ-ORTEGA

PASSIONS

HARLEQUIN

Titre original :
READY FOR THE RANCHER

Ce roman a déjà été publié en 2020.

1

Ces sons qui symbolisaient la réussite de l'empire Breedlove semblaient à Adam une véritable torture, en particulier après une longue journée de travail. Il s'agissait des bruits des machines à sous, de la roulette. Des sons synthétiques, des bips, des mélodies répétitives. Ces bruits que l'on entendait dans tous les casinos du monde, même ceux virtuels et accessibles en ligne par quiconque dispose d'un ordinateur et d'une connexion Internet. Il prit pourtant le temps de flâner dans les vastes salons de jeu qui se trouvaient dans le célèbre building de l'hôtel CANN. Cela lui rappelait à qui il devait la réussite du conglomérat familial : leur clientèle.

Avant de quitter les bureaux où il officiait en tant que vice-président à la recherche et au développement pour CANN International, il avait retiré sa veste et sa cravate et retroussé ses manches de chemise. Ainsi, il laissait derrière lui son rôle d'exécutif et se mêlait à la riche clientèle. Il nota l'affluence de ce vendredi soir, presque toutes les machines à sous étaient occupées. Il sourit et salua discrètement les employés qui le reconnaissaient. Il jaugeait, évaluait les points positifs et les marges de progression. Les femmes le regardaient, souvent. Quelques hommes l'observaient.

— Hé, Adam !

Il s'arrêta et se tourna vers la voix. Un homme trapu lui faisait signe de la main en venant à sa rencontre. Le visage lui semblait familier, mais...

— Adam, tu me reconnais ? Dennis Washington !

— Dennis ! Mais ça fait une éternité, je ne t'avais pas reconnu, dit Adam en riant et lui serrant la main.

— Sans doute depuis le lycée, oui !

— Que deviens-tu ? Tu vis ici, à Vegas ? demanda Adam en l'entraînant un peu à l'écart.

— Non, Bakersfield. Ma famille s'y est installée à la fin de mes études, juste avant mon départ pour l'armée et quand je suis rentré, je les ai rejoints.

— Tu as fait l'armée ? J'ai du mal à t'imaginer obéissant sans discuter aux ordres de tes supérieurs.

— J'ai joué le jeu, dit Dennis en haussant les épaules.

— Combien de temps ?

— Quatre ans, répondit-il, le regard soudain grave. C'était assez.

— Servir ton pays est un geste qui t'honore.

Dennis ne répondit pas vraiment et Adam sentit qu'il ne fallait pas insister.

— Est-ce que tu es descendu à l'hôtel CANN ?

— Non, c'est un peu au-dessus de mes moyens par ici, dit-il en balayant d'un regard admiratif les alentours. Vous avez toujours eu une longueur d'avance, chez les Breedlove. C'est superbe, ici.

Adam ne pouvait dire le contraire. Sa famille avait marqué l'histoire de l'hôtellerie en créant le premier hôtel sept étoiles d'Amérique du Nord. C'était l'hôtel de référence pour quiconque en avait les moyens. Lui, cependant, était là depuis le matin et était impatient de quitter les lieux.

— J'ai un vieux compagnon de régiment qui habite à Henderson, chez qui je réside en ce moment, expliqua Dennis.

Les deux hommes gagnèrent les ascenseurs. Adam se dirigea vers celui du bout, et activa la reconnaissance digitale pour ouvrir un panneau réservé.

— Combien de temps restes-tu par ici ? J'aimerais bien qu'on se revoie.

— J'en serai ravi moi aussi et ce serait l'occasion pour moi de te parler de ton autre activité. J'ai appris que tu élevais du bétail et que tu voulais développer tes propres usines de transformation au sein de ton ranch ?

— C'est exact, c'est en cours, comment sais-tu cela ?

— Je travaille justement dans ce domaine.

— Vraiment ?

— Oui, je gère les abattoirs de Bakersfield, qui sont parmi les plus importants de l'État.

— Incroyable, depuis combien de temps fais-tu cela ? demanda Adam.

— Depuis que j'ai quitté l'armée il y a huit ans, et j'ai pris la tête des opérations il y a quatre ans.

— Il faut vraiment que nous discutions ! Combien de temps restes-tu ?

— Je repars demain soir.

Adam sortit son téléphone.

— Donne-moi ton numéro, je t'appellerai. Serais-tu libre pour déjeuner, demain ?

— Sans problème !

Dennis dicta son numéro et les deux hommes échangèrent une poignée de main avant de se séparer.

Le lendemain matin, Adam confirma leur rendez-vous par SMS avant de profiter d'une belle balade à cheval dans les montagnes avec son étalon primé : Thunder. Il se rendit ensuite dans la petite ville de Breedlove, fondée vingt ans plus tôt par son père, Nicholas, à une quarantaine de kilomètres de Vegas. Adam y avait ouvert un restaurant, le BBs, pour Breedlove Burgers, dans lequel il servait la viande provenant de ses élevages.

Il gara son pick-up flambant neuf dans le parking très fréquenté. Un menu abordable, un cadre confortable et des cocktails corsés, il n'en fallait pas plus pour que le BBs devienne le lieu en vue de Breedlove. Adam entra par la porte du personnel.

— Bonjour, patron !

— Hola, Miguel, lança Adam en saluant son chef cuistot.

— Tu es venu nous donner un coup de main en cuisine ?

— Je ne voudrais pas te faire de l'ombre, je vais plutôt aller en salle !

Adam repéra Dennis installé à une table près des fenêtres. Mais il n'était pas seul, et Adam dut reconnaître qu'il n'avait pas imaginé croiser ce midi une des plus belles créatures de la terre et des cieux réunis dans son restaurant.

Ryan Washington éprouvait une légère nausée. En invitant sa sœur végétarienne dans un restaurant à burgers, Dennis aurait pu se douter qu'il n'aurait pas un franc succès... Ce matin encore, elle ignorait même qu'il était à Las Vegas. Elle avait d'abord refusé. Elle avait une journée chargée et les échanges avec son frère étaient souvent un peu houleux. Et puis, comme à chaque fois, Dennis avait su la convaincre avant de reconnaître que s'il l'avait invitée, c'était pour rencontrer son vieil ami qui était devenu une personnalité en vue à Las Vegas et avec qui il espérait faire affaire. Lorsqu'elle s'était étonnée de cela, son frère avait répondu sans détour que son ami aimait les jolies filles.

Car Dennis était ainsi : ses invitations étaient généralement intéressées et il ne s'embarrassait pas du politiquement correct.

Cela aurait dû suffire à la convaincre de refuser. Mais Dennis était rarement généreux en compliments et s'il la décrivait comme jolie, c'était sans doute qu'il avait vraiment besoin d'elle. Quant à la perspective de sortir avec un des amis de son frère ? Au grand jamais !

Et voici donc qu'elle se retrouvait dans ce restaurant, à retenir sa respiration dans ces odeurs de viande, tout en essayant de répondre à ses messages professionnels depuis son téléphone en espérant que le repas se termine au plus vite.

— Le voilà.

Ryan leva les yeux et resta interdite quelques secondes. Quel homme ! On aurait cru un vrai cow-boy de western entrant au saloon, avec son stetson sur la tête, sa chemise à carreaux, son jean usé et ses santiags, c'était assez impressionnant. Et pourtant, il y avait quelque chose qui clochait : ses mains étaient soignées, ses cheveux bruns bouclés étaient propres et coupés avec soin.

Ryan resta donc sans voix, à dévisager cet homme au regard intense, aux lèvres à croquer, avec une délicieuse fossette au coin des joues. C'était peut-être la première fois que son frère ne l'invitait pas dans un traquenard complet !

Le temps de retrouver une contenance, elle reprit son téléphone et en ferma les applications.

— Content de te revoir, dit Dennis à son ami qui vint prendre place en face d'eux. On m'a dit que nous étions ici chez toi ? Je n'arrive pas à y croire ! Et la serveuse nous a promis les meilleurs burgers de l'Ouest, n'est-ce pas Ryan ?

Elle aurait voulu regarder son frère et rien que son frère, mais ses yeux étaient comme magnétisés par ceux de leur invité. Deux pépites de chocolat noir qui semblaient briller d'un véritable feu en la regardant sous de longs cils fournis.

— C'est exact, oui, répondit-elle en se tournant vers son frère.

Ryan n'avait pas vraiment prêté attention à ce que Dennis avait raconté à la serveuse, à vrai dire, mais pour l'occasion, elle était prête à inventer n'importe quoi.

— Je t'ai parlé d'Adam Breedlove, mon camarade de lycée, eh bien, le voilà donc finalement en chair et en os ! annonça Dennis

— Enchanté, dit Adam avec un large sourire.

— De même, répondit Ryan qui ressentit une inhabituelle timidité face à lui.

— Tu n'as jamais rencontré Ryan, je crois ? poursuivit Dennis. C'est ma petite sœur, mais comme elle était du genre pénible à l'époque, je ne l'emmenais jamais !

Ryan haussa les sourcils au commentaire de son frère. Il fallait dire que ce n'était pas complètement inexact. Âgée de huit ans et précoce, elle avait développé une passion pour les jeux de société et les sports, et elle suivait son grand frère de quatorze ans comme un petit chien.

— J'ai du mal à vous imaginer pénible ! dit Adam. C'est un plaisir de vous rencontrer, en tout cas.

Sa voix lui évoqua la richesse d'un vieux brandy – épicé, chaud et terrien. Elle serra la main qu'il lui tendait et en nota la douceur. Il avait peut-être un ranch, mais il ne devait pas passer ses journées à faire les foins ou soigner le bétail.

— Plaisir partagé.

Elle eut l'impression qu'il effleurait sa main, comme une légère caresse, à moins qu'elle n'ait rêvé ? Pourtant elle y avait vu comme un message. Le message d'un homme doux et tendre et en même temps fort et rassurant. Quel amant parfait serait un tel homme. Ryan ne savait ce qui la poussait à imaginer tout cela, c'était totalement absurde et pourtant il y avait quelque chose chez lui…

Mais elle comprit alors qu'elle n'était sans doute pas la seule à l'avoir remarqué, tant parmi les clientes que les serveuses, à en juger par les regards qu'il attirait.

La jeune et jolie Zoe vint prendre leur commande, dévorant son patron des yeux.

— Nous allons prendre une planche d'apéritifs et des boissons, le temps que je leur détaille le menu, dit Adam.

— Parfait, dit Zoe en tapant sur une petite tablette numérique. Pour l'apéritif, je vous propose un assortiment de boulettes de bœuf épicé, avec des oignons et légumes frits.

Ryan baissa les yeux lorsque son frère l'interrogea du regard.

— Est-ce que ça ira pour vous ? demanda Adam.

— Il ne faut pas demander à Ryan, c'est une de ces végétariennes à la mode !

— Ah vraiment ? dit Adam en retirant son chapeau. Pas de bœuf ni de porc, alors ?

— Non, pas d'animaux.

— Pas de poulet ou de poisson non plus ?

L'incrédulité de sa voix la fit rire.

— Non plus !

Adam hocha la tête.

— Moi qui suis du genre viande et pommes de terre, j'aurais

l'impression d'être puni à une éternité de souffrances si je devais adopter ce genre de régime ! dit-il en retournant la carte du restaurant. Mais nous avons quelques salades aussi.

— Ne vous inquiétez pas, de toute façon, je n'ai pas très faim.

— Le contraire serait un problème, je dois reconnaître que malgré toute l'attention que nous avons porté à notre carte, nous n'avons pas assez pensé aux végétariens. Il est vrai qu'ici les gens sont plutôt carnivores.

Ryan sourit. Il était décidément très charmant.

— Depuis combien de temps est-ce que vous n'avez pas mangé de viande ?

— Environ cinq ans.

— Et qu'est-ce qui vous y a incitée ?

— Elle a fondu un plomb ! intervint Dennis. On ne peut pas renoncer au meilleur burger de l'Ouest si l'on est en pleine possession de ses moyens !

Adam regarda Dennis, mais ne rit pas. Ryan apprécia cela. Elle aimait son frère, mais il savait aussi se montrer lourdaud et injuste, et elle en faisait trop souvent les frais.

— Est-ce que vous travaillez avec votre frère ? demanda Adam.

— Non, pas vraiment, répondit-elle.

— Elle ne travaille pas dans mes abattoirs, tu l'auras compris, mais il lui arrive de travailler avec moi de temps en temps en télétravail. Elle est très efficace.

De quoi voulait-il parler ? Elle avait bien aidé Dennis à mettre en page son CV ou avait rédigé quelques notes de synthèse ponctuellement, mais toujours bénévolement. Elle supposa que c'était là la raison de sa présence ici, aussi ne contredit-elle pas son frère.

— Et vous vivez ici ? reprit Adam.

— Oui.

Dennis se tourna vers elle.

— Adam travaille au sein de l'entreprise familiale de CANN Internationale, mais il a aussi son propre ranch où il élève du bétail. D'ailleurs, Adam, si jamais vous cherchiez quelqu'un pour du travail de bureau, n'hésitez pas à faire appel à Ryan, elle est très douée !

Elle crispa ses doigts autour de la table. Tout ceci devenait franchement ridicule. Comment pouvait-il faire croire qu'elle travaillait même indirectement pour ses abattoirs ou proposer ses services à un éleveur de bétail ? Mais c'est à ce moment qu'Adam intervint, plongeant son regard d'ébène dans le sien.

— Je suis intrigué, pourquoi pas ? Mais il faut m'en dire plus !

Ryan se dit alors qu'il n'y aurait pas de mal à jouer le jeu le temps d'un repas. Elle ne pouvait s'imaginer fréquenter un éleveur comme Adam dans le plus pur style cow-boy, mais pour quelques torrides chevauchées nocturnes, il ferait très certainement un étalon de choix...

2

Adam nota avec surprise la façon qu'avait Dennis de rudoyer sa sœur et en fut gêné. Il avait connu cela, de son côté. C'était ainsi qu'ils étaient devenus amis, d'ailleurs, au lycée, car le jeune homme qu'il avait connu était du genre à voler au secours des plus faibles. Adam était mal à l'aise avec le ton qu'employait Dennis envers sa sœur et il sentait que Ryan ne le vivait pas bien de son côté, sans bien comprendre pourquoi cela le touchait à ce point. Il décida de ne pas intervenir, cependant.

Zoe revint avec leurs boissons et prit la commande de leurs entrées. Dennis et Adam optèrent pour les spécialités de la maison et le menu standard : une demi-livre de viande de bœuf Breedlove sur un pain toasté, accompagnée de lanières d'oignon, de pickles et d'une sauce maison à base d'aïoli et de moutarde aux épices.

Adam se tourna vers Ryan.

— Est-ce que vous voulez une salade ? Avec des frites ou une purée maison ?

— Quelle huile utilisez-vous pour la cuisson ? demanda-t-elle.

— C'est une bonne question, et il se trouve que je n'en sais rien, dit Adam.

On invita le chef à leur table qui s'expliqua en détail et permit à Ryan de passer sa commande.

Dennis but une gorgée de sa pinte de bière avant d'engager la discussion avec son vieil ami.

— Alors Adam, raconte-nous un peu, comment passe-t-on des casinos aux vaches ?

Adam haussa les épaules.

— J'ai repris le ranch familial qui allait être revendu et il faut croire que j'y ai pris goût. Ce n'était pas prévu, même si je crois que j'ai toujours plus ou moins eu une âme de cow-boy, dans le fond.

Dennis sourit largement.

— Je m'en souviens bien !

— Christian et moi avions accompagné mon père à un voyage à Tokyo où il venait d'inaugurer son deuxième hôtel. Au dîner, notre hôte nous a servi du bœuf de Kobe. Je n'avais jamais goûté pareille viande. C'est alors que j'ai commencé à me documenter sur l'origine des viandes et les races bovines. Un peu plus tard, lors d'une réunion de famille, j'ai découvert l'existence de ces terres à l'abandon et j'ai décidé de tenter ma chance. Cela fait cinq ans, maintenant que je travaille au ranch et j'ai bon espoir que le ranch Breedlove soit un jour en capacité de produire une viande aussi exquise que le bœuf de Kobe. Ce sera forcément différent, car le territoire n'est pas le même, mais j'espère développer le meilleur bœuf Wagyu du pays.

— Est-ce que c'est ce que tu sers ici ?

— Non, pas encore. Nous avons fait des dégustations, mais ici nous continuerons avec une espèce un peu moins chère, la Black Angus.

Il se tourna vers Ryan avec une moue gênée.

— Je suis désolé pour cette discussion.

— Pas de problème, répondit-elle.

— Ce n'est pas ce que disent vos yeux, vous semblez au bord de la nausée.

Ryan éclata de rire à sa remarque et Adam songea que c'était plutôt agréable de la voir rire, elle qui semblait sur la réserve en leur compagnie. Très agréable.

— Et où est-ce que ta viande est préparée ? demanda Dennis.

Adam leva les yeux vers Ryan avant de répondre.

— Jusqu'à présent, nous vendions la majeure partie de

nos bêtes en gros et ne gardions qu'une petite partie pour nos restaurants et quelques boucheries locales. Il nous manque encore un ou deux mois pour avoir nos propres abattoirs au sein du ranch.

— J'imagine que c'est un projet très motivant.

— Oui, ça l'est, nous avons vu grand : près de 4000 mètres carrés, le dernier cri au niveau technologique...

Ryan saisit son sac.

— Excusez-moi un instant, dit-elle en se levant de table.

— Ne partez pas, dit Adam, nous pouvons parler boulot une autre fois.

— Non, non, je vous en prie, continuez, je vais me laver les mains.

Adam la regarda se diriger vers les toilettes. Il était sous le charme de sa beauté. Une silhouette délicieuse, des cheveux bruns bouclés, sa peau ambrée qu'il devinait si douce. Mais il y avait autre chose chez elle, une sorte d'aura, mélange d'assurance et de sérénité. Quelque chose qui l'apaisait curieusement. Ces derniers jours, tandis qu'il devait envisager son engagement au sein de CANN International en fonction de son nouveau projet d'agrandissement de Breedlove Ranch, il devait avouer que les moments de tranquillité n'étaient pas si nombreux.

— Je te vois regarder ma sœur, l'ami ! lança Dennis en souriant.

Adam ne s'était même pas rendu compte qu'il la fixait, l'air songeur.

— Je ne savais pas que tu avais une sœur. Je me souviens de ton frère Charles, mais pas de Ryan.

— Tout le monde pensait que Charles était mon frère, mais nous ne sommes que cousins.

— Ah, je l'ignorais, en effet. Tu étais déjà en dernière année quand je suis arrivé au lycée, nous ne nous sommes connus qu'un an.

— Il aurait fallu que tu viennes chez moi pour la rencontrer. Mais nous étions le plus souvent chez toi, dit Dennis. Il faut dire qu'entre la piscine, les chevaux, le cuisinier à domicile qui nous préparait à manger... Aller chez toi était un peu comme un week-end à Hollywood ! Je n'en croyais pas mes yeux, tu sais...

— C'est vrai que j'ai de la chance, mais rien de tout cela n'a été volé, il y a eu beaucoup de travail pour en arriver là, tu sais.

— Je veux bien te croire, je sais ce que c'est que le travail, répondit Dennis.

— Aux abattoirs, certainement, acquiesça Adam. Comment fais-tu pour faire collaborer Ryan à ce genre d'activité ?

Adam ignora le sourire satisfait de Dennis à le voir évoquer sa sœur. Comme s'il n'avait pas compris que son ami avait amené sa sœur très exactement dans le but de l'appâter... Mais il ne comptait pas lui reconnaître cette réussite si facilement.

— Je te l'ai dit, elle m'aide ponctuellement, mais elle ne vit plus à Bakersfield depuis longtemps, maintenant. Elle a fait ses études à San Diego et elle y habitait jusqu'à ce qu'elle s'installe ici, il y a trois mois.

— Pourquoi a-t-elle déménagé ?

Dennis haussa les épaules.

— Elle a obtenu un diplôme de médecine naturelle ou quelque chose comme ça. Je n'y connais pas grand-chose, mais elle venait chercher du travail.

— Et tu crois qu'elle serait à l'aise pour travailler dans un ranch ?

Ryan les rejoignit.

— Vous parliez de moi ?

— Dennis me disait que vous feriez une secrétaire très efficace.

Si séduisante et délicieuse...

Adam chassa cette pensée inappropriée. Cela ne lui ressemblait pourtant pas... Difficile de résister à l'effet qu'exerçait sur lui cette charmante Ryan.

— Cela fait longtemps que je ne travaille plus vraiment comme secrétaire pour mon frère, je me concentre sur mes propres activités, maintenant.

— Qui sont ?

— Je suis naturopathe, dit Ryan.

— En quoi est-ce que cela consiste ? demanda-t-il en notant qu'elle se tendait, comme si elle s'attendait à une moquerie de leur part.

— C'est sa nouvelle lubie, intervint Dennis.

— Non, Dennis, c'est mon métier, répliqua Ryan calmement.

— Et voici vos plats, annonça Zoe en les servant. Les pickles et les beignets d'oignons sont végétariens. La sauce barbecue aussi, mais celle-ci contient des produits laitiers. Le reste arrive tout de suite.

Dennis commença à goûter aux divers beignets et boulettes de viande de l'assortiment, se servant à la main et engouffrant chaque spécialité avec gourmandise.

— C'est vraiment très bon, je n'ai jamais goûté des beignets d'oignons aussi délicieux. Et les boulettes sont sublimes.

— C'est la touche de Miguel, il est vraiment très doué.

— J'ai hâte de goûter ce burger, il n'y a rien de tel qu'un bon gros steak de bœuf ! lança-t-il.

— Les grands frères sont vraiment pénibles, intervint Adam en adressant un clin d'œil à Ryan. Je le sais, j'en ai un aussi…

Elle sourit et Ryan n'eut aussitôt qu'une envie : la faire sourire à nouveau.

— Contente d'apprendre que quelqu'un comprend ma douleur !

— Mais ce n'est pas un mauvais bougre pour autant, reprit Adam. C'est en volant au secours d'un camarade harcelé que nous nous sommes connus.

— Ah vraiment ? Que s'était-il passé ? demanda Ryan, l'air surpris.

Adam et Dennis échangèrent un regard.

Adam repensa à ce premier jour de lycée où il s'était retrouvé face à une bande de quatre lycéens qui avaient commencé par l'agresser verbalement avant de tenter de le passer à tabac. Dennis s'était interposé et, à eux deux, ils avaient réussi à prendre le dessus sur les quatre lâches avant que des surveillants n'interviennent à leur tour. Adam ne s'était plus jamais battu par la suite. L'été suivant, pourtant, il avait pris

15 cm et les muscles qui lui manquaient à l'époque. Une fois sa dyslexie sous contrôle, il avait gagné en confiance et popularité. Pourtant, des cicatrices persistaient et il avait encore parfois des réminiscences de son trouble.

— On se moquait souvent de moi. Un jour, je me suis retrouvé pris dans une bagarre, ils étaient plus nombreux et ton frère a volé à mon secours, expliqua Adam. C'est alors que nous sommes devenus amis.

— Intéressant, dit Ryan en adressant un regard curieux à son frère

— Je t'ai toujours gardé une grande gratitude pour cela, reprit Adam en s'adressant à Dennis. Tu t'es comporté comme un frère et tu as fait preuve de loyauté, ce qui avec le respect et l'honnêteté est une valeur primordiale à mes yeux. C'est d'ailleurs pour ça que j'ai souhaité déjeuner avec toi aujourd'hui, car je suis en train de recruter du personnel pour gérer les nouveaux aménagements de mon ranch. J'avais quelqu'un en vue, mais il a été victime d'un accident de voiture et ne pourra prendre le poste finalement, alors j'ai pensé à toi.

Dennis s'adossa à la banquette.

— Waouh, tu parles sérieusement, Adam ? Tu imaginerais que je prenne la tête de ton usine de transformation de la viande ?

— Je voudrais savoir si tu peux être intéressé, puisqu'il faudra de toute façon passer par tout le processus de recrutement, mais si cela te convenait, je serais heureux d'appuyer ta candidature.

— Eh bien, merci, l'ami, j'apprécie le geste et je dois dire que, oui, je serais très intéressé. Travailler sur les terres de ta famille serait un grand honneur pour moi.

— Dans ce cas, il faudrait sans doute que je vienne jeter un coup d'œil à ton usine de Bakersfield, afin de me faire une idée.

— Très bien, dit Dennis après une courte seconde d'hésitation.

Adam nota ce léger vacillement, mais ne s'attarda pas dessus. Il était curieux de passer à un autre sujet qui l'intéressait beaucoup : Ryan. Qu'il travaille avec Dennis ou pas, il voulait en savoir plus. Avant de les laisser, il rappela à Dennis de lui envoyer son CV et demanda à Ryan son numéro de téléphone.

— Mon numéro ? répéta Ryan surprise.

Adam sourit. Les femmes étaient souvent plus qu'insistantes à lui donner leur numéro de téléphone, aussi appréciait-il sa réserve.

— Oui, pour parler gastronomie, répondit-il. Je voudrais avoir votre avis pour essayer de développer un menu végétarien.

Elle rit et sembla soulagée par sa réponse et le motif qu'il invoquait.

Bien sur, elle se doutait que ce n'était sans doute pas le seul, mais c'était plutôt bien trouvé comme excuse, au débotté.

3

Ryan n'avait guère été surprise lorsque son frère avait filé avant qu'elle ne puisse lui demander des explications. Il n'avait pas répondu à ses appels, ni le soir ni le lendemain. Elle avait été prise de court en l'entendant parler de ce travail dont elle ignorait tout, alors même qu'il se trouvait devant un homme qui envisageait de l'employer. Mais dans le fond, elle ne lui en voulait pas tant que cela. Adam Breedlove était sacrément séduisant et, si elle n'imaginait pas travailler dans son ranch, elle ne serait pas contre une ou deux rencontres sur un terrain plus personnel. Cela faisait trois mois qu'elle était à Vegas et elle ne connaissait pas grand monde. L'ami de Dennis serait une diversion de premier choix

Elle chassa ces pensées troublantes de son esprit et se concentra sur son planning du lundi matin. Elle avait finalement obtenu ce diplôme en naturopathie, avec une spécialisation en nutrition, mais aussi en aromathérapie et massages. Elle avait en parallèle suivi des cours en soins énergétiques et diverses approches alternatives à l'Institut Holistique de La Jolla en Californie. Depuis l'enfance, elle avait toujours essayé de se conformer à ce que les autres attendaient d'elle. Lorsqu'ils avaient entendu parler de sa passion pour les médecines douces, ses parents l'avaient poussée à intégrer de véritables études médicales ou paramédicales. Ils avaient essayé de la convaincre de devenir infirmière, mais Ryan s'était accrochée à ses rêves, étudiant les médecines douces pour commencer et avait passé trois années passionnantes. C'était alors qu'elle avait connu celui qui était devenu son ex, ce qui avait voilé d'une touche plus sombre ces belles années.

Lors une exposition, durant sa dernière année, elle avait rencontré Brooklyn, qui venait de s'installer à Las Vegas, une ville où Ryan n'avait jamais imaginé revenir. Leurs passions communes les avaient amenées à envisager de s'associer pour ouvrir un cabinet ensemble. Ryan avait sauté sur l'occasion qui lui était offerte de travailler ainsi à son compte. Elle avait donc déménagé à Vegas. C'était en tout cas la raison qu'elle invoquait avec le plus de facilité, car le reste était plus compliqué, à la fois source d'espoir et de blessures. Certains secrets n'avaient jamais encore été révélés.

La sonnerie de son téléphone fixe la tira de ses pensées. C'était sans doute Brooklyn qui voulait s'assurer que Ryan serait à l'heure à leur rendez-vous.

— Oui, j'arrive dans cinq minutes !

— Hum, fort bien, mais où allons-nous ?

Ryan sentit son cœur s'emballer.

— Adam ?

Il rit et ce son au bout de la ligne lui provoqua la chair de poule.

— J'espère que ce n'est pas un problème si j'appelle à ce numéro, c'est Dennis qui me l'a donné car je n'ai pas réussi à te joindre sur ton portable et j'étais un peu pressé.

Ryan avait aussitôt cherché son portable du regard dans la pièce et se dirigeait vers la chambre.

— Si je dérange, en revanche, je peux rappeler plus tard...

— Non, pardon, dit-elle. Je cherche mon portable car je viens de réaliser que je ne l'ai pas entendu sonner depuis ce matin.

— Ah, ceci explique cela, alors !

— Oui, et je viens de me rappeler où je l'ai laissé. Je l'avais mis dans mon sac de yoga ce matin, dit-elle en ouvrant le sac en question pour en sortir son téléphone. Je t'écoute, Adam, tu voulais me parler de Dennis, j'imagine ?

— Non, rien à voir.

— Ah bon... De quoi s'agit-il ?

Elle leva les yeux et nota qu'il était presque l'heure de se rendre à son rendez-vous, mais sa curiosité était piquée.

— Il s'agit de magie.

— Comment ça de magie ?

Si c'est toi qui fais les tours, je pourrais être intéressée !

— Tu n'aimes pas la magie ?

Sa voix s'était faite plus grave et Ryan s'imaginait déjà plein de choses.

— Eh bien, je ne sais pas, j'aime tout ce qui fait appel à l'imagination.

— Justement, notre hôtel reçoit un spectacle ce soir en première et nous nous attendons à une performance très originale. C'est un spectacle musical qui mêle l'illusion, la danse et une narration, plutôt qu'une succession de tours. C'est un artiste danois, il s'appelle Valdemar.

— Jamais entendu parler.

— C'est normal, il est très peu connu aux États-Unis, mais son spectacle vaut le déplacement et j'aurais aimé que tu m'accompagnes. C'est demain soir.

— Pourquoi pas. À quelle heure ? demanda-t-elle comme si elle vérifiait son agenda alors qu'elle était déjà en train de réfléchir à ce qu'elle pourrait porter pour l'occasion.

— Le spectacle commence à 9 heures, mais je voulais t'inviter à dîner avec moi avant. J'ai vérifié, nous avons un menu entièrement végétarien, à l'hôtel.

— C'est très gentil de ta part, dit-elle.

— C'est la moindre des choses. Je voulais m'assurer que tu pourrais trouver quelque chose à ton goût si tu acceptais mon invitation, se justifia-t-il.

Ryan ne répondit pas tout de suite.

— Je sais que c'est un peu tard pour te prévenir, mais j'ai vu les répétitions ce matin et je suis resté sans voix.

— Eh bien, dans ce cas, je serai ravie de découvrir ça avec toi.

— Parfait, je peux passer te prendre vers 6 h 30 chez toi ?

— Oh ! ce n'est pas nécessaire, je peux te rejoindre directement sur place.

— Non, vraiment, je viendrai te chercher, donne-moi ton adresse.

Ryan lui donna son adresse en réunissant ses dossiers et sa tablette avant de raccrocher. Elle enfila ses sandales artisanales à semelle de bois qu'elle adorait et se dirigea vers sa voiture, son téléphone à la main. Elle avait encore un coup de fil à passer.

Elle mit son téléphone en Bluetooth et appela Dennis à son bureau cette fois-ci.

— Bonjour, Katy, il faut que je parle à mon frère absolument, je sais qu'il est là, alors dis-lui de décrocher sinon je viens en personne !

— Hum, non, Ryan, Dennis n'est pas là, répondit Katy d'un ton gêné.

— Je suis sûre que c'est faux !

— Je vais lui transmettre ton message et lui demander de te rappeler.

— Katy, je suis désolée, mais ça fait un moment que j'essaie de le joindre et j'ai vraiment besoin de lui parler maintenant.

— Bon, bon, je vais le trouver et soit il te rappelle, soit je le ferai moi-même, promis.

Dix minutes plus tard, son téléphone sonnait.

— Salut, frangine !

— Dennis, tu me dois une explication à propos du déjeuner de ce week-end !

— Pardon ?

— Tu sais très bien ce que je veux dire. Je n'ai jamais travaillé pour toi, je n'ai aucune envie de jouer les secrétaires et je ne cherche pas de travail ! Évidemment, tu ne sais rien de mon projet professionnel, vu que cela fait des semaines que nous ne nous sommes pas parlé.

— Ryan, ne te mets pas en colère, j'ai vu que tu avais tapé dans l'œil d'Adam et j'ai joué le jeu en espérant que cela me donne quelque avantage pour lui demander s'il cherchait quelqu'un, et il se trouve qu'il m'a proposé quelque chose le premier.

Ryan soupira.

— Je suis contente si ça marche pour toi, Dennis, mais s'il te plaît, à l'avenir ne me mêle plus à ces histoires.

— Oui, tu as raison, je n'ai qu'une seule requête : tu viens bien à la maison la semaine prochaine ?

— Comment le sais-tu ?

— C'est maman qui m'en a parlé.

— Eh bien, oui, c'est le cas, pourquoi ?

— Adam voulait visiter mon, euh, entreprise, et je me suis dit que ce serait plus simple si je pouvais prévoir sa visite en même temps que tu étais là, ainsi nous pourrions dîner tous ensemble ?

— Mais je viens de te dire que je ne voulais plus être mêlée à ton boulot, en plus toutes ces histoires d'abattoirs me révulsent.

— Je le sais, et c'est la dernière fois que je te le demande. Maman a proposé de l'inviter à dîner et si tu étais présente, ce serait plus léger. Tu sais que maman est parfois un peu particulière...

— Oui, je le sais...

Et son fils lui ressemblait tellement...

Ryan était en train d'arriver à son bureau. Elle se gara dans le parking.

— Je ne sais pas pourquoi, mais j'ai l'impression que tu ne me dis pas tout...

— Mais si, je t'assure ! Maman m'a dit que tu arriverais le vendredi, je vais proposer à Adam de se joindre à nous et nous dînerions tous à la maison, ça te convient ? Si on ne peut plus compter sur sa famille pour ce genre de service... Tu pourrais d'ailleurs montrer un peu de gratitude pour ce que nous avons fait pour toi, non ?

Évidemment, il n'avait pu s'empêcher de jouer cette carte...

— Si tu le dis, Dennis... Mais je te préviens, c'est la dernière fois, nous sommes bien d'accord ? À l'avenir nous serons quittes !

Dennis rit.

— Ne te mets pas dans cet état pour un milliardaire qui s'intéresse à toi ! Tu sais que je pourrais lui raconter deux ou trois choses qui le feraient vite changer d'avis à ton sujet, menaça-t-il.

Ryan raccrocha plus ambivalente que jamais. Maintenant, elle regrettait d'avoir accepté le rendez-vous d'Adam. Elle le trouvait très séduisant et se sentait attirée par lui, mais avait-elle envie de sortir avec quelqu'un qui pourrait travailler avec son frère sous peu ? Quelqu'un qu'elle devrait continuer à fréquenter quoi qu'il arrive ?

Non, elle ne se sentait pas prête à cela. En particulier maintenant qu'elle allait ouvrir son cabinet. Peu de gens savaient ce que Dennis menaçait de révéler à Adam, des détails d'un passé douloureux qu'elle avait mis du temps à surmonter. Un secret que sa mère adoptive, Ida, l'avait incitée à ne pas révéler depuis plus de vingt ans. Elle préférait laisser Phyllis, sa mère biologique bien embarrassante, dans le passé auquel elle appartenait. Que Ryan ait été épisodiquement en contact avec Phyllis au fil des cinq dernières années serait un choc pour Ida. D'ailleurs elle serait furieuse si elle apprenait que Ryan avait pris la décision de se mettre à la recherche de son père.

Dennis avait raison. Il y avait des choses de sa vie, des secrets parfaitement gardés, qu'il valait mieux ne pas révéler. Même sans son histoire chaotique, quelqu'un comme Adam était tellement dans une catégorie supérieure à la sienne... L'espace d'un instant, elle s'était laissée aller à rêver à des contes de fées. Elle savait bien que les fins heureuses étaient réservées aux contes de fées de son enfance, il fallait simplement qu'elle prenne garde à ne plus l'oublier.

4

Adam sortit par l'entrée privée de l'hôtel pour rejoindre la voiture qui l'attendait en ronronnant. Il prit place à l'arrière dans le vaste habitacle et suspendit sa veste au-dessus du minibar. Il espérait que Ryan ne le trouverait pas trop ostentatoire, même s'il était difficile de faire plus ostentatoire qu'une limousine comme celle-là. Pour une autre, il n'y aurait pas pensé deux fois, convaincu que la majorité des femmes aurait été totalement émoustillée par le fait qu'il vienne les chercher avec ce véhicule grand luxe flambant neuf. Pourtant il y avait pensé, ces derniers jours, à ce qui pourrait émoustiller Ryan. Et plutôt deux fois qu'une.

Elle vivait à Summerlin, soit une quinzaine de kilomètres du grand boulevard de Vegas, le Strip. Adam réfléchit à deux ou trois choses qu'il pourrait faire durant la vingtaine de minutes de route qui les séparait. Il avait des e-mails en attente, quelques coups de fil à passer, mais au lieu de cela, il ferma les paupières et repensa aux remords que Ryan avait exprimés la veille. Il n'avait pas le souvenir d'avoir jamais connu une femme qui souhaite annuler un rendez-vous, alors pourquoi Ryan ? Et lui qui pouvait sortir à peu près avec qui il voulait, pourquoi n'avait-il pas pu se résoudre à ce qu'elle décline son invitation au prétexte d'un empêchement de dernière minute ?

Il lui avait dit qu'il était impossible qu'elle annule. Lorsqu'elle avait demandé pourquoi, il avait expliqué que c'était une soirée importante et que tous les cadres étant présents et accompagnés, on avait déjà enregistré l'identité de chacun et qu'il était trop tard pour qu'il invite quelqu'un d'autre à sa place et hors de question qu'il vienne seul, d'ailleurs il passait la chercher d'ici une heure.

Ce que Ryan ignorait c'était que ce qu'un Breedlove désirait, il l'obtenait. C'était aussi simple que cela.

La voiture s'arrêta dans une ruelle de Summerlin, une impasse avec des petites maisons individuelles. L'une d'entre elle avait une porte rouge avec des jardinières foisonnantes.

— Cent dollars que c'est ici, dit Adam à son chauffeur qui vérifia sur son GPS avant d'acquiescer.

— J'ai bien fait de ne pas prendre le pari, patron ! plaisanta-t-il.

Adam sortit de voiture, impatient et excité. Il avait pris goût à la conquête et aimait ces instants d'indécision. Il appuya sur la sonnette.

— *Un momento !* lança-t-elle.

Il sourit en pensant à Miguel.

Moins d'une minute s'écoula avant qu'elle n'ouvre la porte, mais Adam n'était pas prêt pour la femme qui se présenta devant ses yeux. Cette Ryan-là, mélange de féminité innocente et de femme fatale, avec une robe longue et fluide qui suivait ses courbes comme de l'eau. La couleur du tissu était une teinte plus claire que sa peau mate. Et déjà il l'imaginait nue. Lorsqu'il l'avait vue au restaurant, ses boucles étaient domptées et lissées, mais ce soir elle les arborait libres et provocantes, encadrant son visage et effleurant ses épaules. Il eut envie de les caresser aussitôt. Elle portait peu de maquillage et paraissait pourtant parfaite, ses lèvres étaient légèrement teintées de rouge sombre qui leur donnait la teinte d'un grand cru de vin. Il aurait voulu y goûter. Comment parvenait-elle à apparaître aussi sexy en étant habillée aussi sagement ?

— Bonjour, finit-il par articuler.

— Bonjour.

— Je suis désolé d'être apparu aussi insistant tout à l'heure, dit-il. Je ne pouvais pas me faire à l'idée de ne pas te voir ce soir...

— Finalement, j'ai réussi à tout arranger, dit-elle en fermant sa porte.

Il lui tendit son bras, qu'elle prit légèrement, l'effleurant à peine et envoyant pourtant une décharge électrique à la surface de sa peau, et réchauffant tout son corps, bien prompt à s'embraser à son contact.

Dans la limousine ils s'assirent face à face.

— Tu es... sublime.

Elle lui sourit largement. Un sourire qui devait guérir des maladies mortelles !

— J'espérais que ce serait adapté à cette soirée, je n'étais pas sûre.

— C'est parfait.

— Merci.

Adam fronça légèrement les sourcils.

— Tu es sûre que tout va bien ?

— Ce n'est rien... Tout va bien. Vraiment.

Ryan observa l'intérieur de la voiture.

— C'est beau. Je n'ai jamais été dans ce genre de voiture avant.

Il suivit du regard sa main qui caressait le siège en cuir fin. Elle passa en revue le minibar, avec son bac à glace, les ouvre-bouteilles divers, la tablette en verre. Soudain, elle s'arrêta, comme si elle prenait conscience de sa candeur et craignait qu'il ne se moque. Il trouvait pourtant cela charmant et très nouveau par rapport aux autres femmes qu'il fréquentait et qui semblaient presque blasées de tout ce luxe.

— Donc, c'est une limousine, c'est ça ?

— Oui, le dernier modèle de CANN International.

— J'aime beaucoup.

Il haussa un sourcil.

— Pourtant, les sièges sont en cuir.

— Je ne suis pas membre de la police animaliste, Adam, tu peux te détendre !

— Mon choix de ne pas avoir d'arme à feu est militant, mais en revanche si je ne mange plus de viande, c'est pour des raisons nutritionnelles principalement et par souci écologique. Je fais mon possible pour préserver mon corps et la planète, mais je ne prétends pas ramener tout le monde à ma cause. Cela dit... Il existe des matériaux qui imitent à la perfection tous les cuirs et on arrive à faire des steaks à base de champignons qui te feraient jeter ton entrecôte !

— Ah ça, si tes champignons n'ont pas de sabots et de cornes, il y a peu de chance qu'ils rivalisent !

Elle rit de bon cœur et il aima qu'elle soit spontanée et joviale. Il décelait aussi en elle une certaine vulnérabilité qui réveillait son esprit chevaleresque et lui donnait envie de la protéger. Mais la protéger de quoi, il n'en avait pas la moindre idée. Le temps qu'ils arrivent à l'hôtel, il avait oublié tout le stress de sa journée, et les questions qu'il s'était posées au sujet de son hésitation de dernière minute s'étaient elles aussi évanouies.

Ils entrèrent par l'entrée privée et, une fois dans l'ascenseur, Adam pressa sur le bouton qui menait au centième étage, où se trouvait le Zest, le restaurant select du casino. Tandis qu'ils montaient dans les étages, Ryan se rapprocha et serra son bras.

— Tu as le vertige ?

— Pas vraiment, mais cet ascenseur semble un missile lancé à pleine vitesse !

— Tout va bien, je te tiens, dit-il en passant son bras autour de sa taille, enchanté d'avoir un prétexte pour l'effleurer ainsi.

Les portes s'ouvrirent, et tandis qu'une hôtesse les guidait vers l'entrée du restaurant, Adam nota le regard ébloui de Ryan en découvrant les lieux, la splendide coupole et la vue imprenable sur tout Las Vegas. La grande salle qui pouvait accueillir 140 couverts offrait diverses tables partiellement isolées par des cloisons légères. De la musique classique était diffusée dans cette ambiance tamisée et feutrée. On les guida vers leur table.

— Veux-tu que nous nous approchions ? demanda Adam en hochant la tête vers la paroi vitrée qui dispensait la plus incroyable des vues.

— C'est vraiment époustouflant, répondit Ryan, mais crois-moi, d'ici c'est parfait !

Ils prirent place, une bouteille d'eau pétillante les attendait dans un seau à glace. Une simple nappe en lin sur la table mettait en valeur la fine porcelaine des assiettes.

— C'est si beau, dit-elle. Pour toi, c'est le quotidien, mais moi j'ai l'impression d'être Cendrillon.

— J'espère que je suis ton prince, alors.

— Jusqu'au douzième coup de minuit ! répondit-elle, le regard pétillant. Ensuite je devrais m'enfuir avant que mon carrosse ne se change en citrouille et que mes vêtements ne deviennent des guenilles.

— Est-ce que je t'ai dit combien j'aimais les guenilles ? lâcha-t-il en souriant. Je vais lancer ma propre ligne de vêtements, d'ailleurs. *Guenilles*, par Adam.

— Pas de cuir ni de fourrures, j'espère bien ? plaisanta-t-elle.

— Évidemment, des vêtements végétaux ! À base de feuilles !

Il aimait tellement quand elle riait qu'il espérait rester sur cette tonalité légère qui lui permettait de se détendre un peu et surtout lui évitait d'être tout à son désir pour elle. Les quelques minutes suivantes virent défiler le sommelier et le maître d'hôtel, et leur serveur personnel s'assura qu'ils avaient tout ce dont ils avaient besoin.

Après avoir porté un toast à la magie, ils savourèrent leurs verres, étonnamment à l'aise avec le silence, pour deux personnes qui ne se connaissaient qu'à peine. Chacun imaginait la soirée à venir.

Ryan inclina la tête.

— Qu'est-ce qu'il y a ? demanda-t-elle.

— Tu n'aimes pas que je te regarde ?

— Ce n'est pas désagréable, mais tu as froncé les sourcils, c'est troublant !

— J'essaie de lire en toi, je crois. Dennis et toi, vous êtes le jour et la nuit. Je n'ai rencontré ton père qu'une seule fois, j'en garde le souvenir d'un homme calme et silencieux. Tu tiens plutôt de lui ?

— Je suis plutôt réservée, répondit Ryan, oui, il est possible que nous ayons cela en commun.

— Et Dennis ressemble plutôt à votre mère ?

— Ils se ressemblent beaucoup, c'est vrai.

— Je suis content de les revoir après tout ce temps. Ton frère m'a dit que tu serais là pour l'occasion ?

Ryan hocha la tête.

— Tu y retournes souvent ?

— Quelques fois dans l'année, surtout pendant les fêtes. Mais depuis que mon père est malade, j'essaie d'y aller plus souvent.

— Qu'a ton père, si ce n'est pas indiscret ?

— Il souffre d'une insuffisance rénale.

— Je suis désolé de l'apprendre. Depuis combien de temps ?

— Il semblerait que cela fasse plus longtemps que ce que nous imaginions. Il avait du diabète et de l'hypertension depuis des années et maintenant ses reins sont touchés.

Adam nota l'expression peinée de Ryan qui se mordit la lèvre. Elle aimait son père, c'était une évidence, et pour un Breedlove, l'amour filial était un sentiment des plus touchants.

— C'est pour cela que tu as décidé d'étudier…

— La naturopathie ? Oui, en partie. J'ai toujours voulu venir en aide à ceux qui souffrent. J'ai vu des gens se battre contre la maladie et je veux pouvoir me rendre utile. C'est mon vœu le plus cher depuis que je suis enfant.

Adam étudia son visage, se demandant ce qui l'avait rendue si empathique à la souffrance d'autrui. De son côté, il ressentait un besoin inexplicable de la protéger.

— Mes parents pensaient que je deviendrais infirmière, mais j'ai un problème avec le sang, je ne supporte pas sa vue…

— Oui, j'imagine qu'un abattoir ne serait pas plus dans tes cordes !

— En effet. J'ai découvert les médecines alternatives pendant mes études et j'ai immédiatement su que c'était ce que je voulais faire… Et maintenant me voilà…

— Prête à ouvrir ton cabinet ?

— Oui, avec mon associée, nous avons des locaux pas très loin, dans une petite galerie commerciale.

— Quelles seront vos spécialités ?

— Je propose des consultations en nutrition, des soins énergétiques à base de massages...

— Hum, j'ai quelques douleurs, tu pourrais faire quelque chose pour moi ?

— Pour les douleurs, sans doute, mais ton regard semble évoquer autre chose dont je ne suis pas certaine de pouvoir m'occuper !

— Tu pourrais essayer au moins, suggéra-t-il en lui prenant la main.

Elle était douce et délicate une fois dans la sienne. Ses ongles étaient courts et manucurés. Pas de bague.

— Oui, tes mains peuvent accomplir de la magie, reprit-il, j'en ai la certitude.

— J'espère qu'elles soignent, plutôt, corrigea Ryan en retirant délicatement sa main de la sienne sans le quitter du regard.

Il avait l'impression de pouvoir sentir chaque terminaison nerveuse de sa main. Il voulait la toucher encore, plus longtemps. La toucher partout.

— Pour un malade, la guérison c'est de la magie. Et j'ai la sensation que, quel que soit le trouble dont je souffre, ta magie pourrait bien être le traitement idéal.

Il continua à flirter ainsi, doucement, parfois un peu plus explicitement, tandis qu'ils dégustaient un menu exceptionnel. Ils terminèrent sur un assortiment de desserts incroyable à base de dattes, de cacao, de glace à l'italienne et de bouchées au cacao, puis Adam vérifia l'heure à sa montre. Le timing était parfait. Le spectacle avait lieu au Jewel, la salle prévue pour 2 000 spectateurs avec ses installations techniques dernier cri, à qui l'on avait donné le prénom de la grand-mère d'Adam en hommage.

À eux deux ce soir, ils avaient terminé une bouteille de champagne Krug. L'alcool avait toujours éveillé la libido d'Adam et semblait avoir le même effet sur Ryan. Tandis qu'ils regagnaient l'ascenseur, Adam laissa sa main glisser doucement vers sa taille. Elle était musclée et pouvait sembler petite face à son mètre quatre-vingt-huit, mais elle devait mesurer au moins 1,65 m et, perchée sur ses très sexy stilettos, elle reprenait un peu de terrain par rapport à lui. Il se sentait toujours protecteur pourtant, et aurait eu du mal à retenir ses mains, s'il n'avait pas repensé à ses appréhensions pour la cabine de l'ascenseur.

— Prête pour la magie ? demanda-t-il.

Elle leva les yeux vers lui.

— J'ai l'impression qu'elle a déjà commencé.

Adam appliqua une légère pression sur sa taille, puis retira sa main. Elle lui faisait l'effet d'un véritable incendie, tant il se consumait en sa présence. Il espérait que l'enchanteur danois serait capable de lui apprendre à maîtriser le brasier qu'elle avait allumé.

5

Son anniversaire n'aurait lieu que dans deux semaines, mais Ryan avait l'impression que jamais aucune soirée ne serait aussi incroyable que celle qu'elle était en train de passer ! Comme elle avait décrété que ce serait son seul rendez-vous avec Adam, elle était bien décidée à en profiter pleinement. Le champagne l'avait aidée à se désinhiber un peu. Lorsqu'ils étaient entrés au Jewel, elle avait noté les regards admiratifs et envieux. Il fallait dire qu'Adam en jetait avec son costume sur mesure qui soulignait sa carrure, l'étoffe noire finement tissée était assortie à ses cheveux courts. Sa chemise blanche faisait ressortir sa peau couleur caramel et ses yeux noirs. Il avançait avec assurance, semblant parfaitement à l'aise avec l'attention qu'il suscitait, alors que pour Ryan, c'était un monde totalement nouveau dans lequel elle avait l'impression qu'elle ne pourrait jamais vraiment être à l'aise. Adam lui avait dit qu'elle était sublime, mais sa robe, aussi jolie soit-elle, lui semblait bien pâle en comparaison de celles des hôtes de marque, sans compter les diamants, les perles et autres créations originales qui l'entouraient. Elle nota nombre de regards féminins qui la détaillaient de la tête aux pieds avec un certain dédain, semblant s'étonner de l'attention d'Adam à son égard. Le diablotin sur son épaule lui chuchotait qu'elles avaient raison, mais elle essaya de résister à ces ondes négatives en se répétant qu'elle méritait toute l'attention qu'on lui donnait, car elle était elle-même et que c'était suffisant.

Elle essaya d'oublier les regards désapprobateurs en se concentrant sur la magnificence des lieux. Las Vegas était connue pour son architecture baroque et démesurée, mais au Jewel, c'était encore au-delà de tout ce qu'elle avait pu voir. Adam la guida vers l'allée centrale, avant de s'engager dans une issue occultée par un rideau.

— J'aurais peut-être dû t'en parler avant, dit-il, mais mes parents seront présents.

— Pardon ? demanda-t-elle, soudain figée.

— Ils ne mordent pas, dit-il en souriant largement, ce qui dissipa le vent de panique qui la saisissait. Mais il faut que tu saches que ma mère aime particulièrement jouer les marieuses et qu'elle risque de te passer au gril. Mais rien ne t'oblige à répondre, sois tranquille !

— Fort bien, dit-elle. Si j'avais su, j'aurais évité de boire autant de champagne.

— Aucune inquiétude, Ryan Washington, sois toi-même ! lança-t-il.

Ils gagnèrent un box privé à droite du balcon. Sur dix sièges, six étaient occupés. Un couple trônait sur les deux sièges du premier rang et Ryan identifia immédiatement les parents d'Adam. Il avait les yeux de son père et le sourire de sa mère. Un autre couple juste derrière eux devait avoir à peu près leur âge, puis un frère d'Adam, à en juger par la ressemblance, avec une femme superbe assise à côté.

Les deux hommes plus âgés se levèrent.

— Greg, dit Adam en serrant la main de l'homme avant d'embrasser la main de son épouse. Sherry, quel plaisir de vous revoir. Je vous présente Ryan Washington, Ryan, voici les Chapman. Greg travaille pour CANN depuis des années, ce sont des amis de la famille depuis toujours.

Ryan leur serra la main.

— C'est un plaisir de faire votre connaissance. Sherry, j'aime beaucoup votre collier.

— Oh ! merci, j'allais vous dire la même chose au sujet du vôtre. Un style terriblement bohème chic !

Ryan porta la main à son collier qu'elle avait acheté lors d'un séjour à Taos au Nouveau-Mexique. Il symbolisait les chakras du corps humain avec divers cristaux, une améthyste, une topaze, une émeraude rare. Ce bijou lui avait coûté une petite fortune à l'époque où elle se l'était offert comme cadeau de fin d'études.

— Merci, j'y tiens beaucoup.

— Il vous va à ravir.

Adam salua ses parents en les serrant chaleureusement dans ses bras.

— Juste à temps, fiston, les portes allaient fermer et il aurait été dommage que vous ratiez ce spectacle.

— Nous finissions de dîner au Zest.

Ryan nota les regards qui changeaient.

— Vous avez dîné au Zest ? demanda la mère d'Adam. Je devine que cette ravissante jeune femme n'y est pas pour rien ?

— Ryan n'y avait jamais mangé, répondit Adam. Maman, papa, je vous présente Ryan Washington, c'est la sœur de Dennis Washington qui était au lycée avec moi et était fou des gâteaux à la cannelle de Gabe lorsqu'il venait à la maison à l'époque.

— Le jeune homme qui a passé un été entier au bord de notre piscine ? demanda M. Breedlove.

— Celui-là même ! dit Adam en riant. Ryan, je te présente Victoria et Nicholas, mes parents.

— Enchantée de vous rencontrer, Ryan, vous êtes ravissante.

— Merci, je suis impatiente de découvrir le spectacle. Enchantée, monsieur Breedlove.

— Appelez-moi Nicholas, répondit-il.

— Très bien, Nicholas, merci.

— Si j'avais su que vous veniez, reprit Victoria, j'aurais demandé un autre agencement des sièges pour que Ryan et toi soyez avec nous. J'aurais pu faire la connaissance de ton amie, mon chéri.

— C'était très exactement ce que je voulais éviter, répliqua Adam en riant. Le spectacle ne va plus tarder, asseyons-nous !

Il lui présenta son jeune frère, Noah et son amie avant de

prendre place pour profiter d'un spectacle incroyable. Ryan n'avait jamais rien vu de tel. Valdemar n'était pas un simple magicien, mais un créateur de génie qui transportait son audience vers des mondes imaginaires. Ryan profita de la soirée enchanteresse, même si elle savait bien que la magie était réservée aux spectacles de Las Vegas et les rêves au sommeil. Aussi beaux soient-ils, on finissait toujours par se réveiller et oublier son rêve…

— N'était-ce pas incroyable ? s'extasia Victoria lorsque la salle se ralluma.

— J'en suis sans voix, répondit Ryan, je n'ai jamais rien vu de tel !

Victoria se tourna vers Adam.

— Est-ce que vous voulez vous joindre à nous dans les loges ? Nous avons prévu une rencontre avec l'artiste.

Ryan regarda Adam. Elle aurait voulu se noyer dans son regard. Ils n'avaient que peu échangé durant le spectacle, mais elle savait qu'il avait ressenti la puissance de l'énergie qui émanait de la scène autant qu'elle.

Il passa le bras autour de son épaule.

— Est-ce que tu aimerais rencontrer Valdemar ?

Elle s'était attendue à ce qu'il décline, pour lui proposer de poursuivre la soirée de façon plus intime…

— Avec plaisir !

— Nous vous suivons, dit-il à ses parents.

Une fois sorti de scène, Valdemar était une personne discrète Ils croisèrent diverses personnalités locales que Ryan avait déjà vues sur les chaînes de télévision locales. Tout le monde était charmant, mais elle ne pouvait s'empêcher de penser qu'elle ne faisait pas partie de ce monde-là. Elle fut contente de finalement quitter le Jewel et de regagner la voiture d'Adam. Le chauffeur les accueillit en leur ouvrant la portière. Une fois installée, elle se jeta sur ses escarpins et les retira.

— Oh mon Dieu, quelle torture, mes pieds me font tellement souffrir !

Adam s'assit à côté d'elle.

— Tu permets ? demanda-t-il en pressant sur un bouton qui activa le panneau de séparation entre le conducteur et les passagers.

Le désir, resté en sourdine toute la soirée, monta d'un degré, et elle le sentit palpiter, chaud et humide au creux de ses cuisses.

— Oui.

Il plongea son regard dans le sien en attrapant précautionneusement son pied pour le poser sur ses genoux et le frotter de sa large paume. Puis il se mit à la masser, pressant son talon, détendant ses orteils les uns après les autres.

— Est-ce que ça va comme ça ? demanda-t-il.

Ryan ferma les paupières et se laissa glisser contre le dossier de la limousine.

— C'est parfait...

Il termina le premier pied et passa au second. Ryan avait noté que de la musique résonnait maintenant, mais elle était tellement emportée dans le plaisir et l'excitation qu'il lui procurait qu'elle n'avait pas noté le moment précis où cela avait commencé. Certes, ils n'étaient pas du même monde, mais après tout, est-ce que cela avait la moindre importance ? À cet instant précis, elle désirait Adam Breedlove plus que tout. Elle s'imaginait déjà faire l'amour avec lui, passionnément, fiévreusement. S'envoler avec lui vers des cimes de plaisir. Que penserait-il d'elle si elle lui disait qu'elle ne demandait rien d'autre qu'une nuit torride, sans engagement ni relation durable à la clé ? C'était un ami de son frère, ce qui aurait normalement dû être un problème, sauf qu'il n'y avait aucune raison pour que Dennis l'apprenne. Adam et elle avaient flirté verbalement toute la soirée, est-ce que c'était sa façon à lui de la tester pour voir ce qu'elle avait comme projet pour la fin de soirée ? Lorsqu'elle sentit sa main remonter le long de son tibia langoureusement, elle décida de faire fi de sa prudence habituelle et d'essayer de voir ce qu'il pouvait advenir.

Elle posa son pied sur sa cuisse, et le fit remonter lentement, jusqu'à ce qu'il se rapproche de son entrejambe. Elle rouvrit les yeux lorsqu'elle l'entendit retenir son souffle. Elle n'avait guère besoin de plus d'encouragements. Le voir lutter avec son désir était terriblement excitant et finit de la désinhiber. Elle replaça son pied sur le sol et se rapprocha tout près de lui, posant la main sur sa poitrine.

— Est-ce que tu permets ? souffla-t-elle à son tour en allant cueillir la réponse sur sa bouche.

Il avait entrouvert les lèvres et elle les avait effleurées du bout de la langue. Aussitôt, leurs bouches, leurs langues se caressèrent délicieusement. Elle sentit la main d'Adam se poser sur son dos et descendre jusqu'à ses reins, puis ses fesses. Elle s'était attendue à un baiser intense et débridé, et la douceur de ses effleurements la surprit. Il s'écartait et se rapprochait doucement, mordillant sa lèvre inférieure, déposant un baiser au creux de sa bouche avant de glisser lentement sa langue entre ses lèvres. Il l'embrassait tendrement, avec lenteur et application, comme s'il savourait chaque instant. Ce baiser profond et chaud la rendait folle. Elle se rapprocha encore, finalement libre de glisser les doigts dans ses cheveux épais, exactement comme elle en avait eu envie toute la soirée. Elle glissa le long de sa nuque, jusqu'à ses larges épaules. Adam la caressait au même rythme, il passa une main sous le tissu satiné de sa robe au niveau de ses cuisses et la caressa sensuellement. Elle gémit, ondulant son bassin en même temps, selon leurs propres accords, comme s'ils dansaient ensemble sur leur propre mélodie. Et puis il se passa quelque chose d'imprévu.

La voiture s'arrêta.

— Nous sommes déjà arrivés ? demanda-t-elle en rajustant sa robe. C'était rapide.

— Un peu trop rapide, oui, dit Adam.

Elle regarda dans ses yeux, se demandant si elle devait lui dire ce dont elle avait envie. Elle se décida finalement.

— Est-ce que tu veux entrer un moment ?

Adam lui sourit en remuant doucement la tête.

— Non, je préfère rentrer.

Elle sentit son cœur s'arrêter. Elle aurait dû s'en douter... Elle prit son sac et tendit la main vers la portière.

Sa main se posa sur la sienne et il la retint.

— Attends ! Ne pars pas comme ça, j'aimerais t'inviter à venir terminer cette nuit prometteuse chez moi. Est-ce que tu voudrais bien...

— Oh oui ! Avec grand plaisir..., dit-elle en reposant la tête sur son épaule.

Adam appuya sur l'Interphone qui lui permettait de parler à son chauffeur.

— Elvis, petit changement de plan, nous rentrons chez moi, s'il te plaît.

Ryan ferma les yeux en sentant les lèvres d'Adam sur sa tempe, sa main dans ses cheveux.

La petite voix négative de sa conscience avait essayé de casser la magie de cet instant en lui faisant croire qu'elle ne le méritait pas, évidemment. Mais dorénavant elle allait cesser de lui prêter attention. Elle était une femme libre qui savait ce qu'elle voulait. Si Adam avait envie de profiter d'elle, eh bien, ainsi soit-il, car elle avait l'intention de lui rendre la politesse avec enthousiasme !

6

Adam savourait son étreinte. Il voulait pourtant avant toutes choses parler avec Ryan et se mettre d'accord sur ce que représenterait cette nuit… Ou plutôt, ce qu'elle ne représenterait pas. Il avait plus d'une fois été confronté à des situations inconfortables, lorsqueaprès une nuit de plaisir sa conquête ne parvenait à garder un certain détachement et transformait ce moment agréable en mois de détresse. Il y avait celles qui avaient d'autres ambitions et qui usaient parfois de tous les leviers pour essayer de le piéger ou de l'enfermer dans une relation intéressée. Généralement, il repérait ces femmes-là, en particulier grâce à l'expérience de son frère aîné et ses propres expériences à lui qui avaient été des coups durs à encaisser. Mais il ne pressentait rien de tout cela chez Ryan. La seule chose qu'il identifiait sans erreur possible c'était la sensualité qui émanait d'elle.

Il fallait pourtant qu'ils parlent.

— J'ai très envie de toi, ma belle, murmura-t-il en l'enlaçant plus serrée. Mais il faut que nous soyons sûrs d'être sur la même longueur d'onde afin qu'il n'y ait pas de malentendu ni de rancœurs à l'avenir.

Ryan se redressa.

— Eh bien, c'est une première !

— Comment ça ?

— C'est la première fois qu'un homme essaie de me chasser de son lit avant même que je m'y sois allongée !

Adam ouvrit de grands yeux.

— Ce n'est pas du tout ça, dit-il en essayant de l'attirer vers lui, malgré sa résistance.

— Je plaisante, mais je comprends ce que tu veux dire. Tu veux t'assurer que je ne suis pas le genre de folle qui va te harceler parce qu'elle aura imaginé que cette soirée était autre chose qu'un simple échange de bons procédés entre adultes consentants ?

— J'aurais peut-être formulé cela autrement, mais tu as raison, on devrait toujours se montrer particulièrement clairs lorsque l'on parle de ces choses-là. Même lorsque les cartes sont sur la table, il est parfois difficile de se prémunir de tout sentiment ou ressentiment. Au moins je saurais que j'aurais été aussi sincère que possible.

Ryan hocha la tête.

— Tu m'en veux ?

— Non, vraiment pas et j'apprécie ton honnêteté, c'est trop rare de nos jours. Pour être claire, toi et moi nous sommes très exactement sur la même longueur d'onde pour ce soir. Tu me plais et je te plais. Nous avons envie de passer un bon moment ensemble. Je n'attends rien de plus. Pas même de te revoir par la suite. Je ne veux pas m'engager dans une relation, je viens de lancer mon affaire et je vais avoir très peu de temps libre. Et pour ce qui est d'être clairs, j'ai d'autres points à aborder : si tu n'as pas de préservatifs, c'est peut-être le moment de prévoir un arrêt... Et j'aurais besoin d'être raccompagnée chez moi demain. Enfin, j'aimerais te demander la plus grande confidentialité. Dennis en particulier n'a pas besoin d'entendre parler de cette soirée. Est-ce que cela te paraît acceptable ?

— Eh bien ! Si je m'attendais...

— Tu disais qu'il fallait mettre cartes sur table...

— Oui, j'aurais peut-être abattu les miennes plus progressivement.

— Et voilà que j'arrive et que j'abats mon jeu sans préavis !

Il sourit.

— Tu as raison, ton frère ni personne d'autre n'a besoin de

savoir quoi que ce soit, mais je suis quelqu'un de très discret et tu n'as pas à t'inquiéter de cela.

— Bon à savoir.

Adam la fixa un moment.

— Tu es une drôle de femme, Ryan. Et j'aime ça ! C'est bon de pouvoir se parler clairement... On perd tellement de temps à se cacher derrière des faux-semblants, dans la vie.

La voiture venait d'arriver devant un portail et les lampadaires de l'allée s'allumèrent.

— C'est ici que tu vis ?

— C'est notre maison de famille.

— Oh.

— Mais chacun a ses propres bâtiments.

— Ah ! fit-elle, soulagée.

La limousine s'avança dans la large allée qui traversait l'immense parc où l'on ne percevait que les silhouettes noires des arbres. Adam regarda Ryan et nota une nouvelle fois son expression vulnérable qui le touchait en plein cœur. Une fois arrivés devant l'entrée, ils descendirent et il salua son chauffeur avant d'aller lui ouvrir la porte.

— Sois la bienvenue chez moi !

Ryan entra et s'arrêta dans l'entrée.

— Tu vis ici tout seul ?

Il acquiesça.

— J'ai du personnel de maison en journée, mais ce soir il n'y a que toi et moi.

Il lui prit la main et ils avancèrent jusqu'à sa chambre, qui était au bout du couloir. Après une soirée passée à flirter et leurs premiers rapprochements dans la voiture, il était temps de passer aux choses sérieuses.

— C'est magnifique chez toi, dit-elle en regardant autour d'elle.

Sans lui lâcher la main, Adam s'assit sur son lit.

— Je te ferai visiter demain, répondit-il en l'attirant doucement sur ses genoux. Mais ce soir j'ai envie d'autre chose.

Leurs baisers déjà chauds et profonds se firent encore

plus ardents. Il se laissa tomber sur le lit et l'entraîna avec lui, leurs langues entrelacées. Il repoussa le satin de sa robe pour trouver la peau de ses cuisses, plus douce encore que le délicat tissu. Ses mains remontèrent pour caresser ses fesses rebondies, puis se glissèrent sous elle pour sentir le triangle de dentelle de sa culotte. Lorsque ses doigts caressèrent la fine lingerie de haut en bas, elle gémit et le serra plus fort, l'embrassant avec une ardeur renouvelée. Elle l'encourageait dans cette direction, semblait-il. Il glissa alors un doigt sous les dentelles et caressa ses lèvres humides de désir. Adam sentit son propre désir palpiter dans son sexe tendu et prêt pour Ryan. Il était temps de se débarrasser de tous les vêtements qui les encombraient.

— Attends, laisse-moi te libérer de ta robe, murmura-t-il en se relevant.

Elle accompagna son geste en levant les bras. Aussitôt, il saisit ses seins ronds qui l'attendaient sous son vêtement. Il restait encore son soutien-gorge, mais il était tellement léger qu'il eut à peine à l'écarter un peu pour en libérer un sein dressé dont la pointe semblait une délicieuse framboise. Il l'embrassa, la goûta avec délice. Son sexe était si tendu qu'il avait du mal à se contrôler. Il s'écarta pour se déshabiller à son tour et ouvrit le tiroir de sa table de chevet pour en sortir des préservatifs.

Ryan retira ses sous-vêtements et sourit en regardant la boîte.

— Tu crois qu'il y en aura assez ?

Il en déroula un sur son sexe puis vint se placer entre ses genoux.

— Si jamais, j'irais en racheter demain !

Face à Ryan ainsi dénudé, il avait mille envies, mille projets. Envie de faire durer les préliminaires éternellement, de lécher chaque centimètre carré de sa peau… Mais son corps semblait avoir des désirs propres et la vision de ces formes ainsi offertes ne l'aidait en rien. De son membre, il l'effleura avant de se placer juste à l'entrée de son sexe. Elle ondula doucement du bassin contre lui, lui procurant des caresses délicieuses, il s'avança un peu, puis se retira, se pencha pour l'embrasser avant de se glisser à nouveau en elle, un peu plus loin, cette fois. Il répéta son mouvement à plusieurs reprises, jusqu'à la prendre entièrement, jusqu'à s'abandonner totalement dans son corps. Il sentait ses muscles se contracter autour de lui lorsqu'il glissa les mains sous son bassin pour le basculer légèrement. Puis elle l'entoura de ses jambes, lui procurant des frissons lorsque du bout des ongles elle effleura ses flancs. Il continua son mouvement de va-et-vient en suivant sa cadence et sentit progressivement monter en lui une sorte de transe qui les emportait tous les deux de plus en plus haut.

— C'était fou ! dit-il une fois qu'il eut recouvré son souffle. C'était au-delà de tout ce que j'imaginais. J'espère que c'était aussi bon pour toi.

Ryan se tourna vers lui, un sourire plein de malice aux lèvres.

— C'était tellement bon que je veux une deuxième chance !

Adam ne dit rien et repensa à ce que lui avait dit Ryan quant au fait de ne plus jamais se revoir par la suite... Oui, elle avait sans doute raison, tout cela n'irait pas plus loin, et s'il travaillait avec Dennis, à plus forte raison. Il plongea son regard dans le sien tout en effleurant la pointe de son sein du bout des doigts. C'est alors qu'il sut qu'il lui serait difficile de ne plus pouvoir la toucher. Plus que difficile. Impossible, peut-être. Il devrait pourtant s'y employer coûte que coûte...

7

Les jours qui suivirent, Ryan eut du mal à chasser Adam de ses pensées. Il suffisait d'un instant d'inattention et elle sentait monter en elle les frissons qu'il avait su lui procurer cette nuit-là. La nuit, elle rêvait de lui, et tout son corps s'embrasait comme s'il était là. Il n'y avait rien d'habituel dans ce qu'ils avaient partagé. Depuis l'instant où il était venu la chercher dans sa limousine incroyable jusqu'à celui où il l'avait ramenée chez elle, dans sa voiture de sport cette fois-ci, chaque moment avait été unique. Adam Breedlove était assez exceptionnel, il fallait dire... C'était sans doute pour cette raison que, même sans lui avoir parlé depuis, elle l'avait toujours en tête. Elle était donc assez partagée en voyant approcher le vendredi où ils allaient se retrouver à Bakersfield.

Son travail, heureusement, l'absorbait. Elle avait de nombreuses choses à faire qui l'obligeaient à penser à autre chose, et en particulier aux gens qui souffraient et avaient besoin de ses soins. Alors qu'elle se garait dans le parking de leurs nouveaux locaux, Ryan se répéta qu'elle devait garder ses objectifs en tête.

En sortant de voiture elle poussa un cri de surprise. La veille, Brooklyn l'avait appelée pour lui dire que l'enseigne avait été livrée mais elle ignorait qu'elle avait été installée aussi. Elle alla se placer devant la plaque aux lettres dorées sur fond bleu marine.

THÉRAPIES INTÉGRALES
CORPS & ÂME

BROOKLYN CHASE, DIÉTÉTICIENNE
ET AROMATHÉRAPEUTE DIPLÔMÉE

RYAN WASHINGTON, DIPLÔMÉE DE NATUROPATHIE

CONSEILS NUTRITIONNELS

SOINS ÉNERGÉTIQUES, REIKI, MASSAGES THÉRAPEUTIQUES,
HYPNOSE, ACUPUNCTURE, EFT

Un bruit de klaxon la fit sursauter. Elle se retourna et salua Brooklyn qui était en train de se garer. Elle était si drôle dans sa voiture jaune citron customisée ! Ryan aimait Brooklyn comme la sœur qu'elle n'avait jamais eue.

— C'est superbe, hein ? s'exclama-t-elle en la serrant dans ses bras avec enthousiasme.

Ryan se sentait comme une petite fille le matin de Noël en sortant la clé de leur nouveau cabinet.

— Rentrons avant d'effrayer nos futurs patients avec nos cris de joie !

Les deux femmes entrèrent dans la salle d'attente qu'elles avaient voulue accueillante et très zen au niveau des teintes. Du bleu pastel, des lumières tamisées et une petite fontaine permettaient de créer une ambiance idéale. Des tableaux abstraits et quelques fascicules et magazines sur une table venaient compléter l'ensemble.

— Qu'est-ce que tu en dis ? demanda Ryan.

— Hum, fit Brooklyn en tournant sur elle-même. Il manque quelque chose…

— Quoi donc ?

— Il nous faudrait un parfum d'ambiance, quelque chose en aromathérapie !

— Mais oui, avec un diffuseur d'huiles essentielles, bien sûr !

— Exactement !

Les deux femmes se tapèrent dans la main avant de s'engager

dans le couloir qui desservait leurs deux consultations. Deux autres pièces avaient été louées, l'une pour une acupunctrice qui viendrait officier en parallèle de leurs consultations.

Elles poursuivirent leur visite prenant des notes au fil des pièces selon ce qu'elles avaient besoin d'acheter.

— Bon, et toi ma chérie, comment va ta vie sentimentale ? demanda finalement Brooklyn une fois dans la salle de pause.

— Quelle vie sentimentale ?

— Avec le type qui t'a emmenée au spectacle de magie, voyons !

— Ah, Adam, fit Ryan en feignant l'indifférence. C'était juste un rencard, pas du tout de quoi remplir ma vie sentimentale !

— Tu sais que j'ai fait des recherches sur lui ?

— Tu plaisantes ?

— Non, non, j'ai regardé sur Internet et il est non seulement particulièrement sexy, mais immensément riche ! Sa famille détient le casino et l'Hôtel CANN, tu te rends compte ?

— Oui, et alors ?

— Quand est-ce que tu le revois ?

— Vendredi.

— Super !

— Juste en ami, cependant, nous n'allons pas sortir ensemble.

— Mais bien sûr...

— Arrête, c'est vrai !

— Mais pourquoi ? insista Brooklyn.

Ryan se mit à rire.

— Ce n'est pas ce que tu crois, Adam est une connaissance, un ami de mon frère et ni lui ni moi ne souhaitons rien de sérieux pour le moment, nous avons autre chose à penser l'un comme l'autre.

— Je ne vois pas à quoi on peut vouloir penser d'autre qu'à l'amour...

Ryan adressa un regard amusé à son amie.

— C'est joliment dit, mais ce n'est pas l'amour qui va payer le loyer de notre cabinet !

— Certes, mais ton travail, aussi accompli soit-il, ne te serrera pas dans ses bras, ne t'aimera ni ne te tiendra chaud la nuit. Il faut l'équilibre pour être heureux : travail, loisir et amour.

Ryan ne répondit pas. Elle reprit le couloir vers l'entrée, suivie par Brooklyn.

— Et pourquoi est-ce que vous ne viendriez pas tous les deux au concert de John, vendredi ? Il va y avoir des duels vocaux entre les groupes, ce sera drôle.

— C'est sûr, mais nous ne serons pas à Vegas, nous allons passer le week-end à Bakersfield.

— Il rencontre déjà ta famille ? Mais c'est formidable, ça, Ryan !

— Mais non, c'est pour affaires ! Adam envisage d'embaucher mon frère et il vient voir l'usine où travaille Dennis en ce moment. Moi je vais rendre visite à mes parents.

La simple idée de retrouver son père adoptif la rendit songeuse.

— Comment va-t-il, Ryan ?

— Rien de nouveau, semble-t-il.

— Il a accepté d'essayer tes traitements ?

Ryan haussa les épaules et Brooklyn lui serra le bras avec bienveillance.

— Je vais penser à lui et prier pour sa guérison, j'espère que cela aidera.

— Je l'espère aussi, merci.

— Avec un peu de chance, ton frère aura le poste. Mais il ne faudra pas que tu oublies qu'une âme sœur peut apparaître partout, et qu'il faut savoir tenter sa chance, et ne pas la laisser filer...

Adam avait proposé à Ryan de lui réserver un vol pour Bakersfield. C'était tentant, mais elle avait préféré décliner, ne se sentant pas à l'aise pour accepter qu'il dépense autant d'argent pour elle. Même s'il était milliardaire ! Et puis le trajet en voiture ne durait que quatre heures. Elle aimait profiter du voyage en empruntant des routes secondaires. Cela l'aidait à se détendre, à réfléchir et laisser décanter ses pensées. Pour un week-end avec ses proches et l'amant avec qui elle avait passé une nuit torride, une séance de soins avec son père et les premières retrouvailles avec sa mère depuis qu'elle avait fait la connaissance de sa mère biologique, qu'Ida lui avait interdit de rencontrer, ce n'était sans doute pas du luxe !

Le vendredi, elle fit le plein et quitta Vegas juste après l'heure de pointe, ce qui lui permit d'arriver chez ses parents vers 2 heures. Elle sortit ses valises et son ordinateur portable de la voiture et se dirigea vers l'entrée. Elle ne s'était pas toujours bien entendue avec ses parents adoptifs, mais ils étaient ses parents et cela faisait un moment qu'elle ne leur avait pas rendu visite. Malgré les émotions soulevées à chaque visite, il était bon de revenir chez elle.

Ryan pressa la sonnette avant de chercher la clé de secours cachée sous le paillasson. La porte s'ouvrit.

— Oh ! bonjour, maman !

— Ryan, tes cheveux ! s'exclama Ida avant de faire volte-face pour reprendre le couloir d'entrée en sens inverse.

Ryan leva les yeux au ciel et emboîta le pas de sa mère, Ida. Elle avait cessé de se lisser les cheveux une fois à l'université et avait gardé ses boucles naturelles. Chaque fois que sa mère la voyait, c'était un peu comme si elle le redécouvrait.

Ida Marie Washington accordait énormément d'importance aux apparences. Ryan pouvait compter sur ses mains le nombre de fois où elle avait vu sa mère sans maquillage, en plus de vingt ans. Ses tenues vestimentaires semblaient un uniforme qu'elle ne quittait jamais. Ses couleurs étaient généralement le noir, le bleu marine ou le brun. En ville, elle portait des chaussures à talon compensé. À la maison, des ballerines noires. Toujours. Ryan s'était souvent demandé à quoi elle s'accrochait aussi fermement ainsi. Cette rigidité devait signifier quelque chose. Sans doute une blessure de l'enfance...

— Mon grand bébé !

Ryan déposa ses valises dans l'entrée du séjour et se précipita vers son père. Autant Ida était distante et critique, autant

Joe Washington était chaleureux et réconfortant. Un homme plutôt discret, au sourire facile, prompt à s'interposer pour protéger Ryan des reproches maternels ou des moqueries de Dennis. Lorsque Ida se mettait en colère, regrettant d'avoir adopté Ryan, Joe la prenait à part et lui disait qu'elle était le soleil de leur maison et que personne ne devrait jamais éteindre sa belle lumière. Elle aimait son père plus que tout au monde.

— Comment vas-tu, papa ? demanda-t-elle en se perchant sur l'accoudoir de son fauteuil et souriant malgré le choc de le voir encore amaigri.

— Mieux depuis que tu es là !

Ida alla s'asseoir sur le canapé.

— Ne t'assieds pas ainsi sur le bras du canapé, as-tu donc oublié comment nous t'avons élevée ?

En partie, grâce à Dieu !

— Pardon, maman.

Sans lâcher la main de son père, elle s'installa en tailleur à ses pieds sur le sol.

— Comment se passe ta vie à Vegas, Ryan ?

— Tout va bien. J'ai une associée avec qui nous avons trouvé un local pour ouvrir notre cabinet, et l'inauguration aura lieu dans deux semaines.

Ryan décida de n'écouter que les encouragements de son père tandis que sa mère répétait le mot « cabinet » d'un ton sarcastique.

— Nous avons ouvert nos rendez-vous depuis un mois et notre première semaine de consultation est déjà complète. La dernière ligne droite commencera lundi à mon retour. J'ai beaucoup de travail, mais avec un peu de chance, tout devrait bien se passer.

— Si tu avais poursuivi tes études d'infirmière, tu aurais un métier raisonnable, tu n'aurais pas à aller chercher les patients…

— Donne-moi ta deuxième main, papa.

Elle voulait en profiter pour travailler sur les énergies.

— Qu'est-ce que tu lui fais ? Et pourquoi est-ce que tes bagages sont toujours dans l'entrée ? demanda Ida.

— Je les avais oubliés, répondit Ryan en se relevant. Je reviens tout de suite, papa.

Elle se dirigea vers sa mère sur le canapé.

— À cause de mes valises, je ne t'ai même pas embrassée en arrivant, dit-elle en se penchant vers elle. Ce sont de nouvelles boucles d'oreille ? Elles sont jolies.

— Rien de nouveau chez moi en ce moment, lança Ida en tapotant son épaule de façon distante. Avec les soins pour Joe, les budgets sont serrés.

— Je suis tellement triste de ce que vous devez traverser, maman. Ce doit être si difficile.

Ida soupira.

Ryan saisit la poignée de sa valise et se rendit au deuxième étage de la maison qui avait été la sienne entre ses neuf et ses dix-huit ans. Elle tourna la poignée de la porte de son ancienne chambre et la trouva fermée à clé. Elle avança vers la petite chambre ou un lit simple remplaçait le grand lit de Dennis lorsqu'il était revenu s'installer ici après son service militaire. Le dessus-de-lit était beige, ce qui semblait éclairer la pièce. Dennis aimait le noir, aussi le changement était-il appréciable. Elle déposa sa valise, plaça son ordinateur sur le lit et, dans un élan de curiosité, saisit une de ses épingles à cheveux pour ouvrir la porte de la chambre voisine. Elle s'arrêta aussitôt le seuil franchi. C'était un désordre sans nom. Des cartons partout, des vêtements qui devaient appartenir à Dennis à même le sol. Est-ce qu'il serait revenu s'installer ici ? Elle avança d'un pas, essayant de comprendre la situation en jetant un coup d'œil aux cartons. Elle souleva un couvercle. Des dossiers, des papiers en désordre. Avec un brin de culpabilité, elle s'agenouilla et regarda quelques documents, qui provenaient tous des abattoirs de Bakersfield. Intriguée, elle jeta un coup d'œil aux dossiers et tomba sur un courrier des ressources humaines qui annonçait le licenciement de Dennis datant de trois semaines plus tôt.

Ryan s'assit sur le sol. Qu'est-ce que c'était que cette histoire ? Comment Dennis comptait-il faire visiter son usine à Adam s'il n'y travaillait plus ? Des bruits de pas dans l'escalier la firent se relever et sortir de la chambre précipitamment. Elle avait à peine verrouillé la porte qu'Ida arrivait.

— Qu'est-ce que tu fabriques ?

— Est-ce que Dennis est revenu à la maison ? Ma porte est fermée à clé.

Ida avança et essaya la poignée sans succès.

— Ton frère va certainement te rejoindre prochainement à Vegas, il a été recruté à un poste de très haut niveau pour une entreprise multimillionnaire.

C'est ce qu'il t'a raconté ?

— Il faut que tu te trouves un vrai travail, Ryan. Quand ton projet fera faillite, ton père et moi ne pourrons pas t'aider, je préfère te prévenir.

Ida se dirigea vers sa chambre au bout du couloir. Ryan se tut. Inutile d'essayer de rectifier. Ce que Dennis racontait à leur mère ne l'intéressait pas, mais elle était curieuse de savoir ce qu'il avait pu dire à Adam et les raisons de la perte de son emploi.

8

Aussitôt que la porte s'ouvrit, Adam ressentit une tension désagréable qui émanait de la maison, malgré le large sourire de la femme qui venait d'ouvrir.

— Mon chéri ! s'exclama-t-elle en serrant Dennis affectueusement, sans quitter Adam du regard, jusqu'à ce qu'elle lui tende la main. Enchantée, je suis Ida Washington, vous devez être Adam Breedlove ?

— Lui-même, madame Washington, enchanté de faire votre connaissance, dit-il en lui serrant la main, le sourire aux lèvres.

— Entrez, je vous en prie.

Dennis entra en inspirant avec gourmandise.

— Hum, ça sent bon par ici !

— C'est vrai, ajouta Adam en suivant ses hôtes dans le séjour. J'espère que vous ne vous êtes pas donné trop de peine pour moi, madame Washington.

— Non, pas du tout, mais appelez-moi Ida !

— Merci, Ida.

Adam songea que Ryan ne ressemblait en rien à sa mère. Il rechercha une ressemblance dans les traits de son père.

— Bonjour, papa, dit Dennis en tapotant sur l'épaule de son père. Est-ce que tu te souviens d'Adam ? Nous étions au lycée ensemble. Sa famille est à la tête des entreprises CANN.

Adam lui serra la main.

— Enchanté de vous revoir, Joe.

— Adam a aussi un ranch et du bétail, c'est pour cela

qu'il est là aujourd'hui, il va visiter mon usine. Il recherche quelqu'un pour diriger la sienne qui est en cours de création. Il se pourrait bien que je rejoigne Ryan à Las Vegas, ajouta Dennis en tournant la tête. D'ailleurs où est-elle ? J'ai vu sa voiture...

— Elle va descendre d'un moment à l'autre, elle est dans sa chambre, dit Ida. Asseyez-vous en attendant, le dîner est presque prêt.

En prenant place sur le canapé, Adam sentit la présence de Ryan avant même de la voir. Un léger changement d'ambiance, comme un rayon de soleil qui percerait les nuages à l'instant où elle rejoignait la pièce. Il leva les yeux et la vie revêtue d'un large pull coloré et d'un legging rouge. Ses boucles s'étalaient librement sur ses épaules. Il se sentit mieux aussitôt qu'il la vit.

— Ryan, dit-il en se levant instinctivement.

Il remarqua le regard insistant de Dennis et regretta de manifester ainsi son intérêt pour sa sœur.

Ida s'immobilisa aussi et fronça légèrement les sourcils avant de se ressaisir. La seule personne qui eut une réaction similaire à la sienne fut Joe, dont le regard s'illumina en voyant arriver sa fille.

Adam enfonça les mains dans ses poches et tenta de paraître le plus neutre possible.

— Bonjour, Adam, dit-elle d'un ton naturel.

Il nota pourtant un léger tremblement de sa main, lorsqu'elle se la passa dans les cheveux.

— Salut, frangin, dit-elle ensuite à Dennis. Comment ça va ?

— Bien, je suis surpris de voir Adam se lever ainsi pour t'accueillir, souligna-t-il avec une pointe de sarcasme.

— Cela fait partie de mon éducation, justifia Adam posément. On m'a appris à me lever quand une femme entre dans la pièce.

— C'est ce qu'on appelle des bonnes manières, plaisanta Ryan. Mais je comprends que tu ne les aies pas reconnues immédiatement.

— Pff, soupira Dennis avec dédain.

— Je vais aider maman à mettre la table, dit Ryan.

Adam aurait pu jurer que l'air se raréfiait dans la pièce

lorsque Ryan en sortait. Lui qui avait espéré que les sentiments intenses qui l'avaient habité depuis leur nuit se seraient calmés... C'était d'ailleurs pour cela qu'il ne l'avait pas rappelée avant la veille pour lui proposer de voyager avec lui. Pourtant il avait connu des femmes sublimes et brillantes, et puis Ryan était végétarienne alors qu'il était éleveur de bovins et créait ses propres abattoirs... C'était ridicule ! Comment pouvait-il être aussi troublé ? C'était sans doute une forme d'alchimie, d'ailleurs son corps réagissait à sa simple présence... Il faudrait pourtant qu'il soit fort. Elle ne méritait pas d'être cachée, de passer après tout le reste de sa vie. Les aventures sans lendemain étaient tout ce qu'il pouvait envisager en ce moment, entre le travail que lui demandaient son poste au sein de l'empire familial et son propre ranch, il n'avait guère de temps pour s'engager dans une relation.

On les appela pour passer à table. Les hommes prirent place tandis que Ryan et Ida finissaient de placer les plats sur la table, et c'est alors qu'on sonna à la porte.

— Qui est-ce ? demanda Ryan en prenant place en face d'Adam.

— Probablement Luke, dit Ida en s'installant en tête de table. Il a un sixième sens pour savoir quand je prépare des bons petits plats et sonne toujours précisément lorsqu'on passe à table.

Dennis revint à table avec Luke, qu'Adam avait rencontré plus tôt à l'usine. Dennis l'avait présenté comme un collègue et ami de longue date. Luke était assez bel homme. Il avait changé ses vêtements de travail pour un costume léger de couleur beige. Adam nota que ses vêtements étaient de belle qualité et remarqua aussi un petit diamant qui brillait à son oreille.

— Miss Ida, Papa Joe, dit Luke en allant serrer la main de Joe et embrasser Ida.

Adam nota encore une fois la chaleur de Joe qui contrastait avec la mine plus pincée d'Ida.

Luke vit alors Ryan et recula d'un pas, comme sous le charme.

— Waouh, Ryan, ça fait une éternité, dit-il.

Adam sut aussitôt qu'elle lui plaisait.

— Oui, cela fait longtemps, répondit-elle en lui tendant une main plutôt distante.

Adam nota que ses lèvres souriaient, mais pas ses yeux. Elle avait l'air mal à l'aise.

— Je n'imaginais pas que tu pourrais devenir encore plus belle que tu l'étais déjà, dit Luke. Mais je me trompais, assurément. C'est ton anniversaire prochainement, si je ne m'abuse ?

— La semaine prochaine, répondit Dennis, les sourcils froncés. Mais non, tu ne seras pas son cadeau !

Luke rit, mais Adam eut l'impression qu'il s'y forçait. Peu probable qu'il trouve le commentaire de son ami amusant. C'était la première fois pourtant qu'il entendait Dennis prendre la défense de sa sœur et il appréciait cela.

Luke prit place à côté d'Adam et le service commença. Le plat principal était un poulet mariné.

— J'imagine que ce n'est pas aussi raffiné que ce que vous avez l'habitude de manger, Adam, dit Ida en le servant. Mais j'espère que cela vous plaira.

— Oh ! ne vous inquiétez pas, Ida, j'aime la bonne cuisine sous toutes ses formes et ce que vous avez préparé sent vraiment très bon.

— Ma mère est un cordon-bleu, dit Dennis.

— C'est vrai, renchérit Ryan.

— Comment peux-tu dire cela alors que tu ne manges pas ce que je prépare ? dit Ida.

— Je ne mange pas ce qui contient de la viande, précisa Ryan, mais quand j'ai rapporté les légumes braisés, j'en ai eu l'eau à la bouche. Sans même parler de tes macaronis au fromage...

— C'est vrai que tu as toujours aimé ça, dit Ida qui sembla apprécier le compliment. Dennis a toujours mangé tout ce que je lui préparais, mais nous essayons de faire attention maintenant, et je cuisine moins gras.

Luke et Dennis firent l'essentiel de la conversation ensuite. Adam se régalait et nota qu'à part le poulet, Ryan pouvait manger de la plupart des autres plats.

— Est-ce la première fois que vous venez à Bakersfield ? demanda Joe.

— Je crois bien, même si je suis souvent venu en Californie quand j'étais enfant avec mon père. C'était il y a bien longtemps en tous les cas.

— Ce n'est pas une ville inoubliable, mais la région est importante au niveau agricole. Vous-même avez un ranch, c'est ça ?

— Je croyais que votre famille était dans les casinos ? intervint Ida.

— Les deux, maman, dit Dennis. Ils ont plusieurs hôtels et casinos dans le monde entier, mais Adam a aussi un ranch qu'il exploite en parallèle.

— Voilà l'avantage de mon ranch, c'est qu'il est complémentaire avec nos activités hôtelières, la viande que je produis sera servie dans nos restaurants.

— Oh ! c'est une bonne idée ! dit Ida.

— Mieux que ça encore, dit Dennis. Il a une variété de bœuf d'une qualité exceptionnelle. La meilleure du pays. Il s'agit du Wagyu.

— Ah, oui, j'en ai entendu parler à la télévision. Et donc Dennis va travailler avec vous ? demanda Ida.

— Rien n'est fait, encore, maman ! Mais je l'espère. Luke et moi l'espérons tous les deux, répondit Dennis.

Adam posa sa fourchette.

— Nous sommes en phase finale de la construction d'une usine au sein du ranch et je cherche les personnes qui en géreront l'exploitation. Lorsque j'ai croisé Dennis et que j'ai découvert qu'il travaillait dans ce domaine, j'ai senti qu'il fallait que je voie comment il travaillait et s'il pouvait être celui que je recherche. D'ailleurs j'ai été très impressionné par ce que j'ai vu aujourd'hui, ses usines sont très bien gérées. Évidemment, je ne décide pas seul, mais je vais faire un rapport à mes équipes…

— Mais tu diriges ton affaire, c'est toi qui fais ce que tu veux de tes dollars, non ? lança Dennis.

— De mes dollars, oui, mais la décision est collégiale. Ce poste impliquera de nombreuses responsabilités et il faudra travailler avec le chef d'exploitation et divers services. Un ranch est une exploitation complexe, il faut véritablement une dynamique de groupe. L'expérience, les diplômes, les compétences comptent, mais il faut que le groupe fonctionne ensemble de façon harmonieuse.

Dennis gonfla sa poitrine en riant.

— Je suis sûr que j'en suis capable !

Tout le monde rit, sauf Ryan qui sourit distraitement.

— Je lui ai dit que Ryan cherchait du travail, mais elle n'était pas intéressée, vu qu'elle est végétarienne et tout..., dit Dennis.

— C'est bien vrai, Ryan ? demanda Ida.

Sa voix restait avenante, mais Adam nota un léger changement d'intonation. Comme un décalage entre la façon dont elle s'adressait à Ryan ou à Dennis.

— Je trouve très impressionnant le projet de Ryan, intervint Adam. Prendre soin de son prochain est une belle philosophie. Elle a certainement raison de se pencher sur l'alimentation et la santé.

Luke finit de déguster son os de poulet avant de se lécher les doigts.

— Eh bien moi, ce poulet me fait un bien fou ! lança-t-il en riant.

— Vous connaissiez Ryan au lycée, monsieur Breedlove ? demanda Joe. Vous semblez bien la connaître.

— Non, monsieur, j'ignorais même que Dennis avait une sœur jusqu'à récemment.

— Elle s'est jointe à nous lorsque j'ai revu Adam pour un déjeuner, dit Dennis. Et comme il ne changera jamais, il m'a rappelé le lendemain pour me demander son numéro !

— C'était professionnel, répondit Ryan. Adam voulait réfléchir à un menu végétarien puisque nous avions eu cette conversation au restaurant.

Adam sentit alors quelque chose lui effleurer la jambe, il

allait se reculer lorsqu'il comprit que Ryan le tapotait avec son pied.

Elle ne se rendait pas compte de l'énergie qu'il lui avait fallu pour apprivoiser son désir depuis qu'elle était présente. Il suffisait qu'il regarde ses lèvres pour se sentir envahi d'une chaleur sensuelle...

Et pourtant il aimait cette complicité entre eux et repensait avec ferveur aux merveilleux moments qu'ils avaient partagés ensemble.

Ses sentiments étaient clairs : il avait encore envie de la voir. Besoin de l'enlacer, de sentir son souffle dans le creux de son cou et d'entendre ses soupirs de plaisir lorsqu'ils faisaient l'amour. Encore une fois. Une nuit. Juste une nuit, et ensuite elle redeviendrait la sœur de Dennis, une connaissance, une amie à qui il demanderait des conseils pour son restaurant et rien de plus.

9

Ryan reçut un premier SMS vendredi soir, à peine une heure après le départ d'Adam, Luke et Dennis. Si Adam regagnait l'aéroport, son frère et Luke étaient sans doute allés dans un bar pour finir la soirée. Elle était impatiente de voir Luke quitter sa maison, mais Adam lui manquait déjà. Elle s'était lancée dans le rangement et la vaisselle pour s'occuper et c'est alors que son téléphone avait vibré.

Tu étais très belle, ce soir.

Elle répondit sans attendre.

Tu n'étais pas mal, non plus.

Tu étais belle, tu sentais bon, ta peau était si douce. Et quand j'ai senti ton pied contre ma jambe… C'était vraiment cruel de ta part !

Ce message la fit rire. Le regard d'Adam lorsqu'elle lui avait caressé la jambe l'avait convaincue qu'il ressentait la même chose qu'elle. L'attirance était mutuelle, il n'y avait plus aucun doute. Elle lui renvoya un simple smiley.

Quand reviens-tu à Vegas ?

Lundi.

Reviens dimanche, je voudrais te voir !

Ce n'était pas ce qu'elle avait prévu, mais à l'idée de le revoir… Ils en avaient envie tous les deux, après tout… Elle préféra pourtant rester évasive.

Lorsque Ryan se leva le lendemain matin, elle avait toujours en tête les messages d'Adam. Elle pensa soudain au projet de Dennis de faire recruter Luke. Elle était convaincue que c'était une mauvaise idée... Elle était restée silencieuse pendant le dîner, mais maintenant, elle voulait en avoir le cœur net. Il fallait qu'elle lui parle, et le plus tôt serait le mieux !

— Quel bazar, dit-elle en entrant dans sa chambre. Je pensais que les militaires étaient un peu plus ordonnés que ça !

— Tu dis avoir des manières, mais je ne t'ai pas entendue frapper.

— La porte était ouverte, dit-elle en s'asseyant sur son lit. Quand es-tu revenu t'installer ici ?

— Y'a un moment.

Le ton de sa voix laissait deviner qu'il n'avait pas envie d'en parler. Mais Ryan était déterminée.

— Pourquoi ?

Pas de réponse.

Elle se leva et s'arrêta devant le carton qu'elle avait ouvert la veille.

— Est-ce que c'est parce que tu ne travailles plus aux abattoirs ?

Dennis leva vers lui un regard furieux.

— Qui t'a dit que je n'y travaillais plus ?

— Maman. Elle pensait que tu travaillais déjà à Vegas, dit Ryan en fermant la porte de la chambre. Et puis j'ai vu une lettre dans le carton. Tu as été viré.

Si ses propos étaient explosifs, le ton de sa voix restait calme et posé. Évidemment c'était trop en demander à Dennis.

— Tu es venue fourrer ton nez dans mes affaires ? J'aurais dû m'en douter !

— Ce n'était pas intentionnel, je suis revenue dans mon ancienne chambre et j'ai vu tout ce bazar, alors j'ai juste ouvert un carton pour voir de quoi il retournait...

— Pff !

— Est-ce qu'Adam sait que tu as été licencié ?

— Sors de ma chambre !

— Chut : tu vas réveiller les parents, dit-elle à voix basse. Comment as-tu fait pour lui faire visiter l'usine si tu n'y travailles plus ?

— Tu vas me laisser tranquille, oui ! Occupe-toi de tes affaires !

— Elles sont devenues mes affaires le jour où tu as décidé de m'inviter à votre déjeuner ! Écoute, je ne veux pas me fâcher avec toi, mais je ne veux pas être mêlée à tes embrouilles.

— Il n'y a pas d'embrouilles !

— Pourquoi veux-tu faire embaucher Luke ? Je ne l'aime vraiment pas...

— Personne ne te demande de l'aimer.

— C'est vrai, mais si Adam me demande mon opinion, je lui dirai la vérité.

— Tu vas te taire et tu ne diras rien sur Luke, menaça Dennis d'une voix de plus en plus forte. Et maintenant, sors de ma chambre !

La porte s'ouvrit alors que Ryan s'apprêtait à sortir. C'était Ida, son regard était noir.

— Pourquoi tous ces cris ? demanda-t-elle en foudroyant Ryan du regard. Pourquoi tu viens embêter ton frère jusque dans sa chambre ?

— Elle veut saboter mes chances de travailler avec Adam, lança Dennis. Elle veut se le garder pour elle toute seule, oui !

Ryan se mit à rire.

— Mais enfin, c'est ridicule...

— Tu es ridicule, je t'ai vue essayer de l'impressionner hier soir, mais cet homme n'est pas du tout à ta portée, ma pauvre fille ! rétorqua Ida, glaçante.

— Elle ne veut pas que je vienne à Vegas et que Luke puisse aussi être embauché. Elle m'a dit que si Adam lui demande son avis sur Luke, elle répondra que ce n'est pas une bonne idée.

— J'ai simplement dit que s'il me demandait, je donnerais mon avis.

— Il sait que je suis ami avec Luke, si tu lui dis du mal de lui ce ne sera pas bon pour moi.

— Je ne comprends pas pourquoi tu ne l'aimes pas, dit Ida. Je n'ai jamais compris ton attitude à son égard.

— Sans doute que tu ne peux pas comprendre ce que cela fait d'être moquée parce qu'on a été adoptée.

— Je t'ai dit à l'époque de ne pas lui prêter attention. Et puis cela remonte à si longtemps, tu n'es toujours pas passée à autre chose ? Oui, tu as été adoptée, et alors ? Nous t'avons offert une famille et c'est ainsi que nous en sommes remerciés ? Tu joues les victimes, comme si tu étais la seule à avoir souffert !

Ryan serra les mâchoires pour ne pas répondre. Elle craignait de ne pas contrôler ce qu'elle dirait.

— Eh bien, sache que tu n'es pas la seule à avoir souffert, poursuivit Ida. Et sache aussi que tu ferais mieux de ne pas te mêler des affaires de Dennis, parce qu'il y a des choses que je pourrais révéler moi aussi et qui te rendraient aussi la vie difficile.

Ce furent les derniers mots que sa mère et Dennis lui adressèrent avant de sortir ce matin-là. Habituée à ces agressions verbales, elle savait qu'il valait mieux laisser reposer et analyser à froid, aussi alla-t-elle retrouver son père. Elle voulait refaire une séance de soin énergétique avec lui tant que la maison était calme et elle savait que si elle parvenait à le soulager un peu cela l'apaiserait elle aussi.

— Ida est une maman ourse envers Dennis, dit son père en s'étendant sur son lit. Elle ne pense pas vraiment ce qu'elle dit, tu sais.

— Cela n'empêche pas ses mots de me blesser.

Ryan commença son travail et le flux des énergies sur le corps malade de son père lui fit aussitôt du bien.

— Je me demande pourquoi elle m'a adoptée.

— Parce qu'elle t'aime, répondit Joe.

— Peut-être, mais elle ne le montre vraiment pas.

— C'est la même chose envers moi, parfois, elle est comme ça depuis trente ans que nous sommes mariés, dit-il en adressant un clin d'œil à Ryan qui sourit pour la première fois de la journée.

Elle termina sa séance avec Joe et ils profitèrent d'un petit déjeuner paisible. Ryan n'était pas une grande cuisinière, mais son omelette au fromage et aux herbes était une réussite et Joe l'apprécia. Elle décida de rester sur ce bon moment et repartit à Las Vegas avant qu'Ida ou Dennis ne rentrent. Elle avait besoin de temps pour réfléchir à tout ce qui venait de se passer. Il y avait son attirance pour Adam, le dilemme par rapport à Dennis et Luke et l'énigme Ida. Il y avait cependant quelqu'un qui pouvait l'aider à y voir plus clair en lui rendant une des pièces manquantes, et c'était son père biologique. Elle quitta Bakersfield décidée à rendre visite à Phyllis Moore, sa mère biologique.

Sa visite ne se passa pas comme espéré, cependant. Elles s'étaient rencontrées à quelques occasions, de difficiles visites au parloir de la prison, quelques e-mails et de brefs appels téléphoniques permettaient difficilement de créer une relation mère-fille. Ryan comprit qu'elle attendait trop de cette femme.

— Est-ce que tu peux me parler de mon père ?

— Non, je ne peux pas, Ryan.

— Au moins son nom...

— Je ne te le donnerai pas et si je le faisais, sache que cela ne changerait rien à ta vie...

— Mais c'est mon père !

— C'est l'homme qui m'a mise enceinte et a continué son chemin, laissons le passé dans le passé.

— Mais j'ai le droit de savoir d'où je viens, répondit Ryan en larmes.

Phyllis sembla touchée de sa détresse, mais un moment s'écoula et rien ne vint.

— Qui c'était ne changera pas ce qui s'est passé, les faits sont les faits.

— Cela changera pour moi ! répliqua Ryan. Savoir que tu

souffrais d'une addiction m'a aidée à comprendre pourquoi tu m'avais abandonnée. Apprendre que tu avais dû prendre des traitements opiacés pour soulager ton mal de dos et que c'était ainsi que tu étais devenue dépendante m'a permis d'accepter mon placement en foyer. Jusque-là, je pensais que je ne méritais pas qu'on m'aime.

— Je t'ai dit ce que je ressentais. C'est parce que je t'aimais que j'ai laissé les Washington t'adopter. Je savais qu'ils pourraient te donner ce que je n'avais pas.

Ryan lui avait demandé si elle connaissait Ida avant et si elle savait pourquoi cette dernière avait essayé de la dissuader de partir à sa recherche.

— Mais tu avais déjà une mère, répondit Phyllis. Une mère, c'est suffisant. Laisse le passé où il est et vis le moment présent, Ryan.

Ryan repartit de là avec une sensation d'abandon ravivée. Pourtant, elle dormit mieux cette nuit-là et se réveilla au matin avec l'intention de suivre le conseil de Phyllis et de vivre le moment présent… en rappelant Adam ! Après quelques courses, elle brancha son téléphone en Bluetooth dans sa voiture et se mit en route.

— Où es-tu ? lança-t-il d'une voix chaleureuse en décrochant.

— Bonjour, répondit-elle en riant.

— Bonjour, ma belle. Où es-tu ?

— Près de Red Rock.

— Parfait, tu es tout près de l'hôtel, est-ce que tu peux m'y retrouver ?

— Pourquoi ?

— J'ai quelque chose pour toi.

— Vraiment ? Qu'est-ce que c'est ?

— Une surprise.

La nuance dans sa voix était sensuelle et elle s'imaginait déjà sa bouche tout aussi sensuelle sur sa peau, se rappelant très précisément les sensations qu'il avait su provoquer lors de leur première entrevue. Cette façon de parler un peu plus lentement, sa voix légèrement rauque et grave… Elle devrait être interdite car il était terriblement injuste de provoquer un tel désir simplement en parlant.

— Je viens de faire des courses et j'aurais bien aimé rentrer prendre une douche et me changer.

— Tu sais que nous avons des douches dans nos suites ? Je vais t'envoyer le numéro de la chambre et je laisserai une carte clé à la réception pour toi. Je t'attends ?

— C'est d'accord !

Ryan arriva au CANN Casino Hotel Spa et suivit les instructions d'Adam. Elle laissa sa voiture à l'employé qui se présenta, et on l'accompagna jusqu'à la réception. C'était assez fou de voir le personnel anticiper ainsi sur tous ses besoins… Était-ce ainsi que vivaient les riches ? C'était la première fois qu'elle vivait cela et sans doute la dernière, songea-t-elle.

Adam avait réservé une suite au dernier étage. Alors que l'ascenseur montait, elle ferma les yeux en tâchant d'ignorer la peur qui lui nouait l'estomac tandis que la cabine accélérait. Elle avait toujours eu peur dans les ascenseurs, mais sans doute que son anxiété ne venait pas uniquement de cela. Elle aurait mis sa main à couper qu'Adam allait la questionner sur sa famille, sur Dennis. Il envisageait d'embaucher son frère à un poste très important et on pouvait penser qu'il lui demanderait ce qu'elle en pensait. Comment lui répondre ? Comment éviter de lui mentir, sans pour autant lui dire toute la vérité ?

Une fois sortie de l'ascenseur, elle chercha la suite A et glissa la carte dans le lecteur.

— Adam ?

Elle avança dans l'entrée. De la musique douce était diffusée, il y avait un parfum de vanille et de jasmin absolument enchanteur. Adam vint à sa rencontre, il était pieds nus et portait un pantalon en toile gris avec un T-shirt noir. Il était parfait.

— Te voilà ! dit-il en l'attirant tout contre son corps et l'enlaçant comme si elle était quelque objet précieux ou rare.

Tout cela se passait de mots, car leurs corps se parlaient. Les bras de Ryan se glissèrent autour de son cou et leurs lèvres se trouvèrent. Il la pressa contre lui et elle sentit son membre tendu contre son ventre. Durant plusieurs minutes, ils restèrent ainsi dans l'entrée, avant qu'il ne finisse par lui prendre la main pour l'emmener visiter le reste de la suite où il la serra à nouveau contre lui et défit sa robe qui atterrit sur le sol.

— Adam, attends...

Ryan devait admettre que se retrouver presque nue au milieu de cette suite face à une immense terrasse qui surplombait tout Vegas lui donnait un sentiment de force totale et de grand pouvoir. Elle se sentait sexy et désirable. Adam se plaça derrière elle et vint lui caresser les seins, laissant une main sur son téton tandis que la deuxième se glissait entre ses jambes.

— Personne ne peut nous voir ? demanda Ryan d'une petite voix.

Poser nue était une chose, mais avoir des témoins alors qu'elle faisait l'amour en était une tout autre.

— Ne t'inquiète pas, ce sont des vitres sans tain, nous pouvons profiter de la vue en toute discrétion.

Elle se retourna pour lui faire face.

— Allons prendre une douche !

Ils se retrouvèrent sous l'eau chaude, et la mousse parfumée recouvrit leurs corps. Après de longues caresses, Ryan se laissa glisser vers le sol, pour se placer à genoux devant Adam et saisir son sexe tendu qu'elle caressa et embrassa avec malice. Adam glissa les mains dans ses cheveux en soupirant. Elle le goûta avec délice, lentement d'abord puis plus vite, jusqu'à ce qu'il gémisse et s'écarte vivement. Elle n'eut pas le temps de comprendre ce qui lui arrivait, qu'il la relevait puis la soulevait pour l'asseoir sur le banc qui bordait la douche à l'italienne. À son tour, il s'agenouilla et vint placer son visage entre ses cuisses. Il était si doué qu'elle crut perdre la raison. Sa langue, ses doigts, ses lèvres la caressaient avec une telle ardeur qu'elle n'eut pas le temps de sentir l'orgasme arriver avant d'être terrassée par le plaisir. Elle se sentit vibrer de la tête aux pieds. Adam sortit de la cabine un court instant et revint avec un préservatif. Ils firent l'amour encore, sous la douche brûlante, puis rincèrent leurs corps satisfaits avant d'aller s'effondrer dans le lit immense.

— C'était encore mieux que la dernière fois, murmura Ryan en s'étirant comme un chat. Je crois qu'entre ta bouche, tes doigts et... le reste, il n'y a pas une parcelle de mon corps qui ait échappé à tes caresses.

— C'est certain, que veux-tu que je te dise, tu me rends fou.

On frappa à la porte, et Ryan sursauta.

— Qui est-ce ?

— Le service d'étage, dit Adam en se glissant hors du lit pour saisir un peignoir avant d'ouvrir.

Quelques secondes plus tard, il revenait en poussant un chariot chargé de plats sous cloche.

— Le brunch, annonça-t-il. Et tu sais quoi ? Il est entièrement végétarien.

Ryan enfila son peignoir et rejoignit Adam sur le lit. Elle n'avait pas très faim, mais il lui suffit de goûter à une bouchée de l'omelette au fromage fumé pour sentir son appétit revenir. Ils goûtèrent des pancakes aux noix de pécan avec des bananes caramélisées au sirop d'érable et se servirent du jus d'orange frais.

— À propos des menus végétariens dans ton restaurant, je ne crois pas que tu aies besoin de suggestions, il suffira de faire appel au chef qui vient de préparer tout cela !

— Emilio a du talent, mais tu es bien plus charmante, dit Adam en riant.

— Merci !

— Tu sais, j'ai été content de rencontrer ta famille vendredi ? dit-il en continuant à déguster.

— Malgré les sous-entendus de Dennis suggérant qu'il y avait quelque chose entre nous ?

— Je comprends qu'il veuille savoir si son plan avait marché !

— Tu crois qu'il voulait nous pousser dans les bras l'un de l'autre ?

— Emmener une végétarienne dans un restaurant à burgers, cela me semble déjà être un indice plutôt clair. Je pense qu'il voulait me demander un travail depuis le début et qu'il s'est dit qu'en amenant avec lui sa très sexy petite sœur, il augmentait ses chances.

— Mais il ne le saura jamais si nous gardons nos rendez-vous secrets. C'est drôle que vous ayez été amis, d'ailleurs. J'aime mon frère, mais vous êtes très différents, et il manque parfois un peu de subtilité.

— J'ai remarqué. J'ai aussi eu l'impression qu'il avait les faveurs de ta mère, alors que tu sembles plus proche de ton père, je me trompe ?

— Non, c'est juste.

— D'ailleurs tu lui ressembles plus qu'à ta mère, même si vous êtes différents. Mais c'est sans doute comme mon frère Christian qui est le portrait craché de notre grand-père.

Ryan hocha la tête mais resta concentrée sur son assiette pour éviter d'avoir à répondre. Ils mangèrent en silence un long moment.

— Tout cela est délicieux, je dois avouer que je suis bluffé, dit Adam. Mais j'ai aussi beaucoup aimé la cuisine de ta mère.

— Moi aussi je l'appréciais avant, c'était vraiment de la cuisine roborative… Et au fait, comment s'est passée ta visite à l'usine de Dennis ?

— C'était intéressant, dit Adam. D'ailleurs Luke était là aussi. Dennis m'a dit qu'ils étaient comme deux frères et que je pourrais réfléchir à sa candidature.

Ryan resta silencieuse. Il n'y avait rien de mieux qu'elle pouvait faire au sujet de Luke Johnson.

— Qu'est-ce que tu en penses ?

Adam venait de lui demander ce qu'elle redoutait… Son avis…

— Je ne suis sans doute pas la mieux placée…

— Tu ne l'aimes pas, lança-t-il. Cela se voyait sur ton visage.

— C'est vrai, mais c'est pour des raisons personnelles qui remontent au passé…

Adam fronça les sourcils.

— Est-ce qu'il t'a fait du mal ?

— Non, ce n'est pas ça, et c'était il y a longtemps, avant

que je ne parte pour faire mes études. D'ailleurs, je ne l'avais pas revu depuis.

— Et j'ai l'impression que tu te serais bien passée de le revoir.

— Oui, c'est vrai, je le connais mal, mais je n'ai pas grand-chose à partager avec lui.

— La façon qu'il avait de te dévorer du regard m'a donné des envies de meurtres…

Ryan sourit. Les hommes étaient comme ça, possessifs, elle le savait, mais elle aima l'idée qu'il puisse être un peu jaloux.

— Dennis est à l'aise dans un abattoir, c'est certain, et leur usine est plus grande que celle que je prévois. Je pense qu'il a les compétences.

Ryan hocha la tête.

— Que penses-tu du fait que je l'embauche ? Tu me le recommandes ?

Ryan ne pouvait pas répondre…

— Tu me demandes sincèrement mon avis pour embaucher quelqu'un dans tes abattoirs ?

— Formulé comme ça, en effet, c'est un peu étrange, dit Adam. Mais tu sais que j'ai toujours apprécié ton frère.

— Parce qu'il t'a défendu ?

— Oui.

— Pourquoi est-ce que les autres te harcelaient ?

La question était simple, mais, à en juger par l'expression d'Adam, la réponse ne l'était pas.

— Je suis dyslexique. Ce n'était pas encore diagnostiqué à l'époque, on l'a su quand j'ai eu dix-sept ans.

— Tu as de la dyslexie, corrigea-t-elle, mais tu n'es pas défini par le fait d'être dyslexique, tu sais.

— Je n'en sais rien… Tu crois que je peux en guérir ?

— Je ne sais pas, mais je pense que je peux tout de même faire quelque chose pour toi.

Adam défit le nœud de son peignoir.

— Je sais très bien, moi, ce que tu peux faire pour moi !

Ryan avait encore des choses à lui dire, mais elle se laissa porter par le moment en repoussant les pensées négatives... Ne serait-ce que l'idée que s'il apprenait ses secrets, il était probable qu'elle n'ait pas à lui rappeler qu'ils ne devraient plus se revoir...

10

Adam réprima un bâillement en entrant dans les bureaux de son ranch. Ryan n'avait quitté leur suite que ce matin à l'aube. Il s'était rendormi quelques dizaines de minutes avant que son réveil ne sonne pour qu'il se prépare pour sa première réunion de 7 heures à l'hôtel, qui serait suivie par une journée entière de réunions enchaînées. Il avait transmis ses correspondances à sa secrétaire, mais recruter son prochain manager était sa priorité ce jour. Vendredi, il avait parlé avec Stan, le régisseur du ranch à qui il avait fait passer le CV de Dennis. Il y avait deux autres candidatures solides en parallèle.

Visiblement qualifié, Dennis n'était pourtant pas exactement l'homme dont il se souvenait. Sans doute endurci par la vie, il était devenu cynique et opportuniste. Adam aurait aimé avoir l'occasion de parler de lui avec d'autres collègues que son ami Luke, à Bakersfield. Il ne doutait pas que Dennis était compétent, mais son projet nécessitait des personnels de toute confiance et garants du plus grand respect des procédures. Est-ce qu'il pouvait faire suffisamment confiance à Dennis pour lui offrir le poste aux plus hautes responsabilités de sa nouvelle usine ?

Adam rejoignit Stan ainsi que quelques membres du bureau qu'il avait sollicités. Il y avait Wally Martin, Henry Tolliver, et Adam avait aussi convié son grand-père adoptif, le mari de sa grand-mère Jewel, un descendant des premiers habitants indiens de ces terres et sans doute le meilleur spécialiste pour tout ce qui touchait à l'élevage, ici, Will Yazzie Breedlove.

Stan, qui avait l'habitude de gérer le ranch comme une garnison militaire, regarda sa montre.

— Tu es en retard.

— J'ai une minute d'avance.

— C'est ce que dit ta montre fantaisie, répondit Stan en lui montrant la sienne. Il te faut une vraie montre américaine !

— C'est possible, répliqua Adam sans s'engager dans le débat. Bien, messieurs, mettons-nous immédiatement au travail. Nous devons recruter un manager ce jour. J'ai visité les abattoirs de Bakersfield vendredi et revu une vieille connaissance qui gère les opérations là-bas. Je pense qu'il est compétent, mais je veux votre avis. Stan, as-tu trouvé des informations concernant Dennis Washington ?

Stan saisit une feuille.

— Eh bien, sur le papier, il semble effectivement bien sous tous rapports. C'est un ancien militaire, pas de problèmes de comportement dans les archives de l'armée. Il aime un peu trop la vitesse cependant, on a plusieurs infractions routières qui en témoignent. Il a des dettes, ce qui semble signifier qu'il est meilleur manager que gestionnaire. Mais savais-tu qu'il ne travaillait plus dans son usine ?

— Non, absolument pas, depuis quand ? Et pourquoi ? interrogea Adam.

— Nous ne sommes pas sûrs. Les ressources humaines nous ont confirmé qu'il avait travaillé comme manager, mais ont invoqué une clause de confidentialité qui les empêche de révéler le motif de son départ. Selon un collègue, Luke Johnson, il aurait démissionné, mais une autre source nous a parlé d'un licenciement.

Pourtant, vendredi dernier, Dennis lui faisait visiter l'entreprise comme s'il en était le patron et voilà qu'il apprenait qu'il n'y travaillait plus ? Est-ce que quelque chose s'était passé pendant le week-end ? Avait-il démissionné depuis, certain d'obtenir le contrat avec Breedlove Ranch ?

— Quelle est ton impression finale alors ? demanda-t-il à Stan.

— Je penche plutôt pour le gars du Dakota du Nord. Un peu plus expérimenté, un éleveur chevronné, même s'il est moins compétent certainement en matière de logistique et de gestion des emballages.

Le débat se poursuivit. Adam écouta tous les points de vue et prit sa décision. Ils allaient embaucher Dennis. En partie parce qu'il le connaissait et que son vieil ami était hautement qualifié. Qu'il soit le frère de Ryan n'avait rien à voir avec sa décision, se disait-il.

Et pourtant...

La veille de son anniversaire, Ryan se sentait épuisée. Elle avait passé la semaine à faire des allers-retours et à démarcher les commerces pour distribuer ses cartes de visite. Hier, avec Brooklyn, elles participaient à un salon où elles avaient pu parler de leur cabinet et pratiquer quelques massages thérapeutiques. Lorsque son amie lui avait proposé de prolonger la soirée en l'accompagnant à un concert de son fiancé, Johnny, elle avait décliné. De même qu'elle n'avait pas voulu rejoindre Adam qui l'avait invitée par SMS. Mais deux heures plus tard, détendue, après une bonne douche et repue, elle regrettait d'avoir décliné son invitation. Elle savait pourtant que la fatigue n'était qu'un aspect des choses. Il y avait aussi l'embauche de Dennis qui impliquait son installation à Vegas. Et puis sa mère lui avait laissé un message assez agressif, lui intimant de ne pas interférer avec les affaires de son frère. Si seulement elle savait qu'elle avait sans doute involontairement influencé son embauche...

Elle décida de ne pas appeler Adam et de se détendre devant une série dans son canapé. Elle se réveilla plusieurs heures plus tard dans la pénombre, le film terminé et la télévision éclairant la pièce. Le temps de se changer et de tituber jusqu'à son lit, elle se rendormit profondément.

Quelques heures plus tard, lorsque la sonnette retentit, elle eut du mal à émerger. Elle se demanda si elle rêvait éveillée, mais la sonnerie retentit à nouveau. Le jour se levait à peine, pourtant. Quelle heure pouvait-il être ?

— Une minute ! lança-t-elle en sortant de son lit pour se diriger vers la porte.

Un regard par le judas la rassura. On lui livrait des fleurs. Son cœur fondit.

Elle ouvrit en se demandant qui cela pouvait être. C'était son anniversaire, mais sa famille n'était pas du genre à célébrer ainsi l'événement. Brooklyn, peut-être ?

— Bonjour !

— Ryan Washington ?

— Oui, c'est moi.

— Voici pour vous !

Le bouquet était gigantesque. Le livreur l'aida à le placer sur sa table.

Ryan admira la composition et chercha un mot qui l'accompagnait. Elle trouva une enveloppe dans les fleurs.

Ces fleurs sont bien pâles face à ta beauté, mais j'espère qu'elles égaieront ta matinée. Si tu avais un peu de temps libre aujourd'hui, je serais heureux de te faire une petite surprise. Appelle-moi ! Adam.

Ryan respira les fleurs. Il lui serait si facile de tomber amoureuse… Mais ce n'était pas possible, d'autant que Dennis allait venir s'installer ici et qu'il travaillerait pour Adam… La meilleure chose à faire était de se concentrer sur son projet.

Ou alors juste un petit coup de fil ?

Elle saisit son téléphone.

— Joyeux anniversaire ! lança-t-il en décrochant.

— Bonjour ! Et merci pour les fleurs, elles sont magnifiques.

— C'est un vrai plaisir, j'espérais être le premier à te le souhaiter.

— Je veux bien te croire, tu m'as tirée du lit !

— Je l'ai fait exprès, j'avoue… J'avais peur que tu aies des projets et que tu ne sois pas chez toi et je voulais t'inviter à me rejoindre au ranch s'il n'est pas trop tard. Je vais faire une balade à cheval ce matin, j'adorerais que tu m'accompagnes.

Sa voix était si sensuelle qu'elle n'avait déjà plus les idées claires...

— Monter à cheval, je n'ai jamais vraiment fait cela. Pour nous c'était un sport de riches...

— Oui, je comprends, élever des chevaux coûte cher, mais le lien avec ces animaux est tellement fort, c'est une des meilleures expériences que l'on puisse faire, et tout le monde devrait pouvoir connaître cela, quelles que soient ses ressources !

— J'aime beaucoup les chevaux, ce sont des animaux magnifiques.

— Je t'envoie une voiture et tu verras que c'est la meilleure façon de débuter la journée !

— Envoie-moi plutôt l'adresse, je préfère prendre ma voiture, j'ai quelques courses à faire ensuite.

Une heure plus tard Ryan garait sa voiture devant le grand portail en fer forgé qui annonçait le Ranch Breedlove. Tout était tellement impressionnant que cela semblait irréel. Elle ne pouvait même pas imaginer que des gens vivaient dans un tel lieu.

— Bonjour, mademoiselle Washington, dit un homme qui venait ouvrir le portail.

— Bonjour.

— M. Breedlove m'a demandé de venir vous chercher pour vous guider, dit-il en brandissant un plan du domaine.

C'était tellement immense qu'il fallait une carte pour se repérer... Elle jeta un coup d'œil au plan sur lequel une croix marquait la maison d'Adam.

— Merci, dit-elle en remontant dans sa voiture. Je devrais trouver, avec ça.

Elle avança en découvrant les lieux avec stupéfaction. Tout était si vaste, si beau... Lorsqu'elle arriva à la maison d'Adam, elle passa sous une arche végétale et remarqua des paons en liberté dans un des jardins. De là, elle vit Adam, dans le corral avec ses chevaux.

On aurait dit le cow-boy type, avec son foulard rouge autour du cou, ses santiags en cuir, son stetson. Des chevaux trottaient dans un enclos et, dans un champ derrière, elle distingua des vaches. Les voir lui rappela qu'elles étaient destinées à être abattues et mangées et rabattit un peu son enthousiasme.

Adam vint à sa rencontre.

— Salut, ma beauté ! Tu n'as pas eu de mal à trouver ?

— Non, mais c'est la première fois que j'ai besoin d'une carte pour retrouver quelqu'un chez lui !

Adam sourit avant de reculer d'un pas en la regardant sortir de voiture.

— Waouh, que tu es belle en jean ! lança-t-il avant de s'approcher pour toucher le tissu. J'espère que ce ne sera pas trop fin, malgré tout.

— Nous allons faire une promenade, pas dresser des chevaux sauvages, non ?

— Oui, tu marques un point ! Tes baskets devraient faire l'affaire, mais il te faudrait une paire de bottes pour une prochaine fois !

— Ce sera tout pour le bilan vestimentaire ? plaisanta-t-elle.

— Oui, viens que je te présente Biscuit.

Son cheval était très beau, les paysages à couper le souffle et elle se sentit aussitôt à l'aise sur sa monture. Elle aima la sensation bien plus qu'elle ne l'avait imaginé. Une fois rentrés de leur virée, Adam ne laissa aucun doute sur ses envies à son égard. Passer l'après-midi du dimanche dans ses bras était très tentant. Elle ne pouvait imaginer plus parfait cadeau d'anniversaire, mais c'était reporter le moment inéluctable, elle le savait.

Elle s'écarta de quelques pas et décida que l'instant était venu.

— Je crois que nous ne pouvons nier qu'il y a une grande alchimie entre nous.

Adam s'avança vers elle et prit place sur une chaise.

— J'ai malheureusement l'impression que tu vas ajouter un « mais ».

— Mais..., dit-elle en souriant et en s'asseyant en face de lui. Nous avons beaucoup de pain sur la planche en ce moment, et puis tu viens d'embaucher mon frère...

— Est-ce que cela te pose un problème ?

— Pas exactement, mais c'est un peu compliqué, disons. En particulier parce que nous avons convenu que nous deux, cela resterait léger et discret, mais je crains que ce ne soit pas possible dans ce contexte.

En prononçant ces mots, Ryan sentit son cœur se serrer douloureusement.

— Est-ce que tu ressens quelque chose pour moi, Ryan ?

— Tu es quelqu'un de bien, Adam, et je crois que je pourrais tomber amoureuse de toi, oui. Nous ne nous sommes pas rencontrés au bon moment, mais qui sait, un jour, plus tard, peut-être pourrons-nous nous revoir ? J'aimerais beaucoup...

Il la fixa un long moment avant de se lever pour venir la serrer.

— Je crois qu'on ne m'a jamais quitté avec autant d'inspiration, mais tu dois faire ce qui te semble juste, bébé. Je vois que tu as pris ta décision et je la respecte. Bonne chance pour ton cabinet.

— Merci, bonne chance à toi aussi, dit-elle en ravalant ses larmes. Au moins, avec mon frère dans ton ranch, je suis certaine de te croiser de temps à autre. J'espère que tu m'aideras en ne me déshabillant pas du regard ou en ne faisant pas usage de ta voix sexy juste pour me rendre folle !

— Je ne peux rien te promettre, dit-il en lui adressant un regard de braise.

— Tu es incorrigible.

— Tu es sûre que tu ne veux pas rester un peu ?

— Oui, il faut que je profite de ce petit moment de lucidité avant que je ne perde mes bonnes résolutions. Ah, et au fait, je me suis documentée au sujet de la dyslexie et je vais t'envoyer des articles, je suis sûre que tu vas trouver des choses intéressantes.

— Merci, je crois que la plupart des manifestations de ce trouble sont à peu près sous contrôle aujourd'hui, mais je suis curieux de lire ce que tu as trouvé.

Elle prit son sac et se leva. Adam la raccompagna à sa voiture, ouvrit la portière et déposa un tendre baiser sur son front.

— À bientôt, dit-elle.

— À bientôt, ma belle.

Elle sourit et garda ce sourire plaqué sur son visage jusqu'à ce qu'elle ait atteint les hautes grilles de fer forgé qui entouraient la propriété.

Aussitôt le portail franchi, les larmes affluèrent.

Adam lui manquait déjà.

11

Adam n'avait pas souhaité cesser de voir Ryan, mais il avait eu tellement de travail que cela s'était fait tout seul. Les travaux des nouveaux locaux venaient de se terminer. Les bâtiments de brique, de bois et d'aluminium, qui abritaient une technologie de pointe avaient été élevés assez loin du ranch et des zones de pâture. Adam était versé à l'architecture et à la construction et Dennis s'y connaissait en équipements et aménagements internes. À eux deux, ils avaient réussi à créer une usine qui ferait référence dans le domaine de la transformation de la viande.

Les premières livraisons de bœufs Wagyu étaient programmées pour la deuxième semaine de décembre. Dennis préconisait trois à quatre semaines de maturation de la viande, ce qui impliquait une ouverture des abattoirs dès la semaine suivante. Adam était à la fois nerveux et impatient. Ce serait la première fois qu'il gérerait tout le processus au ranch. Il avait donc passé un moment en compagnie de Dennis à repérer et marquer les bêtes qui partiraient les premières et il allait maintenant rendre visite aux employés de l'abattoir pour leur préciser ses instructions.

Les deux hommes sautèrent dans la jeep qui était garée à l'entrée du champ et gagnèrent l'usine. Ils descendirent ensemble et observèrent les employés qui s'activaient de toutes parts. C'était très impressionnant de pénétrer dans ces bâtiments où les normes d'hygiène drastiques conféraient à l'ensemble un aspect d'immense bloc opératoire. Dennis plaça les mains sur ses hanches et siffla.

— Eh bien, mon ami, je peux te dire que j'ai l'impression d'un sacré chemin parcouru depuis le dôme que j'ai bâti au fond de mon jardin.

Adam lui lança un regard interrogateur.

— Le quoi ?

— Tu n'as pas vu mon dôme géodésique ? C'est vrai que tu n'es jamais venu chez moi...

— Je ne crois pas que tu m'aies invité et c'est dommage car la construction m'a toujours passionné.

— C'est vrai, je me souviens de cela. Ainsi que de ton goût pour les vieilles voitures comme la Chevrolet 65 que tu avais !

Adam éclata de rire.

— Ah, je l'adorais. Elle appartenait à mon grand-père. Tu sais que nous l'avons toujours ?

— J'aimerais bien la revoir, j'étais très impressionné par tout ce que tu avais. À mes yeux, tu avais tout ce dont on pouvait rêver.

— Je comprends, mais ma vie n'était pas parfaite pour autant, c'est d'ailleurs comme ça que nous nous sommes connus...

Dennis lui tapa dans le dos.

— Personne n'est parfait, c'est vrai, mais au moins toi tu as une excuse pour ne pas aimer lire ! Moi je ne suis pas dyslexique et pourtant je ne lis jamais. Au fait, est-ce que Ryan est au courant de ton... problème ?

Adam fronça les sourcils.

— Euh... Oui. Pourquoi ? demanda-t-il sur la défensive.

— Comme ça, je me demandais, répondit Dennis en levant les mains en signe d'excuse.

— Pardon, je suis toujours un peu tendu à ce sujet, mais oui, j'en ai parlé à Ryan qui m'a envoyé des pistes alternatives de traitement. C'est intéressant, ce qu'elle fait, la naturopathie, tout ça...

— Pour moi, c'est totalement farfelu, si tu veux mon avis, dit Dennis... Adam, entre nous, est-ce que tu sors avec ma sœur ?

— Nous sommes amis, répondit Adam.

— Juste amis ?

Le ton plus grave et le regard fixe d'Adam signifièrent aussitôt à Dennis que la question était inappropriée.

— Amis, point.

Dennis comprit qu'il était temps de changer de sujet et c'est ce qu'il fit très habilement en saisissant un des crochets automatisés pour lui en expliquer le fonctionnement.

— Où sont les équipes ?

— Je leur ai demandé de nous attendre en salle de réunion, répondit Dennis.

— Alors nous pouvons lancer les festivités, dit Adam en se dirigeant vers les escaliers.

C'était un grand jour pour Adam. À la mi-novembre, après cinq ans de travail acharné, il allait inaugurer sa nouvelle usine, et le lancement de l'élevage de bœufs Wagyu au ranch Breedlove. Pour célébrer l'événement, il avait invité deux cents convives de marque à l'hôtel CANN, où une dégustation de ses viandes serait proposée. Il resterait dans l'une des trois suites de luxe réservées aux membres de la famille Breedlove. Il n'avait pas revu Ryan depuis leur discussion au ranch, mais ils avaient gardé le contact. Sans la distraction physique, ils avaient appris à mieux se connaître et leur affection avait grandi. Lorsqu'il lui avait proposé de l'accompagner au dîner, elle avait dit « oui » sans hésiter. Et puis il lui avait proposé de partager sa suite et elle avait dit « oui » une nouvelle fois.

— Ta présence m'a manqué, avait-elle dit.

— Tout de toi m'a manqué, avait-il répondu en toute sincérité.

Adam avait prévu une surprise pour Ryan, en faisant livrer une robe qu'il avait choisie spécialement pour elle. Elle avait d'abord refusé, disant qu'elle était bien trop coûteuse pour elle, mais il n'avait rien voulu entendre, et une fois revêtue, elle ne put la quitter des yeux. C'était incroyable, le tissu soyeux lui caressait la peau, semblait souple et léger, tout en étant d'une élégance folle… Elle était dans des tons rouge profond et comme pailletée de cristaux précieux qui donnaient l'impression d'un éclat de diamant, la jupe formait des volutes réunies en une courte traîne. Lorsqu'elle se regarda dans la glace, Ryan eut du mal à reconnaître la femme qui se trouvait en face d'elle.

Adam avait opté pour un smoking classique, noir, avec un veston à rayures, une chemise blanche et des chaussures en daim noir. Il était en train de se regarder dans le miroir lorsqu'il sentit des mains remonter sur son dos et lui serrer les épaules.

— Tu es vraiment très sexy, comme ça.

— Merci ma belle, dit-il en se passant la main dans les cheveux aux boucles redessinées par le styliste passé une heure plus tôt pour les coiffer. Et toi tu es sublime. Ta coiffure te va bien.

— Eh bien, prends une photo, car je refuse de passer plus de dix minutes à me coiffer, et je ne referai donc pas souvent cette coiffure !

Adam effleura le chignon tressé sophistiqué qui retombait en boucles laquées sur ses épaules.

— Quelle sera notre histoire, ce soir ? demanda-t-elle.

— Notre histoire ?

— Nous allons nous rendre ensemble à un événement qui va être couvert par la presse, où mon frère sera présent ainsi que des centaines de convives et ta famille. Tout le monde va se demander si nous sommes ensemble, j'imagine qu'il faut prévoir une réponse officielle ?

— Tu es une très belle femme, une amie végétarienne qui a très gentiment accepté de me tenir compagnie à un dîner où nous ferons servir des tonnes de viande, cela fait de toi une amie très précieuse.

— Tout le monde pensera que nous sortons ensemble.

Adam déposa un baiser sur sa joue.

— Tout ira bien, ma chère, ne t'inquiète pas, je suis sûr que les gens sont capables de penser bien pire…

Il posa la main sur le bas de son dos, caressant suggestivement sa chute de reins laissée apparente par le dos-nu plongeant de sa robe. Ils sortirent ensemble de la suite et montèrent dans l'ascenseur.

— Tu es certaine que tu vas survivre parmi tous ces plats de viande ?

Les portes de l'ascenseur se refermèrent et Ryan vint plaquer son corps contre le sien.

— Cela parviendra peut-être à me détourner de toi ? murmura-t-elle en souriant.

Adam se pencha vers elle et scella leurs lèvres en un baiser qui dura la centaine d'étages de la descente.

Avant même d'arriver dans la première salle de réception de l'hôtel, ils perçurent la rumeur animée qui en provenait. Ryan nota qu'Adam se redressait imperceptiblement avant d'entrer. Ils furent aussitôt au cœur de toutes les attentions. Des journalistes, des clients, des collègues et aussi de nombreuses femmes vinrent à sa rencontre. Adam tendit la main face à cet afflux et saisit celle de Ryan pour la guider vers le centre de la salle où se trouvait la table réservée aux Breedlove. Ce geste lui donna la sensation d'être protégée, alors que dans cette salle, sans aucun doute possible, Adam était l'homme en vue.

Arrivés près de sa famille, Adam s'arrêta et Ryan vit Dennis. Il s'était fait beau pour l'occasion et se leva pour venir à leur rencontre. Ryan n'avait pas souvent l'occasion de voir son frère aussi bien habillé. Il avait l'air d'un ministre avec son costume croisé bleu marine. Mais elle ne pouvait en dire de même pour celui qui l'accompagnait. Pourquoi diable avait-il voulu l'inviter ici ce soir ?

Dennis avait à peine fini sa phrase que Luke s'immisça, saluant Adam, mais dévorant Ryan du regard.

— Ravi de vous revoir, Adam, Ryan. Tu es vraiment irrésistible, ce soir, ma chère.

Lorsque Luke s'avança vers elle, cependant, Ryan sentit Adam qui s'approchait imperceptiblement pour s'interposer entre eux. Le message était on ne peut plus clair et elle se retint de sourire en songeant que la rencontre entre deux mâles alpha valait le coup d'œil.

Luke, gêné, se racla la gorge.

— Dennis n'arrête pas de parler de votre exploitation et de cette nouvelle race qui vous élevez, je suis impatient d'y goûter.

— Dennis m'a beaucoup parlé de vous aussi, répondit Adam.

Adam remarqua la présence d'un homme âgé au visage marqué par les rides et le soleil.

— Rusty ! appela-t-il lui faisant signe. Il a toujours travaillé au ranch, c'est mon expert pour les bêtes et il a toute ma confiance.

— J'ai rencontré M. O'Brien. Il est formidable, je comprends que vous lui soyez fidèle, ajouta Luke. Je disais à Dennis que si vous aviez la moindre opportunité pour moi, je serais tout disposé à changer de latitude pour venir vous rejoindre à Vegas. Un changement d'air me serait parfaitement bénéfique.

Adam ne répondit pas et se contenta de hocher la tête avant de rejoindre ses proches. Son inimitié pour Luke était palpable. Ryan lui serra le bras et le sentit se détendre enfin en s'éloignant.

— Et voici l'homme du jour ! dit Christian en se levant avant de serrer son frère contre lui tandis que Nick et Noah venaient à la rencontre de Ryan.

— Ma chère, voici mon frère aîné, Christian et sa femme, Lauren. C'est elle qui m'a conseillé pour le choix de cette robe.

— Oh ! merci mille fois, Lauren, dit Ryan en se penchant vers elle. Elle est magnifique.

— Elle semble faite sur vous, dit Lauren, cette couleur sur votre peau mate, c'est parfait !

— Est-ce que vous travaillez dans la mode ? Vous êtes mannequin, peut-être ?

Lauren éclata de rire.

— Non, pas vraiment !

Christian entendit son commentaire et sourit.

— Tu vois, je te l'ai dit, tu pourrais défiler !

— Votre robe est superbe aussi, quelle couleur !

— C'est du vert émeraude, la couleur préférée de Christian, n'est-ce pas, mon chéri ?

— Non, dit Christian en se penchant vers elles, ma couleur préférée reste celle de ta peau.

Lauren rit de bonne grâce.

— Tu exagères !

— C'est pour ça que tu m'aimes, répondit-il en l'embrassant.

Adam présenta Ryan à tout le monde, depuis ses grands-parents, ses parents, ses frères et leurs compagnes jusqu'aux parents de Lauren.

La soirée débuta et Ryan prit plaisir à faire connaissance avec les proches d'Adam. Les deux jeunes frères jumeaux, Nick et Noah, avaient beau se ressembler, ils étaient finalement assez différents, remarqua-t-elle rapidement. Noah était plus calme, Nick plus extraverti. En cinq minutes à peine, c'était déjà comme s'ils se connaissaient depuis toujours.

Une véritable armée de serveurs se mit au travail, apportant les plats les uns après les autres dans un somptueux service en porcelaine. Elle observa ce bal avec admiration. L'entrée, une soupe glacée végétarienne, la réjouit tout particulièrement.

Ryan continua d'observer cette danse feutrée en dégustant son thé glacé. Elle passa en revue les convives jusqu'à ce que son regard s'arrête sur cette femme qui… Non. Ce n'était pas possible. Comment ?

Sa mère biologique.

Phyllis.

— Est-ce que ça va ?

La voix d'Adam finit par passer les murs que le choc avait élevés autour d'elle. Ce n'est qu'alors qu'elle se rendit compte qu'elle lui serrait le bras. Elle observa encore la femme, pour s'assurer qu'il ne s'agissait pas de la sœur jumelle de sa mère mais elle savait déjà que ce n'était pas le cas.

— Oh ! Adam, pardon, je… Ce n'est rien, balbutia-t-elle en lâchant son bras.

— Tu es sûre ? On croirait que tu viens de voir un fantôme !

— J'ai cru que j'avais oublié quelque chose pour mon

travail, dit-elle. Mais je me suis rappelé que c'était bon, donc tout va bien.

Rassuré, Adam reprit sa conversation avec sa voisine.

La soirée continua, avec toujours la sensation désagréable qu'avait provoquée la vision de sa mère et toutes les questions que cela soulevait. Et la colère.

Comment réagirait Adam s'il apprenait son passé ? Une mère toxicomane qui s'était retrouvée en prison… Ryan avait tellement souhaité retrouver celle qui l'avait mise au monde qu'elle n'avait pas pris le temps de réfléchir aux implications d'une telle découverte sur sa vie à elle. Tout à coup, elle se sentait entravée par ses secrets et commençait à redouter que même Sin City, la ville du péché qu'était Las Vegas, ne soit assez vaste pour les contenir.

12

Le lendemain, dimanche, Ryan se connecta à un site Internet qui devait lui permettre d'obtenir des informations sur son père biologique. Sa réaction en voyant Phyllis la veille avait été un mélange de surprise et de choc. Elle avait toujours espéré nouer une relation avec elle, sans jamais se représenter ce que cela signifierait concrètement. D'autant que, dans le fond, cette femme était une étrangère pour elle. Qui était-elle, cette femme qui lui avait donné la vie ? Et qui était son père ?

Ryan n'avait rien, pas même un prénom pour débuter ses recherches. En évoquant avec Brooklyn une de ses patientes, elle aussi en quête de ses racines, son amie avait évoqué un site qui permettait aux enfants adoptés et à leurs parents d'être mis en relation au moyen de tests ADN consignés dans une base de données nationale. Ryan s'inscrivit et commanda le kit, puis elle referma son ordinateur et se remit au travail : le lendemain, leur centre de santé allait ouvrir ses portes, c'était un grand jour et il leur restait tant à faire.

Cette première semaine n'était pas surchargée, mais Ryan et Brooklyn avaient de quoi s'occuper, au point qu'au terme de ces premiers jours, les deux femmes se demandaient ce qu'elles avaient bien pu avoir en tête au moment où elles avaient décidé de se lancer. Ce à quoi Brooklyn avait répondu que son thérapeute lui disait toujours que si elle avait ce genre de pensée c'était la preuve qu'elle faisait ce pour quoi elle était faite !

— Buvons un thé pour fêter ça, proposa Brooklyn. Assieds-toi un peu.

Ryan s'accouda au comptoir de leur salle de repos.

— J'ai été assise toute la semaine, je crois que je vais plutôt essayer d'aller à mon cours de yoga avant de rentrer.

Elle saisit la tasse que lui tendait son amie.

— Fêtons notre première semaine au cabinet !

— Oui, nous sommes toujours en vie, après tout !

— Et toujours amies ! D'ailleurs, Johnny m'a vaillamment soutenue toute la semaine alors que je rentrais pour m'effondrer au lit aussitôt !

Ryan et Brooklyn éclatèrent de rire.

— C'est bon de rire, dit Ryan.

— Ton énergie me semble déjà beaucoup plus positive que lundi. Je sentais que tu n'étais pas bien, mais je n'ai pas voulu te questionner, j'ai pensé que tu me parlerais quand tu te sentirais prête.

Ryan sourit.

— Je le ferai.

— Est-ce que ta bonne humeur aurait quelque chose à voir avec Adam ?

Ryan perdit aussitôt le sourire.

— Oh pardon, je ne voulais pas commettre d'impair. Il s'est passé quelque chose ?

— Pas vraiment, finit-elle par répondre. Et il ne se passera rien. C'était sympa de flirter avec lui, mais il est temps de tirer un trait sur tout ça.

— Pourtant, il est évident que tu tiens à lui, pourquoi tirer un trait sur quelque chose qui te rend heureuse ?

— Pourquoi prolonger lorsqu'on sait l'issue inévitable ? Il finira par trouver la bonne personne, celle qu'il voudra épouser.

— Pourquoi te dévaluer ainsi, Ryan ? Si une vraie relation se nouait entre vous, qu'est-ce qui empêcherait que tu sois la bonne personne pour Adam Breedlove ?

Thanksgiving arrivait et cela offrirait quelques jours de repos fort appréciables à Ryan. Le bouche-à-oreille avait bien fonctionné et le cabinet avait maintenant une patientèle importante. Sur le plan personnel, en revanche, Ryan trouvait cela plus compliqué. Elle avait décidé de parler à Ida et de lui dire qu'elle avait pris contact avec Phyllis et qu'elle souhaitait retrouver son père biologique aussi.

Pour Ida, ce fut comme une trahison, et cette fois-ci Joe prit le parti de sa femme, regrettant que Ryan ait agi « dans le dos de sa mère ». Malgré sa déception, elle était soulagée d'avoir fait cet aveu et attendait maintenant les résultats des recherches ADN.

Le seul rayon de soleil pour elle était Adam. Ils s'étaient revus, deux fois déjà. Deux nuits mémorables. Tellement mémorables qu'elle ne pouvait plus se voiler la face : elle était en train de tomber amoureuse. C'était un problème… Elle ne pouvait pas tomber amoureuse maintenant. Il lui avait proposé de passer Thanksgiving avec lui et les siens et d'inviter sa famille. Elle avait d'abord décliné et puis lorsqu'elle en avait parlé à sa mère, cela avait brisé la glace et Ryan s'était à nouveau sentie optimiste.

Le jeudi suivant, le temps était parfait, avec un beau soleil, malgré une certaine fraîcheur. Des marquises chauffées avaient été installées sur la propriété des Breedlove. Elle repéra ses parents aussitôt et avança à leur rencontre. Tout le monde était souriant. La santé de son père semblait se détériorer de jour en jour et l'inquiétait chaque fois davantage, mais aujourd'hui, habillé de noir, il semblait plus fringant qu'à l'accoutumée. Elle vit Dennis, plutôt détendu en pantalon de toile et pull, mais il n'avait pas laissé repousser sa barbe. Il était venu accompagné.

Ryan salua tout le monde à tour de rôle, commençant par son père. Victoria, la mère d'Adam, les rejoignit pour les présentations, suivie par Lauren.

Les deux femmes étaient ravies de se retrouver et Lauren

demanda à Ryan si elle accepterait de lui parler de sa pratique au cabinet. Les deux femmes s'écartèrent un moment.

Lauren était curieuse de tout savoir sur les soins qui étaient prodigués au cabinet et promit à Ryan de prendre rendez-vous prochainement. La conversation évolua rapidement sur Adam.

— Vous avez l'air faits l'un pour l'autre. Vous formez un si joli couple.

— Mais nous sommes juste amis, répondit Ryan en souriant.

Lauren rit comme si Ryan venait de lui faire une bonne blague.

— J'ai vu comment il te regarde, il y a de l'amour dans ses yeux. Et je vois les tiens s'allumer dès qu'il est par là.

— Il est possible que j'aie un petit faible pour lui, c'est vrai, reconnut Ryan.

C'était bon de le reconnaître à voix haute. Plus elle passait de temps avec Adam, plus elle aimait ce qu'elle découvrait. Peut-être était-il temps pour eux de revoir les termes de leur relation ?

— J'ai été surprise lorsqu'il m'a parlé de toi. Une végétarienne chez les Breedlove, qui l'aurait cru ?

— Je dois dire que je ne pensais pas le revoir au-delà du premier rendez-vous…

La tristesse s'insinua en pensant à ses secrets, à son passé qui pourrait se mettre en travers de toute relation avec Adam…

Regagnant la table, elle apprécia la façon naturelle qu'avait Victoria de mettre ses parents à l'aise. Elle venait de proposer à Ida de l'inviter au prochain gala de charité. Ryan voyait sa mère rayonnante et cela lui réchauffa le cœur.

Le menu fut annoncé, et ils eurent la surprise d'apprendre qu'il avait été préparé par Jewel, la grand-mère d'Adam, assistée d'une partie de la famille. Puis Adam la rejoignit à table avec ses parents, tandis que Dennis allait s'asseoir avec une partie des employés du ranch suivi par sa nouvelle petite amie.

Un peu avant le dessert, Ryan passa aux toilettes, et sur le chemin du retour elle eut la surprise de tomber sur Dennis qui soutenait son père, et Ida de l'autre côté. Ils avaient l'air sur le départ. Elle courut les rejoindre.

— Maman, que se passe-t-il ?

— Ton père ne se sent pas bien, nous allons le raccompagner à l'hôtel où il pourra se reposer.

— Je vous y retrouve !

— Non, Ryan, ce n'est pas nécessaire. Dennis sera juste à côté en cas de besoin et ton père va simplement dormir un peu.

— Je vous retrouverai quand même à l'hôtel, maman, insista-t-elle.

Adam la rejoignit tandis qu'ils s'éloignaient, plaçant une main sur l'épaule de Ryan.

— Est-ce que tout va bien ?

— C'est mon père. J'ai vu qu'il passait une journée de rêve, mais il a peut-être un peu surestimé ses forces, il va se reposer à l'hôtel.

Il lui fallut un peu de temps pour convaincre Adam de ne pas l'accompagner. Elle attendit la fin du dessert et prit sa voiture en direction de Freemon Street où ses parents étaient descendus. Elle retrouva son père profondément endormi. Dennis et sa petite amie avaient une chambre de l'autre côté du couloir, aussi repartit-elle rassurée. Elle rejoignit Adam et passa la nuit avec lui.

Le lendemain, son père se sentait toujours aussi fatigué, aussi décidèrent-ils de rentrer avec un jour d'avance.

Deux jours plus tard, Joe perdit connaissance et les secours l'emmenèrent aux urgences. On fit des analyses. Les nouvelles n'étaient pas bonnes : ses reins ne fonctionnaient plus. Seule la dialyse à vie ou une transplantation rénale pourraient le maintenir en vie.

13

Ces derniers jours, Adam avait fait son possible pour soutenir Ryan. L'aggravation de l'état de santé de son père l'avait beaucoup affectée.

Lorsqu'il se rendit au premier conseil d'administration de Breedlove Beef, il fut accueilli par une assemblée extatique. Les premiers résultats étaient tombés et tous les voyants étaient au vert. Les investisseurs affluaient, les médias avaient fait une publicité incroyable pour la race Wagyu et les restaurateurs se battaient pour obtenir les premières livraisons. Le clan Breedlove au grand complet se félicitait de ces nouvelles perspectives et Adam reçut une embrassade chaleureuse de son père, Nicholas, le fondateur de l'empire CANN, visiblement ému de voir la relève assurée. Ses frères, Christian, puis les jumeaux Nick et Noah, le gratifièrent à tour de rôle d'une embrassade fraternelle.

Au terme de la réunion, ils regagnèrent leurs bureaux, et Adam reprit le chemin de son ranch. Cela faisait quelque temps qu'il voulait faire un point avec Dennis sur le déroulement des opérations, c'était le moment où jamais.

En entrant dans l'usine, il trouva son manager accoudé sur l'une des balustrades à l'étage d'où l'on avait une vision d'ensemble imprenable sur les opérations. Mais il n'était pas seul… Adam fronça les sourcils. Que faisait Dennis là-haut avec quelqu'un qui n'avait rien à faire ici ?

Dennis se retourna en entendant les pas d'Adam.

— Adam, salut, nous parlions de toi, justement !

Adam serra la main qu'il lui tendait.

— Cette usine est incroyable ! lança Luke en lui tendant la main à son tour.

Adam marqua un temps d'arrêt avant de la saisir.

— J'espère que tu ne vois pas d'inconvénient à ce que je fasse visiter les lieux à Luke ? Il était de passage en ville et m'a demandé si je pouvais lui montrer nos usines.

— Je dois aussi reconnaître que je suis véritablement très intéressé par la perspective d'un poste au sein de votre entreprise. Travailler pour Breedlove Beef serait une opportunité incroyable pour moi et je tenais à vous le faire savoir, même si j'aime tout ce que je fais à Bakersfield et que nous sommes en pleine expansion.

— J'apprécie beaucoup votre intérêt, en particulier de la part de quelqu'un qui a une grande expérience dans le domaine, Luke. Cependant, je dois parler avec Dennis, est-ce que je peux vous confier à Olivia, elle vous offrira un café avant que vous ne repartiez ?

— Je vous remercie, mais je dois me rendre en ville, répondit Luke.

Voyant que Luke tardait à partir, Adam n'y tint plus et appela un des employés qui passait.

— Hé, Bobby, peux-tu raccompagner Luke jusqu'à la sortie ?

Luke accusa le coup, comprenant qu'il n'était plus le bienvenu il les salua d'un hochement de tête et emboîta le pas à Bobby.

— J'espère que tu ne m'en veux pas de lui avoir fait visiter l'usine ? demanda Dennis.

— Pour quelqu'un qui dit être bien dans son poste, il fait beaucoup d'efforts pour le quitter.

— C'est un peu ma faute, il faut le dire, je passe mon temps à parler de ce que nous faisons ici et il a lu les derniers rapports d'activité si positifs. Et puis il sait que Vegas est une ville tellement animée... Je crois qu'il rêve de venir vivre ici. Il peut être un peu borné parfois, mais c'est vraiment un bon gars.

— Je ne sais pas si Ryan dirait la même chose, dit Adam qui nota le froncement de sourcils de Dennis.

— Sans doute pas. Luke aimait bien embêter Ryan et elle n'aimait pas ça. Elle est trop sensible, aussi. Il flirtait gentiment et elle le prenait mal, il jouait un peu les loubards et ce n'était pas son truc.

— Il jouait les loubards, qu'est-ce que cela signifie ? demanda Adam, intrigué.

Dennis haussa les épaules.

— Il a fait quelques bêtises de jeunesse, mais c'était il y a longtemps et il a changé, moi aussi d'ailleurs, nous avons grandi. Mais je ne peux pas nier que nous avons quelques fois flirté avec la légalité à l'époque.

Adam ne s'était pas attendu à la franchise de Dennis et apprécia que cela corresponde à ce que Ryan avait suggéré à son propos.

— Puisque nous en sommes aux confidences, j'ai appris fortuitement que tu avais quitté ton poste aux abattoirs de Bakersfield avant même que je t'embauche. Peux-tu m'expliquer les raisons de cette décision, et le motif de tes cachotteries ?

— Oui c'était un peu prématuré, j'aurais dû t'en parler, mais je commençais à ne plus être en accord avec un des patrons pour des questions de sécurité et je voulais tellement travailler ici. Je savais que j'en étais capable.

— Oui et tu le prouves, mais tu aurais dû m'en parler. En tout cas, merci de ta franchise aujourd'hui, dit Adam en se levant, rassuré par cet échange qui lui confirmait qu'il avait fait le bon choix en recrutant Dennis.

Il rentra chez lui, il avait prévu de retrouver Ryan, qu'il souhaitait emmener déjeuner dans son restaurant où son chef avait lancé leur nouvelle carte avec son menu végétarien. Il avait hâte d'avoir son retour sur les plats qu'elle avait largement inspirés en lui faisant une liste de suggestions.

Un peu plus tard, la dégustation se poursuivit encore plus agréablement, en tête à tête, chez lui.

14

La période de Noël était celle que Ryan préférait. Elle aimait tout : le temps froid, les décorations colorées, l'achat de cadeaux, les chants, les sourires sur les visages. Alors qu'elle était en route vers Bakersfield, elle ne pouvait cesser de penser à Joe. La dialyse ne suffisait plus. Il avait besoin d'une transplantation rénale et on cherchait un donneur parmi sa famille proche, son frère et son neveu. Même si elle n'était pas sa fille biologique, Ryan pourrait aussi être testée. Joe l'avait toujours traitée comme son frère, comme si elle était son propre enfant, et elle serait prête à lui donner un rein sans hésiter si cela signifiait sa survie.

La circulation en ce jour de vacances était intense. Ryan était arrivée chez ses parents à la tombée de la nuit. Des guirlandes lumineuses dessinaient le contour de la maison. Un sapin artificiel, le même depuis toujours, décoré de ses guirlandes blanches et de ses boules dorées était visible par la fenêtre. Elle sortit sa valise du coffre et saisit son sac de cadeaux. Tandis qu'elle montait les quelques marches, sa mère ouvrit la porte avec un regard presque réjoui.

— Bonjour, Ryan.

— Bonjour, maman, joyeux Noël !

— Pas encore ! Est-ce que tu as besoin d'aide ?

Ida avança à sa rencontre et prit le sac de cadeaux. Lors du dîner de Thanksgiving, Ryan lui avait expliqué ce qui s'était passé avec Phyllis et cela avait fini de réchauffer leurs relations.

En passant le seuil, Ryan sentit cette odeur qui la propulsait automatiquement dans son adolescence. L'odeur du thé aux épices et celle des sablés de Noël à la cannelle. Durant les fêtes, la boîte à biscuits restait pleine en permanence. Lorsqu'elle entra dans le séjour et reconnut le sapin et ses décorations, le centre de table qu'elle avait choisi elle-même des années plus tôt et toutes les petites choses qui lui rappelaient son enfance, elle se sentit le cœur rempli d'amour. Cela faisait bien longtemps qu'elle n'avait pas éprouvé cela, mais ce soir, elle se sentait vraiment bien chez elle.

Ryan salua son père puis alla piocher un biscuit dans la boîte.

— Où est Dennis ? Je pensais qu'il serait par là.

— Il est là, avec April.

— April ? Mais où est Ginny, qu'il avait invitée pour Thanksgiving ?

Ida haussa les épaules.

— Je suppose qu'elle s'est envolée...

Ryan éclata de rire à la fois surprise et amusée par la réponse d'Ida.

April vivait chez ses parents, à quelques maisons de là, c'était une fille charmante, au regard expressif et au rire communicatif. Dennis avait toujours nié avoir une relation avec elle, mais par le passé, Ryan l'avait déjà vu à plusieurs reprises faire le mur de leur chambre pour aller la rejoindre. Lorsqu'il était parti à l'armée, il avait appris qu'April s'était mariée, mais Ida avait toujours pensé qu'ils continuaient à se voir...

— Elle a divorcé et est rentrée avec ses deux enfants, elle était contente de retrouver Dennis...

Des voisins se joignirent à eux, ainsi qu'un ami de Joe et d'anciens collègues qui apportèrent un cocktail qui rendit tout le monde joyeux. La soirée se prolongea autour d'un vieux film en noir et blanc qui se termina sur une fin heureuse et réchauffa les cœurs.

Ryan alla se coucher à la fin du film. Elle se réveilla quelques heures plus tard dans une maison silencieuse, une chambre obscure, avec la bouche sèche et cotonneuse et le vœu de ne plus jamais boire d'alcool. Elle descendit chercher un verre d'eau en cuisine et remonta en silence. En passant devant la chambre de Dennis, elle entendit des voix. April ? Ryan s'empressa de regagner sa chambre pour y déposer son verre et revint sur la pointe des pieds. Ce qui se disait dans la chambre de Dennis ne la regardait pas, mais elle ne pouvait résister. Elle colla son oreille à la porte.

— L'argent coule à flots, mec, à deux cent cinquante la livre.

Ryan trouva surprenant que Dennis parle du cours de la viande à April sur l'oreiller.

— Je te le dis, on doit pouvoir se faire un max.

Ce n'était pas du tout la voix d'April...

— Cela fait trop peu de temps que je travaille là-bas, je ne veux pas risquer mon poste...

— Mais il n'y a aucun risque, je te donnerai la viande à substituer !

Dennis parlait à Luke au téléphone avec le haut-parleur. Ryan n'avait aucun doute. Son estomac se noua.

— Tu l'as dit toi-même – il y a des tonnes de stocks, comment veux-tu qu'ils remarquent quelques rumstecks qui disparaissent ?

— Je ne sais pas, mec...

— Mais si on fait ça quelques mois, maintenant que les affaires sont florissantes, on peut gagner vingt ou trente billets par lot. J'ai un contact à LA qui revendra nos lots et tu pourras enfin me rembourser ce que tu me dois depuis des années.

Ryan regagna sa chambre le plus discrètement possible. Était-il possible qu'elle ait mal compris ? Dennis et Adam étaient amis au lycée, il n'était pas imaginable que son frère soit assez stupide pour mettre en péril son lien à Adam et ce que cela lui avait ouvert comme portes et de risquer la prison, en prime ! Elle glissa la tête sous ses couvertures, refusant de croire ce qu'elle avait entendu. Demain serait là bien assez tôt.

Le lendemain, Ryan se leva de bonne heure. Elle espérait parler avec son frère avant que leurs parents ne se réveillent. Elle ne voulait pas se disputer, mais elle avait besoin de réponses pour comprendre ce qu'elle avait entendu. Elle frappa doucement et entrouvrit la porte.

— Dennis ? appela-t-elle en entrant. Réveille-toi, je voudrais te parler !

— Quelle heure il est, nom de Dieu ? grogna-t-il. C'est papa ?

— Non, non, papa va bien, c'est moi qui voulais te parler, mais je ne veux pas que tu te fâches, expliqua-t-elle en s'asseyant sur le lit.

— Si tu penses que je risque de me fâcher, il vaut peut-être mieux éviter de m'en parler !

— Il le faut, mais parlons doucement pour ne pas réveiller papa. Je t'ai entendu parler cette nuit...

Dennis était bien réveillé, maintenant. Ses yeux la fixaient d'un regard noir.

— Tu m'as entendu parler avec Luke d'une nouvelle entreprise ?

Ryan ne s'était pas attendu à ce qu'il reconnaisse avoir eu cette conversation aussi vite. Peut-être qu'elle avait vraiment mal compris ?

— Oui, et j'ai eu l'impression que vous projetiez d'échanger de la viande premium du ranch d'Adam pour des lots de moindre qualité et empocher le profit.

— Et ?

— Tu rigoles, j'espère ? Tu as un poste fabuleux à Breedlove Beef, pourquoi risquer de gâcher tout cela en trahissant Adam pour quelques dollars de profit rapide avec Luke ?

— Mais tu as raison, bien sûr. Et tu connais Luke, toi aussi. Il est toujours en train de tirer des plans sur la comète. Je pense qu'Adam aurait pu me payer plus, il a les moyens, mais j'aime travailler au ranch et je ne vais pas voler le petit ami de ma sœur, alors arrête de te faire du souci, Luke s'imaginait des choses et je n'ai pas voulu le contrarier.

Dennis souriait et se montrait conciliant, presque agréable, et Ryan continua à échanger avec lui de façon plus détendue. Elle reconnut qu'elle tenait à Adam mais nia tout projet d'officialisation entre eux. Et puis ils parlèrent de Joe, de l'attente de greffe. Ryan appréciait cette complicité inédite et espérait qu'elle perdurerait.

Lorsqu'elle rentra à Vegas, c'est à Adam qu'elle se mit à penser, espérant secrètement qu'ils pourraient continuer à passer du temps ensemble.

15

Avec la fin d'année, Adam devait faire face à une importante surcharge de travail, mais une fois les dernières commandes envoyées, il savait qu'il pourrait souffler. Ce qui primait était que les clients étaient ravis, les retours positifs et les commandes croissaient sans faillir. Il avait hâte cependant de pouvoir profiter de sa semaine de vacances, la première depuis longtemps et qui viendrait couronner deux mois à travailler d'arrache-pied.

Bien que éreinté, il se gara à une petite distance de chez lui. Après des heures enfermé dans son bureau, un peu de marche dans la fraîcheur nocturne sous le ciel bleu nuit du Nevada lui ferait le plus grand bien.

Il sortit son téléphone et appela Ryan.

— Salut, beauté !

— Adam ! Quoi de neuf ?

— Je venais prendre quelques nouvelles. Comment va ton père, des nouvelles de la recherche de donneur ?

— Pas encore, mais il est possible que nous soyons compatibles, nos résultats sanguins permettent d'être optimistes.

Malgré tout, un prélèvement de rein restait une opération majeure et Adam avait du mal à se réjouir totalement de cette possibilité. Il savait pourtant combien elle tenait à son père, aussi ne formula-t-il rien de ses inquiétudes. Si son propre père avait un jour besoin d'un donneur d'organes, il savait que ses frères et lui seraient les premiers à espérer être en mesure de lui faire ce cadeau.

— Je dois encore faire deux séries de tests pour vérifier notre compatibilité.

— Tu as l'air presque enthousiaste !

— J'ai de l'espoir. Pour le moment, personne ne correspond. Son nom est sur le fichier des receveurs, mais les délais peuvent être de plus de six mois et je ne sais pas si papa tiendra jusque-là… Enfin, nous espérons une greffe la plus rapide possible.

Adam entendit des bips dans le combiné.

— Où es-tu, Ryan ?

— Je sors du bureau.

— À cette heure ?

— Oui, j'ai eu un patient de dernière minute et j'ai dû faire tout l'administratif que j'avais laissé de côté ces derniers temps pour m'occuper de papa.

— Tu rentres chez toi ?

— Oui.

— Tu voudrais un peu de compagnie ?

Elle respira un instant, marquant son hésitation.

— Oui.

— Alors j'arrive ! dit-il en faisant demi-tour.

Alors qu'il quittait Breedlove, son téléphone sonna.

— Bonsoir, Miguel, tout va bien ?

— Bonsoir, boss, est-ce que vous êtes en ville ?

— Je partais pour Vegas, mais que se passe-t-il ?

— J'ai un problème avec les derniers lots, je suis certain que ce n'est pas du Wagyu, je voulais votre avis avant de les servir.

Adam soupira. Comment était-ce possible ? Et bien sûr, il fallait que ça arrive juste au moment où il attaquait ses premières minutes de congé. C'était trop risqué, cependant, il ne pouvait laisser passer une telle erreur, aussi fit-il demi-tour pour regagner Breedlove et faire un saut au restaurant.

Il retrouva Miguel en cuisine. La soirée était assez calme, avec les vacances, la clientèle était moins nombreuse.

— Bonsoir, patron !

— Bonsoir, Miguel. Allez, montre-moi donc ces lots de viande !

Il emboîta le pas de son chef qui lui présenta les colis en question. En un coup d'œil, Adam sut que ce n'était certainement pas de la viande de son ranch, Wagyu ou autre, malgré les étiquettes.

— Bien, laisse-les au réfrigérateur, mais emporte-les ce soir pour ne pas risquer de les servir ici. Il faut que nous investiguions pour comprendre comment cette viande a été étiquetée au nom de Breedlove.

— Ce ne sont pas même des Black Angus, n'est-ce pas ?

Adam fit « non » de la tête.

— Je me demande ce que c'est...

— Je n'en sais encore rien, mais je vais le découvrir. Je vais emporter un des colis, il faut que je comprenne ce qui a pu se passer au plus vite et les répercussions éventuelles pour nos clients.

De retour dans sa voiture, il rappela Ryan.

— Désolé, ma belle, mais il y a un petit changement de plan.

— Un problème ?

— C'est possible, j'ai reçu un appel et je dois repasser à l'usine, et il faut que je voie Dennis. Je te rappellerai plus tard.

— D'accord.

Lorsqu'il appela Dennis, il tomba sur sa boîte vocale aussitôt et ne parvint à lui parler. En arrivant à l'usine, Stan et Will l'attendaient.

— Bonsoir, patron, il y a un problème ? demanda Stan. Votre message était préoccupant.

Adam leur présenta le colis de viande.

— Jetez un coup d'œil à ça et dites-moi ce que vous en pensez.

Will ouvrit un sac et examina la viande en faisant une grimace.

— Où avez-vous trouvé ça ?

— C'était un colis annonçant de la viande Wagyu livré au restaurant ce matin.

— Ce n'est certainement pas du Wagyu, dit Stan.

— Ni de la Black Angus, ajouta Will. En tout cas ce n'est pas une bête de chez nous.

— Mais l'étiquette, si.

— Où est Dennis ? demanda Stan.

— Je lui ai laissé un message, précisa Adam. J'attends qu'il me rappelle.

Le bruit d'une porte alerta les trois hommes, qui se tournèrent vers l'entrée.

Dennis avança, les cheveux en bataille et se frottant les mains pour les réchauffer. Ses yeux étaient rougis et Adam se demanda s'il avait bu.

— Adam, je viens d'avoir ton message, de quoi s'agit-il ? demanda-t-il.

— Nous avons une énigme à te soumettre, dit-il en faisant signe à Stan de lui montrer le lot. Nous cherchons à comprendre comment cette viande s'est retrouvée étiquetée Wagyu.

Il prit le paquet de viande et l'examina.

— Sûrement une erreur, dit-il. Un problème à l'étiquetage…

— Le problème, dit Will, c'est qu'on ne sait pas d'où vient cette viande, mais certainement pas du ranch.

— C'est impossible, dit Dennis. À moins qu'une bête d'une autre ferme se soit introduite dans le troupeau ? En tous les cas, ne vous inquiétez pas, j'aurai le fin mot de cette histoire de fou !

— J'espère bien, Dennis. Stan, Will, je vais avoir besoin de vous pour travailler avec Dennis. Je serai là demain à la première heure et nous reprendrons ce dossier. Il faut nous assurer que c'est le seul colis suspect, et qu'aucun de nos clients n'a pu être concerné. C'est une erreur qui peut nous être fatale. Breedlove Beef mise tout sur la qualité, si nous sommes mis en défaut sur ce point, c'est notre réputation qui s'effondre.

16

Ryan passait les mains au-dessus du corps de sa patiente, les yeux fermés, pour mieux sentir les énergies bloquées et les tensions. Elle termina en apposant fermement les mains sur son dos.

— C'est terminé, dit-elle doucement.

— Déjà ?

Ryan sourit. Il était fréquent que ses patients s'endorment, détendus par la séance, et qu'ils aient du mal à quitter l'ambiance relaxante du cabinet.

— Oui, déjà... Comment vous sentez-vous ?

— C'est étonnant, répondit la dame, j'ai l'impression d'avoir été massée en profondeur alors que vous m'avez à peine effleurée.

Ryan lui expliqua comment la pratique du Reiki pouvait aider à libérer les ondes négatives pour retrouver un équilibre énergétique.

Elle raccompagna sa patiente et refermait la porte lorsque le téléphone sonna.

— Ryan Washington, bonjour.

— Bonjour, Ryan, ici Victoria Breedlove.

Ryan retint son souffle, surprise par l'appel.

— Oh ! bonjour, Victoria, vous souhaitez prendre un rendez-vous ?

— Oh ! Adam m'a dit beaucoup de bien de tout ce que vous faites et nous a conseillé à tous de vous consulter, mais ce n'est pas pour ça que je vous appelle. À Thanksgiving, j'ai discuté avec votre mère des actions de ma fondation et nous prévoyons d'organiser un salon du bien-être à l'hôtel en février.

— Ah, très bien, fit Ryan.

— Je me demandais si vous souhaiteriez intervenir pour offrir des massages énergétiques ou d'autres soins au sein de notre salon ? Vous seriez rémunérée, bien sûr, et cela vous offrirait sans doute une grande visibilité.

— Oh Victoria, quelle idée merveilleuse, ce serait une grande opportunité pour moi !

— Je suis ravie que vous soyez de mon avis. Est-ce que nous pouvons nous voir cette semaine ou la prochaine ? Pour déjeuner ou dîner ?

— Avec grand plaisir. Pourquoi pas un dîner la semaine prochaine ?

— Parfait, de préférence lundi ou mardi, pour moi. Nous confirmerons cela les jours prochains, alors ?

Ryan avait encore un peu de temps avant son prochain rendez-vous aussi se dépêcha-t-elle d'aller voir Brooklyn.

— Tu as un peu de temps ? demanda-t-elle à son amie qui hocha la tête.

Elles allèrent s'installer en salle de pause et Brooklyn se lança dans la préparation d'un smoothie.

On sonna à la porte, les deux jeunes femmes se regardèrent étonnées. Sans doute un patient. Ryan jeta un coup d'œil à l'Interphone, et la caméra lui présenta le visage d'Adam. Elle s'empressa de lui ouvrir.

— Adam, tout va bien ?

Il lui sourit.

— J'ai un besoin urgent de massages, tu n'as pas un créneau pour moi ?

— J'ai quinze minutes, mais viens, entre. Je vais te présenter ma collègue en même temps.

Ils entrèrent dans la salle où Brooklyn feuilletait un magazine. En voyant Adam, elle sursauta.

— Bonjour !

Ryan sourit.

— Je crois que tu ne connaissais pas encore Adam ? Adam, voici ma collègue et meilleure amie, Brooklyn Chase.

— C'est un plaisir, Adam, dit Brooklyn. Je vous connaissais virtuellement, mais vous êtes beaucoup mieux en vrai !

Adam ouvrit des yeux ronds.

— Virtuellement ?

— Je me suis assuré que mon amie était entre de bonnes mains en jetant un coup d'œil à ce qu'Internet disait sur vous, se justifia Brooklyn.

— Ah très bien, et je suppose que vous n'avez encore rien trouvé, vu que je n'ai pas reçu de vos nouvelles, plaisanta-t-il.

— Jusque-là, tout va bien, s'amusa Brooklyn.

Pendant qu'ils échangeaient, Ryan appela sa patiente suivante qui ne voyait pas d'inconvénient à repousser son rendez-vous. Elle retourna chercher Adam et l'emmena dans son cabinet.

Elle commença à le masser et découvrit qu'il ne plaisantait pas : son dos, ses épaules et son cou étaient durs comme de la pierre.

— Heureusement que nous avons une séance complète, attaquons immédiatement.

C'était la première fois qu'elle le sentait aussi silencieux et préoccupé. Généralement, il plaisantait ou flirtait gentiment, mais cette fois-ci, il semblait vraiment absorbé en lui-même.

— Qu'est-ce qu'il t'arrive, dit-elle rapidement. Je ne t'ai jamais senti aussi tendu, il s'est passé quelque chose au ranch ?

— J'ai passé une partie de la nuit à gérer un problème à l'usine. J'espère que c'est réglé, car nous n'avons pas pu déterminer la raison du problème et que les conséquences pourraient être importantes pour Breedlove Beef.

— Que s'est-il passé ?

Adam expliqua l'appel de Miguel et le déroulé des opérations.

À chaque phrase d'Adam, Ryan sentait son cœur se serrer un peu plus et le désespoir l'envahir. Elle devina aussitôt de quoi il retournait. Ses mains se mirent à trembler et elle prétexta une huile à aller chercher pour s'échapper un instant.

Dans son bureau, elle respira profondément pour éviter l'attaque de panique qui menaçait. Dennis avait promis… Elle avait tellement voulu le croire, comment une telle coïncidence était-elle possible ?

Elle rejoignit Adam.

— Tout va bien ? demanda-t-il en relevant la tête.

— Reposez votre tête, monsieur Breedlove, c'est moi la soignante ici !

Elle se concentra et mit toute son énergie à le soulager et dénouer les tensions. Une fois le massage terminé, Adam était presque endormi. Il se redressa et la serra contre lui, caressant son dos et ne faisant pas mystère du désir qui s'était emparé de lui. Mais Ryan se dégagea.

— Plus tard, promis, mais là j'ai une patiente qui m'attend. Comment te sens-tu ?

— Comme si un ange était venu me rendre visite ! Dit-il en se rhabillant. Beaucoup mieux !

Des rendez-vous enchaînés occupèrent Ryan pendant deux heures ensuite, mais elle prit le temps d'envoyer un SMS à Dennis.

Tu m'as menti.

Elle ne reçut aucune réponse, mais elle n'en attendait guère…

— J'ai un scénario à t'exposer, annonça-t-elle à Brooklyn à la fin de sa dernière consultation. Il s'agit de trois amis. L'amie numéro 1 a appris que l'ami numéro 2 complotait contre l'ami numéro 3. L'amie numéro 1 aime ses deux amis mais elle sait que si elle parle à son ami numéro 3 de ce que numéro 2 mijote, cela risque de devenir très compliqué. Que doit-elle faire ?

— Laisse-moi réfléchir, dit Brooklyn. Je crois que tu… Enfin, je crois que numéro 1 devrait suivre… son cœur.

Brooklyn tendit la main vers le cœur de Ryan.

Plus tard dans la soirée, elle commença à voir germer un scénario de résolution de son casse-tête. Elle se connecta à Internet sur sa tablette et lança des recherches sur les systèmes d'écoutes.

Trente minutes plus tard, elle commandait un micro-espion, un système dont elle ignorait tout trente et une minutes avant et qui titillait son sens de l'éthique et de la morale. Mais elle devait y voir clair et en ayant accès aux conversations et aux messages de Dennis, au moins saurait-elle à quoi s'en tenir.

17

L'année se termina et une nouvelle année vit le jour.

L'énigme des colis de viande était toujours d'actualité, cependant, et s'aggravait même, obligeant Adam à prendre des mesures drastiques.

— Tout le monde est prêt, patron, annonça Olivia.

Adam se leva et attrapa sa veste de costume noir. Généralement, il venait travailler en jean, mais aujourd'hui, c'était différent. Il prit le chemin de la salle de conférences pour rejoindre les employés réunis, qui pour certains ne connaissaient pas même les raisons de cette réunion.

— Nous avons un problème, annonça-t-il. De la viande extérieure au ranch est entrée dans nos chaînes. Nous savons maintenant que les bêtes ne sont pas entrées ici sur leurs sabots, ce qui implique que quelqu'un parmi nous a substitué des colis. Je suppose que quelqu'un s'est dit qu'il pouvait subtiliser quelques colis de Wagyu pour en tirer un petit pactole sur le marché noir et les remplacer par une viande ordinaire. Je pense d'ailleurs que cette personne est ici et qu'elle peut m'entendre à cet instant.

Adam observa la salle. Il avait demandé à Dennis et Rusty leurs sentiments sur cette affaire et il avait lui aussi quelques soupçons, mais il lui en faudrait beaucoup plus avant de frapper.

— À partir de lundi, chacun d'entre vous aura un badge obligatoire pour entrer et les salles seront redéfinies. Les Black Angus et les Wagyu seront totalement séparées. Vous serez interrogés individuellement et un système de caméras de surveillance va être mis en place. Si le coupable envisageait de venir se dénoncer de lui-même, je suis prêt cependant à suspendre l'enquête criminelle et les charges judiciaires qui pourraient intervenir.

La réunion se termina et les employés quittèrent la salle tête basse. Adam et Dennis restèrent seuls.

— Tout ça est ma faute, dit Dennis en soupirant. C'est moi qui supervise les équipes, cela n'aurait jamais dû arriver sous ma surveillance.

— C'est moi le chef des opérations, Dennis, si quelqu'un est responsable ici, c'est bien moi. Est-ce que tu as déjà été confronté à ce type de problèmes à Bakersfield ?

— Non, mais je n'ai jamais travaillé dans une usine qui traite de la viande d'aussi haute qualité non plus, dit-il en plaçant une main sur le dos d'Adam. Tu m'as fait confiance au lycée, tu peux me faire confiance aujourd'hui. J'irai au bout de cette affaire, mon ami.

Adam acquiesça et quitta la salle avec Dennis avant de gagner sa voiture pour se rendre à l'hôtel pour une nouvelle réunion. Son esprit, cependant, restait à l'usine, pensant à la personne qui cherchait à ruiner ce qu'il avait construit.

18

Comme elle en avait pris l'habitude, Ryan raccompagna sa patiente à la porte et en profita pour faire quelques pas dehors et se libérer ainsi des énergies de la consultation.

Elle intervenait sur les corps avant tout, mais cela libérait souvent la parole, et ses patients s'épanchaient facilement auprès d'elle.

Ryan regagna son cabinet. Son rendez-vous suivant avait été pris par un nouveau client au travers d'une application téléphonique. Il s'agissait d'un homme prénommé Fred qui avait réservé un massage.

Elle prépara sa table puis sortit et traversa la salle de repos pour changer de musique. Une playlist classique serait parfaitement adaptée. Elle mit quelques gouttes d'huile essentielle de lavande dans le diffuseur, et l'Interphone retentit alors.

— Bonjour, vous pouvez entrer dans la salle d'attente, j'arrive tout de suite.

La voix sembla marmonner un vague « oui ». Ryan tamisa la lumière et finit de préparer la table de massage avant d'aller chercher son patient. Elle ouvrit la porte de la salle d'attente. Personne sur les chaises. Elle tourna la tête vers le coin de la salle.

— Adam ?

— Chut ! fit-il.

— Oh ! mon Dieu, mais tu...

Elle éclata de rire et courut dans ses bras.

— Tu es fou, dit-elle en l'attirant vers la salle de massage. Qu'est-ce que c'est que cette mascarade ?

Il haussa les épaules.

— J'ai voulu te faire une surprise...

Ryan sourit. Il avait pris le rendez-vous sous le prénom de Fred, elle jouerait donc le jeu.

— Bien, Fred, je vais vous laisser vous déshabiller et vous installer sur la table de massage. Je reviens dans deux minutes.

Adam commença à déboutonner sa chemise.

— Au contraire, reste un peu ! Pourquoi est-ce que tu ne te déshabilles pas toi aussi pour que nous nous massions l'un l'autre ?

— C'est incroyablement tentant, mais ici les murs sont très fins et ma collègue est en séance d'acupuncture juste à côté, je ne crois pas que ce soit une bonne idée.

Simplement vêtu d'un boxer noir, Adam avança vers elle et la serra.

— Je comprends, dit-il. Je ne voudrais pas embarrasser qui que ce soit, mais un peu plus tard, peut-être ?

Ryan sourit et retint un soupir en effleurant sa peau nue.

— Allez, dépêche-toi d'allonger ton corps de rêve sur ma table de massage.

Il sourit et s'exécuta.

— Sur le ventre, précisa-t-elle lorsqu'il essaya encore de l'attirer contre lui.

Il souffla et se retourna en faisant la moue comme un enfant privé de dessert.

— Tu n'es pas drôle...

— Sans doute, mais cela va te faire du bien, dit-elle en lui tapant sur les fesses avec malice avant de le recouvrir d'une serviette.

Elle se mit au travail en silence, commençant par ses pieds avant de remonter de façon méthodique. Elle avait beau être une soignante, elle était aussi une femme et ne pouvait être insensible à la présence particulière de cet homme... Elle se concentra pourtant sur les tensions de son corps. Alors qu'elle massait l'arrière de ses cuisses en profondeur, il poussa un gémissement de plaisir.

— Hum, c'est la meilleure chose du monde...

Elle rit.

— Entre le ranch et l'hôtel tu sembles terriblement stressé, ton corps est totalement noué.

— C'est ça... Je te raconterai nos problèmes de substitutions de colis de viande...

Ryan ralentit son massage un instant.

— Oui...

— Moi qui craignais que ce ne soit qu'une erreur exceptionnelle, j'avais fait fausse route.

— Il y a eu d'autres colis ?

— Oui, mais pas pour Miguel, différents clients nous ont avertis.

— Je ne comprends pas comment ça peut arriver...

— Quelqu'un dérobe des colis de bœuf Wagyu et les remplace par de la viande de basse qualité. Je ne sais pas comment il procède concrètement, en revanche, mais nous y travaillons.

— Nous ?

— Moi et mes équipes de direction. Ton frère et Rusty. Nous avons changé un certain nombre de choses pour compliquer la vie des voleurs.

Un peu plus tard dans la journée, Ryan passa un coup de fil à Dennis sur sa ligne professionnelle. Il n'avait pas répondu à ses précédents appels sur son téléphone portable, mais cette fois-ci, il prit la communication.

— Breedlove Beef, Dennis Washington.

— Breedlove Beef, vraiment ? Ce n'est pas plutôt l'entreprise de revente au marché noir de viande volée que tu as montée avec Luke ?

— Tu dis n'importe quoi, Ryan ! Je ne peux pas te parler maintenant, je suis occupé.

— De quelles sommes parliez-vous déjà cette nuit-là ? Deux ou trois centaines de...

Dennis raccrocha et Ryan resta là, livide. Elle eut du mal

à terminer sa journée. À peine son dernier patient sorti, elle sauta dans sa voiture pour se rendre au ranch. Il fallait qu'elle parle avec Dennis. Qu'elle s'assure qu'il n'était pas derrière tout cela comme il le prétendait. Impossible de rester silencieuse avec ce qu'elle savait, maintenant.

Ryan se gara devant l'entrée sans bien savoir comment procéder. Elle ne voulait pas qu'Adam sache qu'elle était là, mais se doutait que le vigile à l'entrée l'annoncerait certainement. Heureusement, celui qui était en poste la reconnut et la laissa entrer sans difficulté. Il lui restait donc à trouver son frère. Si elle croisait Adam, elle lui dirait qu'elle était venue parler à son frère. Restait à espérer qu'il ne lui demanderait pas à quel sujet.

Arrivée au poste de garde de l'usine, elle expliqua qu'elle était la sœur de Dennis Washington et qu'elle avait besoin de lui parler. L'homme sembla hésiter et Ryan se rappela d'Olivia, la secrétaire d'Adam qu'elle avait déjà reçue en consultation. Elle demanda si on pouvait la prévenir. Cela fonctionna et Olivia fit appeler Dennis. Évidemment, il prétendit qu'il était occupé. Ryan décida d'attendre le temps qu'il faudrait et s'installa devant son bureau. Lorsqu'il sortit finalement, Olivia et une grande partie des employés étaient déjà parties.

— J'ai attendu une heure, alors je vais être directe : tu as cinq minutes pour me convaincre que tu n'es pas dans le coup !

— Et toi tu as cinq secondes avant que j'appelle la sécurité !

— Parfait, appelle-les, je pense qu'ils seront intéressés par ce que j'ai à dire !

— Tu es folle, tu inventes n'importe quoi pour me nuire et garder Adam pour toi seule ! Tu ne supportes pas ma réussite ici.

— Je ne peux pas garder le silence, Dennis, dit Ryan qui décida d'essayer une nouvelle technique. Je sors avec Adam, et les choses pourraient bien devenir sérieuses entre nous. Comment veux-tu que je lui cache des choses ?

— Eh bien, peut-être que s'il savait ce que je sais à ton sujet cela pourrait changer la donne, non ? Tu te pavanes en grande défenseuse de la morale et de la vérité, mais as-tu tout dit à

Adam ? Ton adoption ? Ta mère en prison pour avoir volé afin de se payer sa dose de drogue et d'alcool ?

— Je n'ai pas honte de mon passé et j'ai prévu de raconter mon adoption à Adam le moment venu. Cela et tout le reste...

— Ah oui, et que sais-tu vraiment, petite fouineuse ? Cela m'intéresse !

— Et moi aussi !

Ryan se retourna. Adam se tenait debout sur le pas de la porte.

— Est-ce que vous avez des choses à me dire l'un et l'autre ? demanda-t-il.

— C'est juste un différend familial, Adam, dit Dennis, rien à voir avec toi.

— J'ai pourtant entendu vos voix depuis en bas, dit-il en se tournant vers Ryan. Est-ce que ça va ?

Ryan devait lutter pour garder le contrôle. Elle avait envie de pleurer, de hurler contre Dennis, de se jeter dans les bras d'Adam et de tout lui raconter, mais rien de tout cela n'était possible pour l'instant.

— Ça va aller, je suis désolée que ce genre de scène ait lieu ici ! lança-t-elle.

Elle sortit aussitôt du bureau en évitant Adam et quitta les lieux au plus vite en se demandant ce qu'il avait entendu de leurs échanges.

19

Une semaine s'était écoulée depuis qu'il avait surpris cette dispute entre Ryan et Dennis au sujet de leurs secrets de famille. Dennis avait prétendu que cela concernait Ryan, tandis qu'elle assurait qu'il était question de Luke, sans entrer dans le détail, ce qui mettait Adam mal à l'aise. Qu'avait bien pu faire Luke qu'elle ne pouvait lui raconter ? La simple idée qu'il ait pu lui faire du mal lui faisait serrer les poings. Le lundi suivant, il avait prévu de retrouver Dennis en dehors de l'usine pour l'emmener faire une balade à cheval et taper quelques balles au golf, avant de déjeuner au Breedlove Burgers tous les deux. Dennis avait semblé étonné de cette sortie, mais Adam était resté volontairement évasif.

— Il y a eu tellement de choses dernièrement entre CANN et le ranch que j'ai besoin de prendre un peu l'air, je me suis dit que ce serait une occasion sympathique de souffler et de débriefer.

Bien sûr, il y avait autre chose... Adam avait l'espoir que Dennis se livre un peu plus. Il ne pensait pas que son vieil ami soit capable de le voler, mais Rusty était moins catégorique. Adam avait en revanche la nette impression que Dennis en savait plus qu'il ne voulait bien le dire. Il avait donc décidé d'embaucher un détective privé et avait convoqué une réunion au sommet avec ses frères.

— Je pense qu'il ment, avait dit Nick lorsque Adam lui avait détaillé l'altercation à laquelle il avait partiellement assisté entre Ryan et Dennis.

Noah avait hoché la tête à son tour.

— Moi aussi, je pense qu'il te cache des choses.

— C'est ce que me dit Rusty, ajouta Adam. Il a passé tout le week-end à visionner les caméras de surveillance en cherchant spécifiquement les images de Dennis.

— A-t-il trouvé quelque chose ? demanda Christian.

— Non, rien.

— Nous avons mis des caméras partout dans l'usine au niveau des sorties, mais il n'y en a pas dans les chambres froides, ni dans les zones de découpe. J'ai plutôt confiance en tous mes employés, je les ai recrutés moi-même...

— Il y a pourtant un ver dans la pomme, dit Christian dans un soupir.

— Oui, forcément, dit Adam en s'allumant un cigare. Il faut que je le trouve et que je m'en débarrasse avant que tout le fruit ne soit touché.

Une fois rentré chez lui, Adam tourna un moment, désœuvré, avant d'allumer la télévision pour regarder le sport. Il commença à regarder un match de tennis, mais était trop nerveux pour parvenir à se concentrer. Il décida de sortir et était en train de mettre sa veste lorsque son téléphone sonna.

— Ryan !

— Salut, Adam.

— Comment vas-tu ? J'ai attendu ton appel, tu sais. Je ne voulais pas que tu te sentes sous pression, mais il faut que nous nous parlions, je crois.

— Tu as raison, Adam, il faut que nous parlions. Je suis désolée de mon silence et de mon attitude après la dispute que tu as surprise, mais je suis prête à te parler maintenant.

Adam s'assit sur un tabouret au bar de son séjour ?

— Qu'est-ce qu'il se passe, Ryan ?

— Déjà, il faut que tu saches que j'ai reçu les résultats des tests de l'hôpital et que je suis compatible. Je vais donner un rein à mon père d'ici six semaines.

— C'était tellement important pour toi, je suis heureux que tu puisses réaliser cela.

— Moi aussi. Mais cette intervention me donne aussi envie de poser les choses à plat avec toi. Je ne veux plus de secrets entre nous.

— Est-ce que tu es chez toi ? Je peux venir tout de suite, Ryan.

— Ce soir j'ai beaucoup de travail, mais ces jours prochains, ce serait bien.

— D'accord.

— Adam ?

— Oui.

— Je… Je te rappelle.

Adam observa son téléphone un instant et sortit. Il était heureux qu'elle l'ait appelé, mais se sentait perplexe et inquiet. L'opération et les secrets… Cela faisait beaucoup. Quelles étaient ces zones d'ombre que Ryan avait besoin de lui raconter aujourd'hui ?

Est-ce qu'il y avait un lien avec Dennis ? Ou Luke, peut-être ? Son inimitié à son égard était très nette… Est-ce que ses frères avaient raison lorsqu'ils déclaraient que Dennis mentait ? Et si Ryan lui avait menti, elle aussi ?

20

Ryan s'assit sur son lit le regard braqué sur son téléphone. Elle l'avait pris plusieurs fois avant de le poser à nouveau. Elle avait la sensation que ces instants étaient les derniers de cette vie-là, car dès qu'elle aurait ouvert l'application et lu les informations contenues, sa vie serait changée à tout jamais. Elle ne pouvait imaginer tout ce qui changerait, mais elle sentait qu'elle ne pourrait plus redevenir celle qu'elle était encore à cet instant.

Elle reprit le livret qui allait avec le système d'espionnage téléphonique, même si elle n'avait pas besoin de le relire. Tout avait été d'une simplicité enfantine : elle avait pu l'installer et accéder à la totalité des contenus du téléphone de Dennis sans qu'il s'en doute un seul instant. Cependant, elle n'avait jamais réussi à regarder quoi que ce soit jusqu'au soir de leur dispute. En rentrant chez elle ce soir-là, après avoir lu le doute dans le regard d'Adam qui venait de les surprendre, elle avait vu s'allumer le voyant qui indiquait que Dennis passait un appel et, pour la première fois, elle avait déclenché l'écoute en retenant son souffle. La voix de Dennis avait résonné dans son téléphone avec une netteté incroyable. Elle avait eu peur qu'il puisse savoir qu'elle l'écoutait, s'était sentie terriblement coupable aussi de ce qu'elle faisait, mais une fois qu'elle avait entendu le début de sa conversation, elle n'avait plus pu raccrocher.

« Je t'assure que c'est sérieux, Luke ! Je ne sais pas exactement ce qu'elle a entendu, mais elle en sait trop ! »

« Et moi je te dis que tu t'inquiètes pour rien... »

Ryan resta bouche bée. C'était bien ce qu'elle avait imaginé.

« Comment veux-tu que j'arrête de m'inquiéter alors que la boîte de Pandore est ouverte ! »

Ryan reconnaissait la panique qui teintait la voix de son frère.

« Mais tu vois bien qu'il ne te suspecte pas ! Adam a confiance en toi ! Tu es toujours le seul à avoir la clé des frigos ? »

« Non, Luke, c'est fini, maintenant. J'arrête. L'usine est plus surveillée qu'une prison. Adam cherche partout, et si j'arrive à m'en sortir ce sera déjà un miracle. »

« Tu me dois trop d'argent pour décider tout seul, Dennis. C'est là la seule issue pour que tu me rembourses, aussi tu ferais bien d'y réfléchir à deux fois. »

« Impossible, Luke, c'est vraiment trop risqué. »

« Et Ryan ? »

« Quoi, Ryan ? » demanda Dennis.

« Tu m'as bien dit qu'ils sortaient ensemble ? »

« Oui et alors ? »

« On peut la mettre dans la combine, tu as dit qu'elle ne lui parlerait pas... »

« Elle ne dira rien, c'est sûr, elle a des secrets à préserver, elle aussi... »

« Dans ce cas, elle serait la personne idéale pour sortir des colis de viande ! Personne ne la soupçonnera ! »

Ryan attendit la réponse de Dennis le cœur battant.

« Elle n'acceptera jamais et je ne veux pas la forcer. »

C'était un soulagement. Au moins son frère la protégeait-il un peu... Mais cela rendait sa décision plus dure aussi, même si elle restait déterminée. Elle avait quelques SMS entre son frère et Luke qui prouvaient leurs malversations et donnaient des indications concrètes sur leurs revendeurs. Elle donnerait une dernière chance à Dennis de se dénoncer lui-même et s'il ne le faisait pas, ce serait elle qui s'en chargerait. Elle inspira profondément et envoya un message à son frère avec une capture d'écran de ses SMS en pièce jointe pour prouver qu'elle ne bluffait pas. Il était urgent qu'Adam connaisse dans le détail l'ampleur des stocks détournés pour éviter un scandale qui risquait de lui faire perdre toute crédibilité à jamais.

Une heure plus tard, Ryan se sentait totalement épuisée émotionnellement. Dennis l'avait appelée, furieux et hurlant des menaces en tout genre. Il n'allait pas parler à Adam. Alors c'était à elle de jouer. Elle savait qu'elle risquait d'y perdre sa famille, comme Dennis le lui avait prédit, mais elle devait prendre la bonne décision. Elle imprima les messages et envoya un SMS à Adam pour lui demander de la retrouver au plus vite. Elle sauta ensuite dans une paire de jean, et sortit prendre sa voiture. Elle venait de quitter le garage lorsque son téléphone sonna.

— Allô !

— Bonjour, ici l'hôpital de Bakersfield, j'appelle au sujet de la transplantation d'organe concernant, M. Washington, votre père.

— Il va bien ? demanda-t-elle aussitôt.

— Oui, tout va bien, mais les médecins ont vérifié les tests de compatibilité et ont repéré un trait génétique dont nous voulions vous parler. Cela n'aura pas d'incidence sur la greffe, rassurez-vous. Nous voulions savoir si votre père et vous connaissiez le gène PCSK9 ?

— Non, de quoi s'agit-il ?

— Le gène PCSK9 gère votre taux de cholestérol sanguin. Lorsqu'il y a une mutation ou qu'il est inexistant, votre taux de cholestérol sanguin est généralement très bas. Cependant il est extrêmement rare que le gène soit absent, et c'est le cas pour votre père et vous.

— Attendez, je crois qu'il y a un problème, parce que j'ai été adoptée par M. Washington, il n'a pas pu me transmettre cette anomalie.

Il y eut un long silence au bout de la ligne.

— Je ne sais pas trop quoi vous dire... C'est une particularité génétique très rare... Est-ce que vous avez les dossiers médicaux de vos parents biologiques ?

— Il faut que je réfléchisse, je vais vous rappeler, dit-elle avant de raccrocher.

Le cœur battant, elle chercha un numéro sur son téléphone. Lorsque Ida décrocha, il lui fallut quelques secondes pour retrouver sa voix.

— Maman, l'hôpital m'a appelée, est-ce que Joe est mon père biologique ? articula-t-elle finalement.

L'hésitation dans la voix d'Ida lui suffit comme réponse. Maintenant, elle savait.

21

— Salut, Christian, est-ce que tu aurais une minute à m'accorder ? demanda Adam en poussant la porte du bureau de son frère.

— Qu'est-ce que je peux faire pour toi ?

— J'ai besoin d'un témoin. Le détective que j'ai embauché est dans mon bureau, il a des informations à me communiquer.

— Allons-y, dit Christian déjà debout.

Une fois dans le couloir, Chris lui posa la main sur l'épaule.

— Tu sais un peu à quoi t'attendre ? demanda-t-il.

— Non, pas la moindre idée, mais cela fait un mois qu'il enquête, et c'est la première fois qu'il demande à me voir.

— J'imagine qu'il a mis la main sur quelque chose d'important.

— J'espère...

L'appel du détective avait noué l'estomac d'Adam. Il sortit son téléphone qui vibrait. Ryan lui avait laissé un message au sujet de nouvelles importantes à lui communiquer. Il lui répondit qu'il était en chemin pour une réunion, qu'il la rappellerait.

Ils entrèrent dans son bureau, le détective regardait par la fenêtre et se retourna en les entendant.

— Christian, je te présente Owen Haynes, le détective dont je t'ai parlé, et voici mon frère.

Les deux hommes se saluèrent.

— Asseyons-nous, si vous le voulez bien, proposa Adam en indiquant le canapé en cuir et les fauteuils. Est-ce que vous voulez boire quelque chose ?

— Non, merci, répondit Owen.

— Bien, alors nous vous écoutons, dit-il.

— Eh bien, je ne peux pas vous dire encore où est passée la viande manquante, mais j'ai peut-être une piste quant au responsable des vols.

Adam se pencha vers lui.

— Je vous écoute.

Owen sortit son téléphone et le lui présenta.

— Vous reconnaissez cet homme ?

Adam saisit le smartphone et observa la photo.

— C'est au portail de sortie de l'usine.

— Oui, confirma Owen. C'était à 2 h 30 du matin.

Adam zooma sur la photo et repéra des colis de Wagyu empilés près du portail et une fourgonnette à proximité. Difficile en revanche de déterminer qui était l'homme en survêtement avec le visage partiellement masqué par une casquette.

— Une idée ? demanda Owen.

— Non, je ne reconnais pas le gars.

— Son visage est toujours couvert, mais regardez les photos suivantes.

Adam passa en revue les clichés suivants. Un deuxième homme apparaissait avec des lunettes de soleil et une casquette lui aussi. Toujours impossible à identifier.

Il passa le téléphone à son frère.

— Tu reconnais quelqu'un, ou quelque chose ?

Christian fit « non » de la tête.

— Envoie-moi les photos, je ferai analyser les véhicules...

— Bon sang, j'aurais tellement aimé arrêter le coupable !

— J'ai d'autres vidéos à analyser, reprit Owen. J'ai voulu vous voir tout de suite au cas où nous aurions pu mettre un nom aussitôt, mais nous devrions obtenir les références des véhicules grâce aux caméras autoroutières.

— Merci, Owen, vous avez fait du bon boulot, dit Adam en lui tapant sur l'épaule.

— Je vous tiens au courant, dit-il en touchant le bord de son vieux stetson avant de sortir.

Adam reçut sur son téléphone les documents du détective et les fit suivre à Christian, qui a son tour les transféra à son chef de sécurité et à Stan au ranch.

Assis face à son téléphone, Adam sentit la confiance revenir. Il allait les attraper, c'était simplement une question de moment. Il pensa à Ryan, et un sourire lui monta aux lèvres. Il avait besoin de sa chaleur. Pourvu qu'elle ait de bonnes nouvelles à partager.

Ryan laissa sa voiture devant l'hôtel. Elle était en état de choc, quasiment K-O debout depuis sa dispute avec Dennis, la découverte de l'identité de son père finalement confirmée par Ida, des SMS menaçants de son frère avaient afflué, et puis Joe avait essayé de l'appeler, mais elle n'avait pas pu répondre. Elle avait trop de choses à digérer d'abord. Et puis, elle devrait le voir en personne. Sa vie ne serait plus la même, dorénavant. Dennis ne lui pardonnerait jamais. Adam lui en voudrait. Ida pourrait cesser de lui parler. En entrant dans le hall de l'hôtel du casino, elle se dit que c'était bien un coup de poker qu'elle tentait. Elle posait toute sa vie sur le tapis, et advienne que pourra.

C'était la première fois qu'elle se rendait dans les bureaux de CANN International. Elle avait l'impression d'entrer dans un autre monde avec les épais tapis rouges en sortie des ascenseurs, les réceptionnistes impeccables qui lui donnaient l'impression de n'être pas à sa place.

On prévint Adam de sa présence et la réceptionniste l'accompagna jusqu'à son bureau. Adam était de dos, le regard braqué sur les montagnes qu'on devinait au-delà de la ville aux néons multicolores.

— Adam ?

— Te voilà, je t'attendais !

Elle avança vers lui et il l'enlaça tendrement. Elle savoura cette étreinte qui lui donnait des forces. Son esprit préoccupé ne parvenait guère à se détendre, pourtant.

— Est-ce que ça va ? Tu voulais me parler de la greffe, c'est ça ?

— Non, pas exactement, enfin, il y a eu du nouveau, mais mon père va bien et la greffe est maintenue comme prévu.

— Pourquoi est-ce que j'ai l'impression de lire de la tristesse dans tes yeux, alors ?

Ryan se plaça à côté de lui, son regard s'évadant dans le lointain. Elle allait tout gâcher…

— Ryan, demanda-t-il doucement. Qu'est-ce qu'il y a ? Parle-moi.

— Je sais qui t'a volé, dit-elle avant de se tourner vers lui. C'est Dennis.

— Ton frère ? Tu es sûre ?

— Oui.

Ryan vit son sourire s'évanouir, ses traits s'assombrir.

— Est-ce que c'est de cela que vous parliez le soir de la dispute ?

Elle inspira.

— Oui.

— Vraiment ? Et depuis combien de temps le sais-tu ? Étais-tu dans le coup ?

Ryan ouvrit de grands yeux de surprise, d'abord, puis de colère.

— Comment oses-tu m'accuser ? Je viens dénoncer mon frère et tu m'accuses de t'avoir volé ? lança-t-elle en tournant les talons.

Elle sentit la main d'Adam qui saisissait son bras pour la retenir.

— Pardon, Ryan, mais tu m'as menti, je ne sais plus qui je dois croire.

— Je ne t'ai jamais menti !

— Si. Ce soir où je suis entré dans le bureau je t'ai demandé de quoi il retournait et tu aurais pu me parler alors, et tu ne l'as pas fait.

— Je n'avais pas encore de preuves et il niait sa culpabilité. C'est mon frère, Adam. Je voulais désespérément croire à son innocence. Je me sentais terriblement mal de ne pas partager mes soupçons avec toi, mais risquer d'accuser Dennis sans preuves m'a semblé pire encore.

— Depuis quand le soupçonnes-tu ?

— C'était avant les vacances, mais...

— Les vacances ? dit-il en croisant les bras. Tu as écouté ma colère, soulagé mes tensions et tu savais déjà qu'il était peut-être impliqué ?

— Non, je t'ai dit que j'avais des doutes, j'ai questionné Dennis, et il a toujours réfuté mes accusations, m'a assuré que j'étais paranoïaque.

Adam la regardait d'un œil noir qu'elle avait du mal à interpréter.

— L'autre soir au cabinet, quand tu m'as exposé tes doutes, j'ai décidé d'en avoir le cœur net et c'est ce que j'ai fait.

Elle sortit des feuilles de son sac.

— Voilà les preuves. Des copies de messages entre Dennis et Luke.

— Luke ! J'aurais dû m'en douter ! explosa Adam qui ne prit pas les documents qu'elle lui tendait.

Ryan sentit son cœur se serrer. Elle s'approcha mais il lui tourna le dos. Puis elle posa une main sur son épaule, mais il la repoussa d'un mouvement.

— Je suis désolée. Je comprends ta colère, j'aurais sans doute dû te parler plus tôt.

Il ne bougea pas. Elle posa les feuilles sur son b eau.

— J'ai fait ce que je pensais juste, ajouta-t-elle.

— Tu avais des doutes depuis le début, mais t s choisi le silence, alors même que je me débattais pour es er d'identifier le coupable. J'ai remodelé mes locaux, j'a nstallé des badges, embauché du personnel et un détect fait placer des caméras, organisé des réunions. Alors q u aurais pu m'éviter tout cela !

— Adam, c'est mon frère, je devais être s est-ce que tu pourras comprendre cela ? Me pardonner ?

Il saisit son téléphone sur le bureau.

C'était la joie de savoir enfin que Joe était son père biologique. Comment l'un des plus beaux jours de sa vie pouvait-il aussi être l'un des pires ? Elle avait trouvé un homme, son père, mais elle avait perdu Adam, son amour.

22

Quelques jours plus tard, des quartiers généraux de crise se tenaient au ranch. Le clan des Breedlove au grand complet recevait le détective Haynes, l'avocat de CANN International, Clifford Dixon, ainsi que la chargée des relations publiques, Sasha Buchanan. Owen avait fini de trier toutes les images et avait des preuves qui accablaient Dennis, en particulier une photo de son visage à découvert alors qu'il remontait dans un camion à une station d'essence. Évidemment, c'était les preuves de Ryan qui restaient les plus incontestables et pourraient permettre à Adam de porter plainte. Les équipes juridiques avaient agi rapidement et en toute discrétion. Dennis avait eu une seule option : coopérer totalement ou affronter avec Luke une lourde peine. Les avocats de Dennis l'avaient incité à accepter tout accord qui lui serait proposé tant les preuves à son encontre étaient accablantes.

— Comment vas-tu, mon fils ? avait demandé Nicholas une fois les négociations finalisées.

— J'ai bon espoir que les choses s'arrangent. J'ai regagné la confiance de mes clients grâce aux aveux du coupable.

— Permets-moi de questionner ta politique de remboursement intégral des clients affectés, cependant, intervint Noah. Cela va te coûter une fortune.

Adam reconnaissait bien son financier de frère dans ces propos. Un homme d'affaires redoutable, mais qui faisait peu de sentiments...

— Rétablir sa réputation n'a pas de prix, je crois, répondit Adam.

— Et Ryan ? interrogea Christian.

— Rien à dire sur Ryan, répliqua-t-il.

— Allons, tu veux rire ? Sans ses preuves, tu n'en serais pas là.

— Je demanderai à Olivia de lui faire envoyer des remerciements pour son aide.

Tout le monde baissa les yeux et Nicholas prit la parole.

— Je ne crois pas qu'elle ait besoin de quoi que ce soit de la part de quiconque à part toi.

Il fallut deux semaines encore de travail acharné pour qu'Adam retrouve un sommeil plus serein, mais au moins avait-il l'impression que son entreprise était sur pied et son honneur lavé. Restait Ryan. Il avait pensé à elle tout le temps. Il avait du mal à gérer les pensées qui l'assaillaient perpétuellement, depuis le matin au réveil jusqu'au soir avant de s'endormir. Il s'en voulait terriblement. Il lui avait demandé de sortir de sa vie et c'était très exactement ce qu'elle avait fait.

On sonna et il ouvrit la porte.

— Salut, maman.

— Je passais par là, j'ai eu envie de te voir, déclara Victoria qui masquait mal une certaine préoccupation. Je peux entrer ?

— Bien sûr, dit-il en s'écartant. Qu'est-ce que tu m'apportes ?

— De quoi manger. Vu ta mine, je crois que ce ne sera pas de trop !

— Mais je mange, répondit-il alors même qu'il n'arrivait pas à se souvenir de son dernier repas complet.

Victoria sortit une boîte de son sac et la mit à réchauffer dans une casserole.

— Je m'inquiète pour toi, soupira-t-elle. Regarde, ton jean va finir par te tomber sur les pieds !

— Pourquoi t'inquiètes-tu, voyons ? Je vais bien.

Victoria lui adressa un regard des plus sceptiques.

— Ce n'est pas ce que disent tes frères.

— Mes frères ont de bien grandes bouches…

— Mais leurs cœurs sont plus gros encore. Christian avait raison : à voir tes cernes, tu ne dors pas non plus.

Adam se frotta le visage.

— Il fallait que je sauve mon entreprise, ma réputation et le nom de la famille... Tout cela laisse peu de temps pour se reposer.

— Et encore moins de temps pour Ryan, d'après ce que j'ai compris.

— Puisque tout se sait dans cette famille, tu dois aussi savoir que Ryan m'a caché ce qu'elle savait pendant plusieurs semaines...

— Ils m'ont expliqué qu'elle avait voulu attendre d'avoir des preuves.

— Eh bien, c'était trop tard...

— C'était de son frère qu'il s'agissait, reprit Victoria en remuant son poulet à la crème. Est-ce que tu l'as remerciée au moins ?

Sa mère avait toujours fait preuve de beaucoup d'humour.

— De quoi ?

Victoria sortit une assiette du placard et le servit.

— Je n'imagine pas le déchirement que c'est de devoir choisir entre deux hommes à qui l'on tient, en particulier s'il s'agit d'inculper son propre frère et d'y perdre peut-être sa famille tout entière.

Elle posa l'assiette devant Adam.

— Mange, mon chéri, tu as besoin de forces.

— Tu ne m'accompagnes pas ?

— Non, je n'ai pas très faim, je dois dire.

Elle fit le tour de la table et vint le serrer dans ses bras.

— Tu es quelqu'un de réfléchi, et tu es un homme bon, Adam. Je crois que Ryan est aussi quelqu'un de bien. Que tu continues de la voir ou pas ne me regarde pas, mais je crois qu'elle a traversé elle aussi une épreuve sans avoir à ses côtés le genre de soutien dont tu disposes...

Elle serra le bras de son fils et se disposa à partir.

Adam la regarda s'éloigner et entendit la porte se refermer

derrière elle doucement. Son assiette sentait délicieusement bon, mais les mots de sa mère lui pesaient déjà sur l'estomac. Il ne put rien avaler.

Ryan avait des mains magiques. Adam les sentait traverser ses muscles et atteindre ses os du dos tandis qu'elle le massait. Elle descendit jusqu'en bas de ses reins avant de lui demander de se retourner. Lorsqu'il ouvrit les yeux, il avait face à lui une déesse dévêtue dans toute la beauté de son corps de rêve. Ses seins ronds, les tétons pointant fièrement vers le ciel, ses cheveux détachés qui cascadaient sur ses épaules.

Elle se pencha sur lui et ses seins effleurèrent son torse avant qu'elle ne pose les lèvres sur sa peau.

— Est-ce que ça va mieux ? murmura-t-elle.

— Infiniment.

— Parfait, parce que c'est à toi de me faire du bien, maintenant.

Elle monta sur la table de massage et l'enjamba, posant un genou de chaque côté de ses cuisses avant de saisir son sexe pour le placer juste entre ses cuisses et doucement, tout doucement, le faire glisser en elle.

Hum...

— Adam !

— Oui ?

— Adam, bon sang ! Tu ronfles comme un sonneur, va te coucher pour rattraper un peu de sommeil !

Adam regarda autour de lui, l'esprit perdu, tandis qu'il quittait son rêve à grand regret pour réintégrer la dure réalité. Il était dans l'avion de la compagnie, en vol pour aller rencontrer un de ses clients avec Nick.

— Ça va aller, dit-il en jetant un coup d'œil à sa montre. J'ai une conférence vidéo bientôt, je dois me préparer.

— C'est dans quatre heures, frangin, et tu ne peux pas tenir à coups de café et d'autosuggestion. Tu as besoin de dormir dans un lit, au moins deux bonnes heures.

— C'est bon, dit Adam en appelant le steward pour lui commander un double expresso.

Nick se tapa la tête.

— Tu es fou...

Adam rit tandis que Nick se replongeait dans son téléphone.

— Tu écris à Sasha ?

— Oui, pourquoi ?

— Elle est revenue à Vegas ?

— Oui.

— Et tu la revois ?

— Non.

Adam le fixa.

— Menteur... Je ne te crois pas. Elle t'a quitté, Nick, comment peux-tu la laisser revenir dans ta vie ?

— Comment as-tu pu chasser Ryan de la tienne ?

Adam n'eut rien à répondre.

— C'est injuste ce que tu lui fais.

— Je ne lui fais rien, nous ne sommes plus ensemble, c'est tout.

— C'est bien là le problème.

— Le problème c'est que son frère me volait et que Ryan ne me l'a pas dit.

— Bien sûr, il fallait qu'elle soit sûre, c'était son frère, que voulais-tu qu'elle fasse ?

— C'est vous qui délirez... Ryan n'est pas la première femme que je cesse de fréquenter, je ne vois pas pourquoi vous en faites toute une histoire.

— Parce que tu es malheureux et que nous le voyons tous...

— C'est vrai que Ryan avait quelque chose de spécial, mais comment fréquenter une femme dont le frère a trahi ma confiance ainsi ?

— Je ne sais pas, mais si tu n'essayes pas tu ne sauras jamais non plus.

Adam prit une gorgée de café, contrarié par ces conseils

non sollicités. Si Ryan avait parlé plus tôt, il aurait pu éviter le scandale public. Mais une chose était sûre, ils avaient des dossiers inachevés à refermer tous les deux. Il était temps de lui passer un coup de fil.

23

Ryan avait pris quelques jours de congé pour essayer d'assimiler les changements récents. Le fait que son père adoptif était en fait son père biologique, que ce frère qu'elle avait vénéré étant enfant était un menteur et lui avait fait perdre l'homme qu'elle aimait. Elle avait pensé dès le départ que ce qu'elle partageait avec Adam était temporaire, mais la réalité était bien plus dure que ce qu'elle avait imaginé...

Sa mère ne lui parlait toujours pas, mais elle communiquait par SMS avec son père chaque jour. Il la tenait au courant de ce qui se passait pour Dennis. Ryan essayait de se changer les idées, mais son esprit revenait toujours aux souvenirs des moments où sa vie avait basculé par deux fois.

Trop bouleversée pour prendre la route après la scène avec Adam, Ryan était rentrée chez elle et s'était mise au lit. Elle avait espéré qu'une bonne nuit de sommeil lui permettrait de se réveiller plus optimiste. Mais le sommeil n'était pas au rendez-vous. À près de 4 heures du matin, elle abandonna la lutte, prépara son sac et prit la route. Quatre heures plus tard, elle arrivait à Bakersfield. Sa mère venait de sortir. La mère d'April, qui tenait compagnie à Joe et faisait office de garde-malade en l'absence d'Ida, lui ouvrit et Ryan lui dit qu'elle prendrait le relais. Elle monta les quelques marches jusqu'à la chambre de Joe, mais il dormait. Elle resta un long moment à le regarder, dans le fauteuil au pied de son lit. Elle avait l'impression de voir son visage pour la première fois. Et de s'y retrouver. Il finit par ouvrir les yeux.

— Je suis désolé, ma chérie, murmura-t-il en la voyant. J'ai voulu te dire cela depuis toujours, mais j'avais donné ma parole à Ida. Elle t'acceptait comme sa fille, mais je gardais le secret, c'était notre accord.

Ryan s'assit sur le lit et prit sa main.

— Phyllis et toi...

— Oui, nous avons eu une aventure. Cela n'aurait pas dû se produire, mais je ne peux pas le regretter complètement, puisque c'est ainsi que tu es arrivée.

Joe parla pendant près d'une heure. Il lui raconta comment Phyllis, Ida et leur groupe d'amis se réunissaient. Il avait toujours eu un faible pour Phyllis, mais elle n'était pas prête à s'engager, elle voulait s'amuser, faire la fête. Joe voulait une vie de famille stable et il avait épousé Ida, mais avait toujours gardé un œil sur Phyllis. Leur aventure n'avait guère duré plus de quelques semaines, mais il suffisait d'une fois pour faire un bébé. Leur histoire avait cessé, mais une nouvelle vie était là.

— Ida était folle de rage, et elle avait tous les droits de l'être, c'était une double trahison pour elle. Je ne voulais pas briser ma famille et j'ai accepté ses conditions. J'ai coupé tout contact avec Phyllis. Il était terrible de savoir que mon enfant était là, quelque part et que je ne l'avais jamais vue, jamais touchée. Mais j'ai tenu parole.

— Et tu m'as retrouvée au foyer...

— C'était Ida. Sous des dehors durs, elle a un cœur d'or. Elle a su ce qu'il se passait par des connaissances mutuelles. Phyllis avait des problèmes de dos qui l'avaient rendue dépendante à la morphine et tu as été placée. Ida a mis du temps à te retrouver et a demandé à devenir famille d'accueil. C'est elle qui a fait tout ça, tu sais.

Cet échange intense épuisa Joe qui finit par se rendormir. Lorsque Ida revint, il lui suffit d'un regard pour comprendre que Joe avait tout raconté à Ryan.

— Merci, dit Ryan en avançant vers celle qu'elle appelait maman pour la serrer contre elle.

Ida resta immobile un moment et finit par la serrer à son tour. Lorsqu'elles se lâchèrent, elles avaient toutes les deux des larmes aux yeux. Elles s'installèrent à table et eurent une longue conversation. La plus longue qu'elles aient jamais eue. Elles préparèrent à manger pour Joe toutes les deux, appelèrent les médecins et parlèrent de la transplantation. Elle avait perdu Adam, peut-être, mais elle avait toujours une famille. L'espoir qu'ils survivent à cette crise lui donna une force inouïe.

Et puis Dennis rentra. La parenthèse de paix vola en éclats. Il en voulait atrocement à Ryan. Ida le prit à part, mais finit par se ranger de son côté. Ryan quitta la maison familiale pour rentrer à Las Vegas, perdue et déprimée à nouveau.

Une annonce sur la chaîne d'informations locale attira l'attention de Ryan. Breedlove Beef annonçait une conférence de presse pour parler des vols dont l'entreprise avait été victime.

Elle vit son frère apparaître à l'écran, les traits tirés et la mine contrite, se préparant à lire une déclaration.

« Moi, Dennis Washington, manager de Breedlove Beef au cours des derniers mois, je reconnais ma responsabilité pleine et entière dans les substitutions de lots qui ont été subies par plusieurs clients ces dernières semaines. J'ai abusé de la confiance qui m'avait été faite et j'ai détourné des marchandises pour mon profit personnel. Adam Breedlove n'était pas informé de mes agissements et je souhaite lui exprimer ici mes regrets les plus sincères. »

Ryan saisit la télécommande pour couper, mais le visage d'Adam apparut à l'écran. Elle avait l'impression que cela faisait des années qu'elle ne l'avait pas vu. Il semblait changé, amaigri, mais toujours solide, parvenant à sourire malgré le contexte délicat. Elle eut envie de l'appeler, mais le souvenir cuisant de ses derniers mots retint sa main.

À cet instant, son téléphone sonna et elle sursauta. Le nom de Victoria Breedlove s'afficha. Elle retint son souffle.

— Bonjour, Ryan !

— Bonjour, Victoria, répondit-elle, sur la réserve.

— Je voulais évoquer avec vous notre projet de salon bien-être, est-ce que vous avez réfléchi ?

— Je vous avoue que beaucoup de choses se sont passées dernièrement et que je n'ai guère avancé sur ce projet.

— Je comprends, ma chère, pour ma part, j'ai pris la liberté de vous faire figurer parmi les intervenants, je vous ai envoyé un message il y a quelques jours.

— Ah ? Je n'ai rien vu. Mais vous avez bien fait, je suis certaine que ce salon sera une opportunité formidable et j'ai beaucoup de choses à vous proposer.

Ryan regarda dans ses e-mails et retrouva un message de la Fondation CANN dans ses courriers indésirables. Après avoir remercié Victoria elle lut en détail le programme, bien décidée à saisir cette occasion de se faire connaître.

Le jour du salon, elle arriva tôt, comme le lui avait demandé Victoria.

— Vous n'avez toujours pas parlé avec Adam ? demanda Victoria tandis qu'elles se dirigeaient vers les bureaux qui jouxtaient la salle de conférences.

— Non, et je crains que cela n'arrive pas, malheureusement.

— Les Breedlove sont des hommes têtus, en particulier lorsqu'ils sont blessés ou en colère. Ce que vous avez fait était honorable et courageux, et je suis admirative de votre intégrité.

Ryan ne savait que penser. Personne d'autre n'avait semblé trouver sa décision courageuse.

— Comment est-ce que votre famille vit tout cela ? demanda Victoria.

— Mon père me soutient et me tient au courant. Ils sont soulagés qu'Adam n'ait pas engagé de démarches judiciaires qui auraient pu mettre mon frère en prison, mais ma mère et Dennis ne me parlent plus.

— Ne perdez pas espoir, dit Victoria, lui plaçant la main

sur l'épaule. Il ne faut jamais abandonner quand il s'agit de la famille.

Elles entrèrent dans la salle et Ryan découvrit les luxueuses installations. Victoria avait vu les choses en grand. Un déjeuner serait servi avant le défilé qui prendrait place sur l'estrade au milieu de la salle de conférences. Une salle de massage avait été prévue pour permettre à Ryan d'officier.

— Je vais aller préparer mes affaires, si vous n'avez plus besoin de moi.

— Justement, une invitée aurait besoin de vos services, dit Victoria. Elle est très tendue et je suis certaine que vous feriez des miracles, est-ce que je peux vous l'envoyer ?

— Oui, bien sûr, j'en serai ravie !

Ryan gagna la salle de massage, tandis que Victoria repartait accueillir ses invités.

Lorsqu'elle entendit frapper, elle alla ouvrir.

— Bonjour, Ryan.

Ryan se figea.

— Qu'est-ce que tu fais là ?

— Détends-toi, dit Phyllis. C'est Victoria qui m'a demandé de venir. Ainsi qu'à Ida, d'ailleurs, mais elle ne pouvait pas. Elle m'a appelée cependant, pour la première fois depuis des années. Je sais que Joe t'a parlé et que tu connais maintenant la vérité. Elle m'a parlé du don d'organe que tu t'apprêtes à lui faire. Et le plus important, c'est qu'elle m'a finalement pardonnée et que j'ai sa bénédiction pour faire partie de ta vie, maintenant, si tu le souhaites toujours.

24

Ryan retrouva le chemin de son cabinet. Depuis que tous ses secrets avaient éclaté au grand jour, affectant plusieurs vies au passage, elle avait compris qu'il y avait une personne dont elle devait maintenant écouter la voix par-dessus toutes les autres, et c'était celle de la petite fille en elle. Cette enfant intérieure qui depuis toute petite avait cherché sa mère.

Elle poussa la porte qui portait la plaque à son nom, faisant tinter une clochette à l'intérieur. Une porte s'ouvrit et Brooklyn passa une tête.

— Ryan ! s'exclama-t-elle en venant serrer son amie contre elle. Viens avec moi, j'ai préparé du thé... J'étais si inquiète !

— Je suis désolée, je ne voulais pas te causer du souci !

— Ne t'excuse pas, j'ai compris en suivant les informations. Tu as bien fait de prendre quelques jours pour toi.

Ryan regarda Brooklyn qui leur servait deux tasses de thé et se rendit compte que celle qui était sa plus proche amie ne savait finalement rien de sa vie.

— Raconte-moi, dit Brooklyn en lui tendant une tasse fumante.

Ryan hésita, puis se lança.

— Il faut que tu saches que... Je suis une enfant adoptée.

— Je crois que je m'en doutais.

— Ah oui ?

— Je me souviens du jour où tu m'as parlé d'une patiente qui cherchait ses parents biologiques et j'ai eu l'intuition profonde qu'il s'agissait de toi, dit Brooklyn en lui prenant la main.

— J'ai porté ce secret pendant vingt ans..., dit-elle, stupéfaite de se sentir déjà libérée par cet aveu.

— Je comprends...

Elle raconta alors tout le reste, jusqu'à la rencontre qui avait eu lieu avec Phyllis et Ida pour la première fois.

— Nous portions chacun nos souffrances individuellement pour rien... Et il reste tellement de chemin à parcourir, mais le plus important est passé, ma mère biologique et ma mère adoptive ont fait la paix alors que je n'avais jamais imaginé que ce serait possible.

— Je suis tellement heureuse que tu aies pu vivre ce moment, dit Brooklyn. Et Adam, qu'est-ce qu'il dit de tout cela ?

Ryan soupira. Elle raconta cette deuxième bombe qui avait explosé dans sa vie avec la colère d'Adam.

— Mais tu l'aimes ! Qu'est-ce que tu vas faire ?

Ryan baissa les yeux.

— J'ai essayé de lui tendre la main à nouveau, mais il ne m'a pas rappelée. J'ai décidé de me concentrer sur mon père et la greffe à venir. Je ne peux pas vivre ainsi dans le passé éternellement.

Le téléphone de Brooklyn sonna et elle s'excusa avant de prendre l'appel. Ryan entra dans son cabinet où elle n'était pas revenue de la semaine. Elle se sentit soudain l'envie de se remettre au travail et alluma son ordinateur, reprogramma ses patients et ouvrit sa messagerie. Elle avait décidé de parler de son adoption sur son blog. Les leçons de la vie devaient se partager, pour aider le plus de gens possible. Trop de familles étaient enfermées dans leurs secrets, il était temps de se libérer.

Son téléphone sonna. Elle regarda sur l'écran. *Dennis.*

Qu'est-ce qu'il voulait ? Il était retourné vivre à Bakersfield. C'était sûrement pour lui demander un service. Elle laissa l'appel tomber sur sa messagerie, elle n'avait plus grand-chose à dire à son frère.

La semaine passa à toute allure. Ryan se jeta dans le travail à corps perdu, cela l'aidait, même si Adam lui manquait à chaque respiration. Elle essayait bien de le chasser de ses pensées mais cela ne marchait guère que quelques dizaines de minutes. Lorsque son téléphone sonna et qu'elle vit s'afficher son prénom sur l'écran, elle eut du mal à en croire ses yeux.

— Bonjour, Ryan.

— Bonjour.

— Je suis désolé de ne pas t'avoir rappelée. J'ai eu beaucoup de travail et des déplacements... D'ailleurs, je suis encore à l'étranger jusqu'à samedi.

— J'imagine que tu m'en veux encore ?

— Non, Ryan, c'est fini. J'ai compris que tu n'étais pour rien dans tout cela. Comment est-ce que tu vas ?

— Ça va.

— Tu sais, j'ai repensé à ce jour où tu avais prévu de me dire des choses importantes. Il y avait quelque chose d'autre que la culpabilité de Dennis, et je voudrais que tu me racontes ce que tu avais prévu de partager avec moi.

— Je comprends que toute cette histoire avec mon frère t'ait rendu furieux, j'aurais dû t'en parler plus tôt.

— Peut-être, mais j'ai eu tort de ne pas me mettre à ta place un peu plus. Et pour cette autre chose que tu voulais me dire, je regrette aussi de ne pas avoir pris le temps de t'écouter. Parle-moi, Ryan, s'il n'est pas trop tard.

— Je voulais te dire que j'avais été adoptée par les Washington quand j'étais enfant. Le jour où je suis venue te voir, je venais de découvrir qui était mon père biologique.

Ryan lui raconta son histoire, les retrouvailles avec sa mère, ce qu'elle avait appris sur son père.

— Oh Ryan, c'est si fort, je suis tellement heureux pour toi, et très impressionné par tout ce que tu as fait.

— Je suis heureuse moi aussi. Les secrets allaient finir par m'étouffer.

— Oui et puis cela résout une énigme pour moi : comment tu pouvais être la sœur de Dennis !

Ils rirent ensemble et Ryan ressentit cette chaleur de leur complicité retrouvée.

— J'ai été très égoïste, déclara Adam.

— Pourquoi dis-tu cela ?

— Depuis que le scandale a éclaté, je ne me suis préoccupé que de mon travail et j'étais trop en colère pour penser à toi. Je n'imaginais même pas tout ce que tu étais en train de traverser. Pendant mes voyages aux quatre coins du globe, j'ai pu réfléchir à tout ça, tu sais, à la force qu'il t'a fallu pour faire ce que tu as fait. Je t'ai traitée de façon injuste, Ryan, et j'en suis navré.

— Je comprends, tu sais.

— Non, ce n'est pas excusable, je ne suis pas ce genre d'homme, tu sais, je pensais être plus juste que cela. Et puis tu m'as terriblement manqué et je voudrais faire tout ce qui est en mon pouvoir pour me faire pardonner. Accepteras-tu de me revoir, Ryan ?

— Oui, Adam, bien sûr, finit-elle par articuler en essayant de ravaler ses larmes. Merci de me dire tout cela, Adam, et il faut que tu saches que ma vie a été très triste ici aussi, sans toi.

— Alors mettons un terme à nos détresses réciproques, si tu le veux bien ? Je peux t'appeler dès que j'aurai atterri à Vegas ?

— Oui.

— Encore une chose...

— Je t'écoute.

— Je t'aime, Ryan.

Elle ne s'était pas attendue à ce genre d'aveu, mais n'eut pas le temps de réfléchir à la réponse qui jaillit de son cœur :

— Oh ! moi aussi je t'aime !

25

Quelques mois plus tard

Adam regarda une dernière fois la salle de bains puis revint dans sa chambre. Il ferma sa valise posée sur le lit, et sortit son téléphone. Une voix ensommeillée répondit à son appel.

— Adam ?

— Bonjour, Ryan.

— Quelle heure est-il ? Est-ce que tout va bien ?

— Tout va bien, j'ai une surprise pour toi, j'ai envoyé une voiture te chercher !

— Maintenant ?

Il entendit qu'elle bougeait, sans doute se levait-elle.

— Je sais qu'il est tôt, mais pour faire ce que j'ai en tête, il faut que nous nous activions. Ne t'inquiète pas, j'ai tout organisé. Prévois de passer la nuit, prends quelques affaires et habille-toi confortablement. Elvis sera là d'ici une demi-heure.

— Et si je te disais que je ne venais pas ?

— Il me faudrait te kidnapper...

— Hum... Tu sais que si je n'avais rien prévu ce week-end, c'était pour me reposer ? Je suis épuisée, j'ai besoin de me détendre.

— C'est exactement ce que nous allons faire. Fais-moi confiance et prépare-toi. Elvis sera là sans tarder.

Adam raccrocha et quitta la chambre en emportant sa

valise. Dans le séjour, il prit ses clés, ses lunettes de soleil et sortit. Il huma l'odeur d'herbe coupée et apprécia la fraîcheur de la brise matinale. C'était une belle journée.

Il était impatient de voir comment elle réagirait à sa surprise. Son bonheur était tout ce qui comptait à ses yeux, et c'était un sentiment nouveau pour lui.

C'était d'autant plus surprenant qu'ils avaient traversé une sérieuse épreuve suite à la découverte des malversations de Dennis. Mais il ne pouvait même pas en vouloir à son ancien ami, qui avait permis qu'il rencontre Ryan. Depuis ses retrouvailles avec elle, ils s'aimaient comme jamais l'un et l'autre n'avaient aimé. Et rien que pour cela, il serait prêt à affronter à nouveau toutes les épreuves imaginables.

Il traversa son jardin pour approcher du bosquet de trembles qu'il avait plantés pour cette profusion de couleur qu'ils offraient. À l'automne leurs feuilles devenaient rouge orangé, passaient par un jaune doré merveilleux. Le vent qui soufflait dans les feuilles lui fit penser à cette liberté qu'il ressentait maintenant qu'il avait reconnu ses sentiments, accepté ses limites et cette dyslexie qu'il avait apprivoisée grâce à Ryan. Rencontrer cette femme l'avait changé tellement profondément. Sa vie tout entière avait été bouleversée pour le meilleur et il espérait lui offrir ce même bonheur.

Un bruit de moteur dans l'allée attira son attention. Il chercha du regard la voiture qui ramenait Ryan et avança à sa rencontre. Une fois garé devant la maison, son chauffeur descendit pour ouvrir la portière.

— Merci, Elvis, mais je m'en charge !

— Très bien, monsieur.

— Vous n'avez rien dit, j'espère ?

— Pas un mot, répondit Elvis en souriant.

Adam mit sa valise dans le coffre et monta à l'arrière. Ryan était assise en tailleur sur la banquette et semblait en pleine forme pour quelqu'un qu'on avait opéré et qui n'avait plus qu'un seul rein.

— Je croyais qu'on devait se détendre, lança-t-elle en guise de « bonjour ».

— C'est au programme !

— Pourquoi montes-tu en voiture ?

— Parce que nous allons quelque part, répondit-il en s'étirant vers elle pour l'embrasser. Salut, ma beauté !

— Tu me réveilles au petit matin pour m'emmener je ne sais où avant même que j'aie le temps de boire mon café ?

Adam la regarda dans son jean et blouson, son visage au naturel, un bandeau pour maintenir ses boucles en arrière. Elle était adorable.

— Je n'ai pas pris de vêtements de rechange, dit-elle en notant son regard. Pourquoi as-tu une valise ?

— Tu es très bien comme ça.

— Où allons-nous, à la fin ?

— Détends-toi, tu veux bien ? Je me suis occupé de tout, tu n'as rien à prévoir.

Il l'embrassa une fois, puis une autre, et vit la moue disparaître de ses lèvres.

— D'accord, dit-elle en laissant son regard s'évader par la vitre. Que c'est beau ici, je n'en reviendrai jamais ! C'est comme un monde à part.

— C'est un peu ça. C'était l'idée de créer un univers qui ressemble à mes rêves. Chaque changement permet de tout réinventer.

— Des changements ?

— Je t'en parlerai une fois dans l'avion.

— Dans l'avion ? Mais Adam, où allons-nous ?

— Pas si loin, tu verras. Viens !

— Non ! dit-elle en croisant les bras. Je refuse d'aller quelque part si je ne sais pas ce qui m'attend.

Il lui tendit la main en ouvrant sa portière.

— Hé, tu me fais confiance, non ?

Elle lui lança un regard en coin, puis plaça sa main dans la sienne en sortant de voiture. Pendant ce temps, Elvis avait sorti le bagage d'Adam. Ils avancèrent sur le tarmac pour rejoindre le jet privé des Breedlove qui les attendait.

— Nous embarquons dans cet avion ?

— Oui, il est superbe, non ?

Adam monta le premier, s'arrêtant en haut des marches pour saluer le pilote et le steward et leur présenter Ryan.

— Enchanté, jeune dame, dit le pilote. Nous sommes parés au décollage, Adam, c'est quand vous voulez.

— Eh bien, c'est parti, répondit Adam.

Ryan n'en croyait pas ses yeux. Il lui raconta l'histoire de ce jet qui avait été offert à son frère Christian pour ses trente ans.

— Mon frère a dû avoir un petit avion pour un de ses Noël, mais… Pardon, je ne devrais pas parler de lui…

— Ne t'inquiète pas, c'est toujours ton frère !

Il la prit dans ses bras tandis qu'elle bouclait sa ceinture. Le jet se mit en route pour rejoindre la piste de décollage et ils s'envolèrent dans le ciel bleu, au-dessus des montagnes et des nuages blancs.

Le steward leur apporta un plateau de petit déjeuner avec un bouquet de roses sublimes, et deux flûtes en cristal.

— Nous n'avons qu'une heure de vol, mais cela devrait nous mettre en conditions…

— Café, chocolat, thé, jus de fruits, champagne ? proposa le steward.

— Un chocolat chaud, répondit Ryan.

— Deux ! dit Adam.

Ryan prit une des roses du bouquet et en huma le parfum délicat.

Adam servit deux flûtes de champagne et lui en tendit une.

— Je voudrais célébrer la femme qui a changé ma vie et capturé mon cœur. Je voudrais t'offrir cette journée en gage de mon amour.

— Merci, mon cœur, c'est si charmant.

Le steward apporta deux plats recouverts de cloches en argent et leur servit des œufs à la florentine dans des assiettes en porcelaine fine.

— Comment va ton père ? demanda-t-il.

— Il récupère de façon étonnante. Les deux premières semaines étaient difficiles, nous avions la crainte d'un rejet, mais plus les jours passent et plus les médecins se montrent optimistes. Ils ont même évoqué la possibilité d'une visite, et...

— Oui ?

— Non, rien.

— Encore Dennis ? Mon amour, j'ai fait la paix avec ce qui s'est passé, tu sais. Il a perdu ma confiance et ne travaillera plus jamais pour moi, ni d'autres acteurs du secteur, vu la mauvaise publicité qu'il s'est faite tout seul, mais je ne le hais pas.

— Tant mieux, dit Ryan. Le mois dernier il s'est fiancé à notre voisine et ils ont emménagé au Texas avec ses enfants. Mes parents envisagent de leur rendre visite.

— Et toi ?

Ryan fit « non » de la tête.

— J'ai toujours du mal à lui pardonner ce qu'il a fait. Ce qu'il t'a fait, mais aussi la façon dont il s'est comporté avec moi depuis que j'ai été adoptée. Je ne le déteste pas non plus, mais nos relations sont difficiles.

Ils continuèrent à échanger en dévorant le petit déjeuner au champagne, puis le steward annonça qu'ils allaient atterrir sans tarder et vint débarrasser leurs plateaux.

Ryan observa par le hublot.

— Ce n'est pas Los Angeles, dit-elle en se tordant le cou. Nous allons à Phoenix ?

— Encore quelques minutes de patience !

L'avion atterrit et le pilote annonça :

— Bienvenus à Sedona.

— Oh ! j'adore Sedona ! s'exclama-t-elle en se jetant dans ses bras.

— Alors descendons ! dit-il heureux de voir son regard brillant et son sourire rayonnant.

Ryan défit sa ceinture.

— Comment est-ce que tu as su ?

— J'ai parlé avec Brooklyn, reconnut-il. Elle m'a dit que tu adorais venir ici.

— Merci, quelle surprise ! dit-elle en prenant son bras pour descendre rejoindre la voiture qui les attendait au bout de la piste.

— Avec grand plaisir.

— Qu'est-ce que Brooklyn t'a raconté sur Sedona ? Il y a tellement de choses à faire ici... Oh ! si j'avais su qu'on venait ici, j'aurais choisi d'autres vêtements !

— Ne t'inquiète pas, tu es vraiment la plus belle femme de la ville ! Et maintenant, raconte-moi un peu ce que tu aimes de cette ville ?

— Je la trouve très belle, pour commencer, dit Ryan en reposant la tête sur son épaule. Je me sens toujours bien, quel que soit mon état d'esprit avant de venir, cette ville me met de bonne humeur et je refais le plein d'énergie.

Leur voiture les emmena jusqu'à un superbe et luxueux hôtel-spa, le Vortex. Ryan ouvrit de grands yeux.

— Incroyable, j'ai toujours rêvé de venir ici !

— Oui, ton amie m'a dit que je marquerais des points en t'emmenant au Vortex.

— Elle avait raison !

Adam avait grandi dans le luxe, mais il dut reconnaître que depuis l'entrée jusqu'à leur suite en terrasse, il fut impressionné par le Vortex. Ryan était émerveillée et semblait aux anges, et il n'en demandait pas plus.

— Tu n'es pas trop fatiguée ? demanda-t-il.

— Non, je me sens totalement revigorée par tout ce que je découvre, murmura-t-elle en plantant son regard dans le sien et posant la main sur sa cuisse.

Il saisit sa main et la stoppa en chemin.

— Je pense à la même chose que toi, dit-il doucement. Mais attends un peu, je veux pouvoir prendre mon temps et faire les choses bien.

Il embrassa ses doigts et effleura son visage de la main, puis descendit vers son cou et la naissance de ses seins.

En visitant leur suite, Ryan eut la surprise de découvrir une penderie entière remplie de vêtements et de chaussures de luxe. Il avait pensé à tout, depuis la lingerie fine jusqu'aux Louboutin.

— Oh ! mon Dieu, mais c'est fou, c'est le plus beau des Noëls de toute ma vie !

— Tant mieux, je suis content que cela te plaise.

— C'est mieux que cela… Je t'aime !

Entre visites, essayages et découverte, la journée se déroula à merveille et ils rentrèrent se préparer pour le dîner. Adam avait prévu un costume couleur feuille-morte qui allait à merveille avec la robe en soie de Ryan, qui découvrait son dos et une épaule tout en moulant ses hanches délicieusement. Ils se rendirent au restaurant pour y déguster une symphonie de légumes frais, graines, féculents et tubercules divers qui avaient été spécialement cuisinés pour créer un ensemble gastronomique inoubliable.

Ryan, émue de toutes ces attentions, prit la main d'Adam à la fin du repas.

— Tu sais, je crois que c'est très sincèrement le plus beau jour de ma vie !

— Vraiment ?

— Oui. Tu es un homme incroyable, Adam Breedlove… Merci pour tout cela.

— De rien, mon amour, d'autant que la nuit n'est pas terminée.

— Oh que non ! répondit-elle à mi-voix, le regard complice.

— Nous y allons ?

— Oui !

Ils quittèrent le restaurant et, alors qu'elle se dirigeait vers les ascenseurs, il lui prit le bras et l'emmena vers la sortie.

— Où allons-nous ?

— Ma dernière surprise !

— Tu exagères !

Leur chauffeur les attendait et leur ouvrit la portière. Adam activa la séparation de l'habitacle pour profiter d'un peu d'intimité et prit Ryan dans ses bras. Il l'embrassa et glissa langoureusement la langue entre ses lèvres, tandis que ses mains cherchaient les pointes de ses seins. Lorsqu'il la caressa, elle laissa échapper un gémissement de plaisir et répondit à son baiser avec une ardeur renouvelée.

Leur voiture sortit de l'autoroute et s'engagea dans un chemin de terre qui semblait grimper dans la montagne. La soirée était fraîche, la nuit noire et plus ils montaient, plus les étoiles semblaient briller.

— C'est si beau, murmura Ryan comme si elle craignait de rompre la magie. Je n'ai pas la moindre idée de notre destination, mais c'est sublime.

— J'espère que ce sera un paradis pour toi...

Adam saisit un grand châle en cachemire et le lui tendit alors que le chauffeur se garait.

— Tu as pensé à tout !

— Il fait un peu frais dehors, dit-il en sortant des mocassins pour remplacer ses stilettos.

— J'ai peur de n'être guère équipée pour randonner !

— Ce que je veux te montrer n'est pas très loin et nous n'en aurons pas pour longtemps, dit-il en retirant sa veste pour enfiler un pull. Tu es prête ?

— Prête !

Le ciel étoilé était stupéfiant. On aurait dit que les étoiles étaient à portée de main. Adam prit la main de Ryan et la guida sur un sentier qu'ils suivirent quelques minutes, le temps de ne plus voir la voiture derrière eux. Arrivés à une sorte de plateau à flanc de falaise qui leur offrait un abri semblant hors du monde, Ryan pressa le pas. Il y avait quelque chose, juste là. Lorsque ses yeux se furent accoutumés à la pénombre, elle poussa un petit cri de surprise.

— Un télescope !

Elle se précipita et colla son œil à la lunette.

— Waouh, c'est magnifique ! La Grande Ourse ! Et là, l'étoile du Nord ! Il faut que tu voies ça, Adam. Elles sont si proches, on croirait qu'on peut les attraper à mains nues !

Adam jeta un coup d'œil dans le télescope à son tour, puis se tourna vers Ryan.

— Je crois que tu as raison, tu sais ?

— Comment ça ?

— Les étoiles. Elles sont si proches. Je crois que tu pourrais en attraper une. Tends la main !

Ryan sourit en fronçant les sourcils.

— Qu'est-ce que tu racontes ?

— Que tout est possible, répondit-il. Alors donne-moi ta main et ferme les yeux.

Ryan s'exécuta au ralenti.

— Maintenant, fais un vœu, murmura-t-il en fouillant dans sa poche. Abracadabra...

Il plaça quelque chose dans sa main. Ryan sursauta et ouvrit les yeux. Une bague, un diamant qui scintillait de mille feux sous la lune, étoile parmi les étoiles. Elle leva un regard brillant vers Adam.

— Qu'est-ce que c'est ?

Il prit l'anneau de platine entre ses doigts et le lui présenta.

— Ce n'est pas une étoile filante, dit-il, mais c'est le symbole du vœu que je forme pour nous. Ma vie a tellement changé depuis que je te connais. Tout est plus beau. Tu fais de moi quelqu'un de bien. Je ne peux pas te décrocher la lune, ni même une étoile, mais je peux t'offrir mon cœur.

Adam vit une larme rouler sur la joue de Ryan au moment où il s'agenouillait devant elle.

— Est-ce que tu veux bien réaliser mon vœu en m'épousant, Ryan ?

— Oui ! s'exclama-t-elle après quelques instants de silence où elle avait tâché de réunir ses pensées. Tu viens juste de faire de tous mes rêves une réalité !

Il se leva et la serra dans ses bras. Ils s'embrassèrent passionnément sous une véritable pluie d'étoiles filantes.

Adam avait succombé au charme de la belle végétarienne et Ryan à celui du cow-boy carnivore. Ensemble, ils allaient pouvoir composer et réunir leurs différences pour tracer un chemin entier de vie harmonieuse et d'amour sans fin.